孤胆英雄白光

白光和妻子韩凤娥的结婚照（1948年）

白光（右）和战友在一起

韩凤娥和战友们在一起（前排中间穿军装者为韩凤娥）

1948年11月25日，白光被冀鲁豫军区司令部政治部授予"特等人民功臣"勋章

位于禹城市伦镇秦庄的白光故居

山东省作家协会2019文学精品扶持项目
德州市委宣传部重点扶持作品
禹城市委宣传部重点扶持作品

白光

邢庆杰　著

作家出版社

楔 子

孙振江撞上这桩百年难遇的邪乎事儿，纯属偶然。

在那个命中注定的凌晨，他被一泡尿憋醒，披着衣服到院子里撒尿。他半睁着眼，迷迷糊糊地到墙角撒完尿，正想回屋，无意间听到墙角的鸡窝里传来鸡的"咕咕"声。那声音比平日里要小很多，像是人在极力压低声音小心翼翼地说话，有些神秘，又有些瘆人，不仔细听根本听不见。他往鸡窝处一看，朦胧的月光下，一条茶碗般粗、通体雪白的长虫缠在圆锥状的鸡窝上，一双葡萄般大小、蓝幽幽的眼睛正盯着他。他揉了揉蒙眬的睡眼，还以为自己走进了一场噩梦。在北方的冬天，长虫早就蛰（冬眠）起来了，来年春天的惊蛰后才会出窝。直到那东西探着三角脑袋，发着"咝咝"的声音冲他游过来，他才如梦初醒，顿觉一股凉气从后背直冲上后脑勺，他打了个冷战，人顿时清醒了很多。他甩掉身上的衣服，顺手摸起一把竖在墙上的铁锹，锹头冲前，朝长虫投了过去。锹头正铲在长虫的头部。长虫盘起身子，头昂起一米多高，再次冲他扑了过来。他又在墙边拎起一把铁叉，三个尖头朝前，迎着它捅了过去。铁叉不偏不倚，正插在长虫脑袋下面的"七寸"之处。长虫"吱"地怪叫了一声，俯下蛇头，迅速向大门口游去。孙振江又抄起一把锄头，随后追了上去。长虫摆动着粗大的身子，游得极快，瞬间就游过大门洞子，从门槛下的狗洞爬了出去。孙振江打开大门，见那条长虫正往村头逃去，就在后面穷追不舍。

并不是孙振江心狠手辣，非要把这个野物置于死地，而是当地有一个说法——打长虫务必打死。孙振江从小听了好多关于长虫的恐怖故事，当地人对待此物的传统态度早就深深扎在他的脑子里：遇到长虫尽量躲开，一旦惹了它，就一定要打死，否则它总有一天会在半夜爬上你的炕头……

天色朦胧的乡村街道上，一条两丈多长的大虫在飞速游动，带起的凉风惊动了遍地的尘土和落叶，使朦胧的光线更加昏暗。一个半裸着身子的消瘦少年，手持锄头，在后面追杀……那条长虫一直逃到村头的那棵古槐下，忽然就没了踪影。大树周围光秃秃的，一点儿遮挡也没有，长虫能去哪儿呢？孙振江扛着锄头围着大树转了好几圈，树下的土地都被纳凉的人踩得发亮，连一个老鼠大的洞也没有。他仰脸看了看大槐树，心里一动：难道它上树了？

天已透亮。孙振江连惊吓带跑路，出了一身大汗，衣服早就湿透了，此刻凉冰冰地贴在身上，他这才感觉到了冷，意识到自己只穿着一条短裤，就赶紧抱着双肩往家里跑……

1. 锋芒初绽

在鲁西北的平原深处，秦庄是一个极其普通的小村，只有五百多口人。村子坐落在禹城南四十多里处，东距齐河县城六十里，隶属伦镇。

秦庄村头有一棵三百多年的古槐，却是远近闻名的"神树"。这棵古槐有两搂多粗，树冠展荫一亩多地。很多年前的一个冬季，地主崔立轩的老爷爷崔万金支使一个长工爬上古槐，想砍一些树枝当柴烧。不想，一根树枝还没砍断，斧刃就被崩了两个缺口。又递上短锯去拉，锯齿"哗啦啦"掉下一大片。长工害怕了，想从树上溜下来，却失足坠落，摔折了腿。这还不算完，几天后，崔万金家的母牛难产，一大一小全部丧命。自此，再也无人敢打这棵树的主意。

这些都是传说，那个年代的人都已作古，其真实性已无从考证。但这棵古槐有"三怪"，却是当下的事，也是村人有目共睹的事实。一是树上从来不落鸟，更没有鸟在树上筑巢；二是在盛夏时节，别的地方如烤炉般火热，而在这棵树下纳凉的人们，能感觉到一股来路不明的阴冷之气，特别凉爽；三是村里的鸡鸭鹅狗等禽畜，从不敢靠近这棵树，路过也是远远地绕着走。

每年的大年初一，都有村民来给这棵树上供，乞求神树保佑家人平安，来年风调雨顺。平日里，谁家有娶媳妇嫁闺女之类的大事，也来树下上供祈福。

这年的初冬，秦庄村频发怪事。先是鸡鸭接二连三地失踪，后有崔立轩家的一只小羊羔子消失不见。往年的冬季，也出过这类事。但人们事后总是能在村周围的沟里、湾里见到鸡毛鸭毛，有时还会捡到被吃了半边拉块的鸡鸭残肢，显然是黄鼠狼、貊子之类的野物所为。但这次不同，人们寻遍了村子周围的边边坎坎，既没找到一根鸡毛鸭毛，也没见到一根羊毛。一时间，村子里人心惶惶，有人认为是闹鬼，也有人认为是小偷瞄上了这个村子。崔立轩安排两个长工日夜在院子里巡逻，仍然在一夜之间丢了四只鸡，而巡逻的长工一点儿动静也没听到。事情传开后，整个村庄笼罩在一片紧张恐怖的阴影中。

这一年，是民国二十三年，公历一九三四年。本文的主人公孙振江，刚过舞勺之年。

回到故事开始的这天凌晨，孙振江扛着锄头追赶长虫的壮举，恰被本村一个早起拾粪的老汉看到眼里。老汉姓崔，是地主崔立轩的本家叔，因他出生就带来了一张麻子脸，村人都称他"崔麻子"。崔麻子胆小，当时吓得没敢吱声，等到天快亮时，他才在村口告诉了几个早起拾粪的老汉。而这时，孙振江回家穿上了衣服，腰里缠着绳子，手里拿着镰刀，又回到了古槐树下。他用嘴叼着镰刀把，飞快地爬上了大树。他左手抓住一根结实的树枝，右手握紧镰刀，在树上搜寻。树上的叶子大多已掉光，但树枝特别繁密，他仰着脑袋，把巨大的树冠仔仔细细地搜索了一遍，没有发现长虫的影子。去哪儿了呢？难道飞上天了？他正想下去，忽然在脚下——大树的分杈处，发现了一个碗口粗的树洞，洞口非常光滑。一瞬间他就明白了，这个树洞就是长虫的老巢……由此他联想到，哪有什么鬼神，这树以前的种种古怪，都和这条长虫有关。

在村头几个旁观者的注目下，孙振江在附近的沟边上割起了蒿子。

崔麻子凑过来问："振江，你割这个干吗？"

"点火，把那个畜生熏出来。"孙振江头也没抬，镰刀"唰唰"地割着蒿子。

崔麻子打了个愣，笑了："咱光听说有熏獾熏貔子的，这长虫也怕熏？"

"试试呗。"孙振江已割了一大捆蒿子，忙着用一根短绳打捆。他把长绳一头系在捆好的蒿子上，一头系在腰间，"噌噌噌"三五下就爬上了大树。他在树杈间坐稳，用绳子把蒿子拽到树上，在一个树杈间放好。然后，他把蒿子一根根地抽出来，折成一拃多长的小段，一段段地扔进树洞里，等到一大捆蒿子扔得差不多了，他把洋火点着一根，扔进树洞。不消一刻，树洞里便冒出滚滚的浓烟，呛得孙振江剧烈咳嗽起来。

这时，村头上已经聚了一大群看热闹的乡亲，他们都离树远远的，提溜着心看着这个半大孩子一个人在树上忙活。有胆子大的，小声喊他快下来，别让那东西伤着。孙振江把蒿子全部塞进树洞后，呛得两眼直流泪，就顺着树干溜了下来。火越烧越旺，在"噼里啪啦"的爆响中，火苗子从树杈子间蹿起一人多高，浓烟在巨大的树冠间缭绕。大树周围的地缝里，也钻出了一缕缕的蓝烟。这是村人常用的熏獾熏貔子的土法子，是老辈子传下来的绝招。无论什么野物，也搪不住燃烧的蒿子那股子辣眼的烟火味儿。忽然，树冠上的枝条抖动起来，接着，一条通体雪白的大长虫从树杈中蹿了出来。在人们的惊呼声中，长虫飞快地贴着树干游下了大树，飞一般擦着地皮向村南游去。孙振江抓起镰刀想追上去，被闻讯赶来的父母和孙家族中的几个长辈拦住了。

父亲孙德安过来踹了他一脚："你作死呀。"母亲仲桂珍吓得脸都白了，她不敢说话，抓住儿子的胳膊，想把他拽回家，却哪里拽得动他。村里的男女老少们众星捧月般围着孙振江，都夸他胆大，这条长虫少说也有两丈长，一般壮汉也未必敢招惹它，他竟然凭一人之力打败了它……也有为他担心的，长虫都记仇，没准儿它还会回来，找他报仇……这些，孙振江像没听见一样，他重新爬上树，砍了几根胳膊粗的木棍，一根一根地插到树杈间的那个树洞里，直到插不动为止。他从树上溜下来，冲大家笑了笑，油腔滑调地说："大爷大叔大娘婶子们，你们放心吧，那孽畜就是敢回来，也别想再进去了！"

马五子说："它爬不进洞里，不会找你家里去吧？"

孙振江咧嘴一笑："就怕这个孽畜不敢来。"

马五子在家里是根独苗，之所以叫"五子"，是因他生下来的时候正好五斤。不知道的，还以为他上面还有四个哥呢。马五子父亲早年病亡，母亲一个人将他拉扯大，日子过得比较艰难，从小就瘦弱。他比孙振江大一岁，却比孙振江矮半头。他和张东风、王老黑都是孙振江从小要好的朋友。夜里，马五子、王老黑和张东风叫了几个年纪差不多的半大小子来陪孙振江，为他壮胆。几个好友中，王老黑的家境最为殷实，也是唯一一个正经上过学的。从小家里就给他收留了一个逃荒的童养媳，叫秋菊，比他大三岁，他从小一直叫"姐姐"。这一年，王老黑刚满十五岁，父母就商量着让他和秋菊圆房，吓得他晚上经常跑到孙振江这里避难。

张东风因在老家是独门独户，老受欺负，全家才迁到这里的，在秦庄属于姥娘门上落户，按照庄乡辈分，他得管马五子、王老黑、孙振江等人叫"舅舅"。但他们从穿开裆裤就在一起玩，打闹惯了，舅舅没有舅舅的出息，外甥也没个外甥的样儿。

今儿一见王老黑，张东风就取笑他："你不在家圆房，来干吗呢？"

马五子也跟着起哄："春宵一刻值千金呢，快回去圆房吧，这里有俺们呢。"

王老黑恼了，他随手抄起炕上的一把笤帚，追着两人一阵猛抽……几个人很快闹成了一团。

孙振江的妹妹小静知道家里来过大长虫，吓得躲在里屋一直不敢出来。仲桂珍把一个方凳放在院子里，上面放了一只装满了土的大碗，插了三炷香。她点着了香，虔诚地跪在地上，祈求老天爷保佑她的儿子渡过这一关。孙德安一直心神不定。他把大门底下的狗洞用砖堵死，把一圈院墙全查看了一遍，只要有一点儿缝的地方，就用麦秸泥塞严、抹平。就这他还不放心，隔一会儿，就端着铁锨围着院墙转悠一圈。

孙振江满不在乎地说："爹，你不用怕，它已经被我用铁叉刺伤了，不敢来了。"心里却想，那么大的一条长虫，真要想进来，院墙哪挡得住，随便找棵树就爬上来了。但他不敢说出口，担心爹娘会更加害怕。

小伙伴们围着一盏煤油灯，看马五子和张东风下五子棋，都指指点点，吵吵嚷嚷的，倒也热闹。到了下半夜，小伙子们都累得哈欠连天，马五子和张东风都趴在桌子上打起了盹，王老黑等几个都横躺在孙振江的炕上睡着了。

大家都发出均匀的鼾声后，孙振江扛着铁叉，一个人悄悄出了门。这时，已经过了凌晨，是天亮前最黑的光景。

孙振江总觉得那条长虫是不敢到家里来的。晚上这么冷，它如果找不到栖身的地方，肯定想回到它的老窝。他来到村头，远远地，就看到那棵古槐下有一团白花花的东西，心下一紧：它果然回来了。他握紧手中的铁叉，慢慢向大树靠近。那条大长虫盘成像锅盖大的一团，脑袋耷拉着，一动不动。孙振江想，它不会是冻死了吧？就随手捡起一块坷垃投了过去，长虫一点儿反应也没有。他大着胆子走近了，用铁叉捅了捅长虫身子，感觉硬硬的，一点儿反应也没有。

他在路边薅了几把枯草，又捡了两把干树枝，堆成一个小小的柴垛，用火柴点着，火光"噗"的一声升腾起来。他借着火光仔细一看，那条大长虫的眼睛虽然还大睁着，却一点儿光彩也没有了。他返回家去，拿来了一条绳子，一头拴在长虫的七寸处，另一头甩上树杈，用力一拉，把大长虫吊在了树上。

他退后两步，看着吊在树上的大长虫，学着说书人的口气说："你这个偷鸡的蟊贼，被本座绳之以法了！"

这时，天已大亮了。孙振江正想回家睡个回笼觉，才发现村头上已经聚了一大群人。

崔麻子竖起大拇指说："你这个浑小子，胆子真大呀，简直是个'孙大胆'呀！"

从此之后，"孙大胆"便名声在外了。

2. 初遇贵人

冬去春来，又是一年的阳春三月，鲁北大地上的河流已经解冻，河面上还漂浮着一些零星的冰块，在日头下反射着一闪一闪的光，随着河水向北漂去。寂寞了一个冬天的树木，光秃秃的枝杈上冒出了新绿，那绿浅浅的，稍稍带些黄晕，还有些羞涩的样子。田野里，睡了一个冬季的麦苗已经苏醒，慢慢伸展开有些单薄的腰身，连干黄的叶尖也开始返绿。麦苗的间隙里，零零星星的荠菜探头探脑地从土里冒了出来。春风掠过田野，惊起一群群麻雀，它们在低空中飞过一片片麦苗，很快又落下来，隐在一片绿色之中。

孙振江打了两大捆柴，有些累，还有些饿。他躺在暖洋洋的日头下，背靠着柴捆子，本想休息一会儿，却慢慢睡着了。春风柔和地滑过他的身体，抚摸着他瘦削的脸，让睡梦中的他感觉非常舒适。他梦见了父亲，父亲还穿着那件补丁摞补丁但却洗得发白的夹袄，用那两只枯瘦的大手捧着几个鸟蛋，送到他的面前，沙哑着嗓子说："孩子，吃吧，吃了就饿不死了。"他欣喜万分，刚刚把鸟蛋接过来，一只大鸟忽然尖叫着冲他扑了过来。他一惊，就醒了。

　　天空湛蓝如洗，几朵白云在天边缓慢地移动着，一群大雁排成"人"字形，正"啊啊"地叫着从头顶上飞过。他闭上眼睛，眼前又出现了父亲的身影，两滴眼泪缓缓从眼窝里爬出来。家里穷得经常揭不开锅，孙振江从记事起，就几乎没有吃上过饱饭。母亲也是严重营养不良，致使他的两个弟弟自从来到这个世上，就体弱多病。两个弟弟的不幸如出一辙，先是病情越来越重，又无钱抓药，然后就在睡梦中离开了这个世界。面对残酷的生存现状，父亲为了给家里省出一张嘴，保住他仅存的这个儿子，一个人离开了故土。一个多月后才有人给捎回信，他下了东北，在煤矿上找到活路了……

　　这是一片盐碱地，也是附近有名的乱葬岗子。这片白茫茫的土地几乎寸草不生，却长满了一种红色的荆条，割下来晒干了，引着后会冒蓝火，火苗子毒，特别耐烧，是冬日里取暖做饭的"硬火"。这里是远离村庄的荒野，密密的荆条子间，全是狼藉不堪的无主之坟，有一些还裸露着累累白骨。附近的村庄里，都传说这里闹鬼，所以，除了送葬的时候，平日里没人光顾这里。经常在这里出没的，除了野兔、黄鼬、长虫、刺猬和野鸡，就是孙振江了。这里荒无人烟，一般人从附近路过都觉瘆得慌，所以连过路的人都绕着走。孙振江却把这儿当成了他打柴的好地方。这里柴多，又没人和他争抢。

他从来不信邪，更不相信鬼呀神的这些看不见的东西。今天，他打了两大捆柴，用绳子捆好后，感觉又累又饿，浑身软得一点儿力气也没有。早上喝的两碗稀粥，早就消化得无影无踪了。

乱葬岗子离村五里多路，这一路上，孙振江不知歇了多少起，才把两大捆柴挑到家里。娘和妹妹小静在灶间烧火做饭，堂屋里满是炊烟。见他回来，娘皱巴巴的脸上绽出了笑容："饭还没熟，你先躺炕上歇歇吧。"母亲哪里知道，她的儿子已经饿得前胸贴后背了。

孙振江出了门，捂着"咕咕"叫唤的肚子，来到村南的树林边。这里原来是一片无主的低洼地，十年九涝，长满了灌木和杂树。后来，地主崔立轩让长工在树空子间又种上了一些树，就把此地据为己有了。多年下来，这儿长成了一片茂密的杂木林子，有杨树、柳树、槐树、椿树等，但最多的还是榆树。

崔立轩是村里的首富，两个儿子也都非等闲之辈。大儿子崔安邦在李连祥的手下当连长，经常骑着高头大马，带着勤务兵回来。二儿子崔定国原在县城读书，后来去了日本留学。所以，他不但有钱，而且有势，近年来想尽各种办法收买、侵占别人的土地，家业越来越大。为了保护自己的家业，他从李连祥那里购买了一批枪支弹药，雇用了十几个护院，成为周围第一个拥有私人武装的地主。

每年冬天，崔立轩都安排两个长工把林子里的树修理一遍，把多余的旁枝斜蔓砍下来，这样有利于树木成材，还可以得到一些过冬的硬柴火。修理树木，当地人俗称"钩树"，就是在一根长木杆顶上固定上一把镰刀，用镰刀把要修理的树枝钩下来。但有些树枝长得粗壮，钩不动，需要有机灵胆大的人爬到树上，用斧头砍下来。这个活儿，一般人干不了。孙振江身子灵活，爬树快，村里好些人家有需要上树的活儿，都请孙振江来帮忙。崔立轩家遇到这事儿，也是差人去喊他。所不同的是，他给别人帮忙，都能有点儿微薄的报酬，比如几个窝头或者是半袋子地瓜，有时甚至是几根砍下来的树枝，让他拿回家当柴烧；唯独给崔立轩帮忙，从来都是白干，连个"谢"字都没得到过。但孙振江不在乎，乡里乡亲的，让他干点儿力所能及的事，他打心眼里高兴。

孙振江来到林子南边，见榆树上已冒出了一串串绿汪汪的榆钱儿，立时口齿生津。但是，在树下能够着的榆钱儿，早被人撸光了。孙振江瞅准了一棵一搂粗的大榆树，往手心里吐了口吐沫，两只手掌对着搓了搓，猛跑几步，身子往上一跃，抓住了榆树最下边的一个树杈，然后一纵身，三下五除二就爬了上去。他撸了一把榆钱儿，迫不及待地塞到嘴里大嚼起来，榆钱儿真甜呀，越嚼越香甜。他边撸边吃，一会儿就把肚子填饱了。他想起母亲和妹妹还没吃到今年的榆钱儿，就又撸了几把，把两个裤子口袋塞得满满的，然后溜下了树。他的双脚刚刚着地，就听见一个阴阳怪气的声音："孙大胆，你真是胆大包天了，竟敢偷我崔某人的东西。"

那声音透着一股冷飕飕的味道，在这暖洋洋的正午，凉气却渗入到了孙振江的骨头里。他急忙转过身来，两只胳膊同时被两个壮汉紧紧地抓住了。对面，站着一个高瘦的男人，拄着文明棍，叼着水烟袋，两只绿豆眼正阴冷地盯着他。

"不就是一把榆钱吗？你又不吃！"孙振江满不在乎地笑了笑。

那男人正是村里的大地主崔立轩，他干笑了一声说："好小子，你偷了我的东西，还敢顶嘴？把他吊起来！"

那两个汉子是崔立轩从外乡雇来的护院，身材都非常粗壮。一个左脸上长满了白癣，外号"大白脸"；另一个因前些年摆弄炸药时被炸瞎了一只眼睛，外号"瞎碰"。"瞎碰"是鲁西北一带对萤火虫的俗称，就是"不长眼""没眼色"的意思。这两人专门替他收租子，也是他的保镖和打手。两个人听了主人的号令，立即用一根手指粗的麻绳捆住孙振江的双腕，把他吊在了一棵榆树上。这根麻绳，是两个人随身所带，捆人吊人更是他们的拿手好戏。

其间，孙振江拼命挣扎，但他单薄的身子哪是两个壮汉的对手。只能由他们捆了双手，把绳子搭在一个大树杈上，拉了上去。绳子磨得老树皮纷纷飘落，一些碎末落到了他的脸上，眯了他的眼睛。他闭上眼，感觉两只手腕如撕裂般疼痛。过了一会儿，两只手臂便麻木了，好像从他身上脱离了。他心中不服，不断地大声呼叫："姓崔的，你欺负人！这榆钱不吃也是浪费了，过几天发黄了就全落到地上了……"

崔立轩使了个眼色，大白脸蹿起身子，一把扯下了孙振江的上衣。瞎碰从腰里解下一根牛皮鞭子，对着孙振江的后背就是一顿抽打。

几鞭子下来，孙振江的后背就被抽得皮开肉绽。尽管他咬紧了牙关，不让自己叫出声来，但钻心的疼痛仍使他忍不住低声呻吟起来。

大晌午的，村里本来很安静，清脆的皮鞭声很快惊动了附近的村民，不断有人闻声赶过来，不一会儿树下就站满了人。众人弄清事情的原委后，纷纷给孙振江求情，求崔老爷放人。

崔立轩拄着文明棍，高高地昂着头，眼睛死死地盯着孙振江，就是不开口。崔麻子是崔立轩的族中叔叔，他仗着自己辈分大，走上一步说："立轩呀，这孩子肯定是饿坏了，就是几把榆钱的事，乡里乡亲的，你犯得着下这么狠的手吗？"

崔立轩斜了崔麻子一眼说："麻子叔，话可不能这么说，这榆钱儿现在是不值钱，可过几天落了地，一个榆钱儿就是一棵榆树苗子，十年后就是一根好檩条子，他这一通连吃带装的，祸害的檩条子够盖十间房了！"

"还有这么算账的？咳咳……怪不得你能发家……"崔麻子被气得一句话没说完竟咳嗽起来，他用颤抖的手指着崔立轩说，"你，你，你这样就不怕遭报应？"

崔立轩重重地"哼"了一声，把脸扭到一边，不再理他。

马五子也闻声赶了过来，他气愤地冲崔立轩说："崔老爷，振江每年都帮你砍树，给你白干活儿，吃你点榆钱儿咋了？"

崔立轩恼怒地瞪了他一眼："我当是谁呢，马五子呀，你家欠我的租子还没还呢，就想造反？"

马五子的娘赶紧给崔立轩赔着笑脸，把马五子拉到一边数落……

大家谁也不敢替孙振江说话了。崔立轩的佃户高春阳站到人群前面，指着树上的孙振江说："这孩子从小就不老实，早就应该教训一下。"随即就有几个习惯"随风倒"的佃户附和起来，纷纷指责孙振江不守规矩，就该打……

这时，一阵密集的脚步声传了过来。从村北过来一支穿着军装的队伍。队伍很长，有三四百人。最前面，是一个骑着高头大马的军官。那军官见村头聚了这么多人，抬眼看到了吊在树上的孙振江，就举了举右臂，队伍停了下来。

军官跳下马来，向人群抱了抱拳："众位乡亲，这个孩子犯了什么错？"

众人七嘴八舌，就把事情说了个大概。那军官也就二十四五岁，中等身材，面目和善。他听明白了之后，朝崔立轩拱了拱手说："崔老爷，能不能给在下一个面子，放了这个孩子？"

崔立轩不敢怠慢，但他不想在村民面前失了面子，勉强拱起手来，还了个礼："敢问这位长官，在哪里高就？"

军官笑了笑说："在下孙致远，是范筑先司令麾下二团三营营长，这次下乡公干，途经贵地，还请崔老爷行个方便。"

崔立轩的一张马脸上立时堆满了笑容："是孙长官呀！失敬了！"他转身对两个护院说："既然孙长官发话，还不赶快把这个小子放下来。"

孙振江被缓缓放了下来，大白脸给他解开了绳子。孙致远走过来，看了看他脱了一层皮的手腕，立即叫卫生员过来，给他上了药。孙振江手腕上的伤痊愈后，留下了一圈断断续续的白色疤痕，让他终生铭记住了这一刻。

孙致远微笑着问："小伙子多大了？"

"十六岁。"

"叫什么名字？"

"孙振江。"

"咱们还是本家呢。"孙致远拍了拍他的肩膀，转身上了马。他在马上冲众人抱了抱拳，扭回头来对孙振江说："什么时候想当兵了，就到东昌府找我！"

说完，带领队伍离开了。

孙振江默默地看着孙致远离去的背影，心底升起一股异样的温暖，手腕上的伤也不那么痛了。从这一天起，孙振江记住了孙致远，记住了那张宽厚的笑脸，更记住了他的承诺。但他没有想到，正是这个萍水相逢的人，这个偶然救下他的人，给他的命运带来了重大的影响。不久之后，再次相逢时，孙致远以另一种面孔出现在他的面前，并带他走上一条不平凡的道路，改写了他的人生轨迹。那时候，孙致远追随的范筑先将军在聊城保卫战中以身殉国，他的队伍也被打散，暂时潜伏在乡间从事地下抗日工作……

骑马远去的孙致远也没预料到，他今天顺手救下的穷苦孩子，日后竟成为齐禹一带赫赫有名的孤胆英雄。那时候，他以一个新的名字游走在齐禹大地上，令鬼子和汉奸闻风丧胆。

3. 干亲上门

孙振江在炕上趴了十多天。

他本来就瘦得皮包着骨头，几十鞭子下来，整个后背的伤连成一片，几乎脱了一层皮。仲桂珍到集上卖了一只羊，从袁营请来了陈成道先生。陈先生是齐禹一带最负盛名的中医名家，他用独家秘方自制的中草药汁，在孙振江的后背上抹了厚厚的一层。临走，他留下了药，嘱咐仲桂珍每天早晚在其后背抹上一遍。

自始至终，仲桂珍都没有埋怨过儿子一句。这都是苦日子逼的呀，有什么法子呢？而每次抹药，孙振江疼痛难忍时，都要咬牙切齿地喊着一定要报仇！

仲桂珍这才呵斥他："闭嘴吧！你不要命了！人家不但有地有钱，还雇着狗腿子，人家的儿子还在'李团'（当地百姓对李连祥武装的俗称）当官，有刀有枪的……咱哪惹得起？"

孙振江倔强地说："说书的都说了，'三十年河东，三十年河西'。我就不服这个气！"

看他这个样子，仲桂珍非常不安：这孩子这么不安分，早晚会捅大娄子的。

十几天后，孙振江的伤口终于结了痂，能下地活动了。这天上午，孙振江和母亲一起铡玉米秸。在每年的春冬季节，玉米秸是他们家那头黄牛的主要饲料。这时日头刚移到东南方向，温暖的空气中溢满了玉米秸的香甜气息。

娘儿俩正干得带劲，一位姑娘走进了院子，亲热地叫了一声："干娘！"

这位姑娘生得眉目清秀，两只眼睛明亮得像黑夜里的星星。她右胳膊挎着一只竹篮子，左手拿着一块手帕，站在院中左顾右盼，双目生辉。她后面还相跟着一个七八岁的男孩，手里提着一根拇指粗的枣木棒，显然是用来打狗的。

母子俩都停下手里的活计，有些吃惊地看着那姑娘，只觉得有些面熟，却一时想不起是谁。愣了好一会儿，仲桂珍才双手一拍说："这不是大秋吗？都长成大闺女了，不敢认了。"

姑娘脸顿时红了，低下头又叫了一声："干娘！"

仲桂珍对还在发呆的儿子说："你还没认出来？这是何家馒头坊的大秋呀。"

"哦——"孙振江这才恍然大悟，他有些莫名的惊慌，急火火地搓了搓手上的脏东西，推开屋门，让大秋进屋歇息。

大秋回身拉过那男孩的手说："这是俺弟弟小壮，非要跟着来。"

仲桂珍说："来得好呀，认认门，以后走到这里也好认家。"

仲桂珍有这么个俊俏的干女儿，还是孙振江的功劳。

那是两年前，春节前夕的一个早上，鹅毛大雪下了整整一夜。孙振江拉开屋门，趴在门板上的雪一下扑进了屋内。他找来一把铁锨，把屋内的雪全清了出去，并从门口到大门清出一条小道来。他打开大门，想从大门口清一条通往大街的路。无意之间，他发现门前的雪地上有两行浅浅的梅花印。是兔子！已经好几个月没见荤腥的他忽然想到，如果能抓到一只兔子该多好，全家人都能解解馋，增加点儿营养。于是，他双手握着铁锨，沿着雪地上的梅花印寻找兔子的踪迹。兔子留下的爪印时深时浅，时有时无，他跟着爪印走出了村子，不知不觉间，竟走到了村西的大片麦田里。此时，麦子都被覆盖在厚厚的积雪下面，做着来年春天的梦。忽然，那小小的爪印消失了，孙振江前后左右地仔细搜索了一阵，除了自己的脚印，没找到其他任何痕迹。难道这兔子长了翅膀飞了？就在他感觉非常纳闷的时候，无意中听到一种沙哑的声音，像是从地底下传出来的一样。他吓了一跳，赶紧停下脚步，屏住呼吸，仔细倾听，好像听到有人在喊"救命"，声音非常微弱。他放眼四顾，目光所及之处，全是一马平川的雪地，声音是从哪儿来的呢？难道这世上真的有鬼？他头皮一阵发麻，壮着胆子大喊："是谁？在哪里呢？快点出来！"

忽然，在他前面不远的地方，飞起了一个雪球，接着，又飞起了一个。他紧跑几步，来到近前一看，原来，这儿竟有一口井，井里有两个人，正仰着脸看着他，脸上绽放着又惊又喜的神情。

孙振江惊道："呀，你们咋走到这里面了？"

下面一个沙哑的声音说："咳！别提了，大雪天赶夜道，迷路了！"

当下，孙振江解下扎腰带，想把他们拽上来，但是井太深了，腰带不够长。他就用铁锨在井边上挖了一道沟，撬下了几块砖，形成一个斜坡后，把扎腰带垂了下去。下面两人，其中一个人托着另一个人，孙振江用腰带在上面用力拽，总算拽上一个来。这人穿着一件厚厚的深红色棉袄，上来后整理了一下乱发，抹了把脸上的雪末子，竟是一个模样周正的半大姑娘。那姑娘解开棉袄的领口，怀里竟揣着一只肥嘟嘟的野兔子。

孙振江乐道："怪不得找到这里就没爪印了，原来掉井里了。"

姑娘显然累坏了，指了指井下面说："快救俺爹。"

两人齐心协力，累得气喘吁吁，总算把井里的另一个人也拽了上来。

这两个人，是伦镇何家馒头坊的老板何忠良和他的女儿大秋。昨天上午，他们去亲戚家参加婚宴，下午回来有些晚了，走到这里时天已经黑了，就想从麦子地里抄个近路，结果何老板一不留神掉进了枯井里，女儿大秋想把她爹拉上来，结果自己也掉了进去。起初，爷儿俩也没太在意，以为凭他们自己能从井里爬出来。没想到，这井是井口窄，下面宽，井壁溜滑，连个蹬头也没有。父女俩折腾了半天，也没爬出来。后来，两人又轮流呼救。但大冬天的，谁没事到麦子地里来？他们在井里拼命吼，声音传到外面也变得非常微弱，远处根本听不见。他们喊到半夜，人没喊来，却迎来了漫天大雪，幸亏父女俩穿得厚，又薅下了井底的一些茅草盖在身上，总算没有冻死。到了天亮，他们又累又饿又冷，嗓子也喊哑了。两人都绝望了，以为这一下是死定了，他们死在这麦田的枯井里，家里人恐怕连尸体都找不到……父女俩正抱头痛哭，一只兔子忽然从天而降，接着传来了孙振江在雪地里行走的脚步声，就赶紧呼救……

孙振江把父女俩带回了家。孙德安夫妇了解到情况后，赶紧把父女俩让到热炕头上，盖上被子暖着。孙德安把那只兔子杀了，用大锅炖上。仲桂珍沏了两碗姜汤，让父女俩趁热喝了。

孙振江在灶下烧火，他架上木柴，猛拉风箱，火势越来越旺。不一会儿，屋里飘起了肉香。

父女俩吃了兔子肉，喝了肉汤后，脸上才逐渐有了血色。回过阳来的何忠良对孙振江千恩万谢，他觉得无以为报，就坚持要和孙家结亲，让女儿大秋做孙德安夫妻的干女儿……

大秋这次来，是何忠良在伦镇集上听人说了孙振江挨打的事儿，派女儿来探望的。

把大秋姐弟俩让进屋，在炕沿上坐下后，仲桂珍把孙振江叫出门外，嘱咐他去院中婶子家借点儿白面，中午擀点儿面条招待客人。她刚交代完，大秋就从屋里赶出来说："干娘，您啥也别忙活，俺给您说几句话就走，回去还有一堆活儿要干。"

仲桂珍说："走了这么远的道，不吃饭怎么行？你干娘再穷，也管得起你一顿饭。"说着话，示意孙振江快走。

孙振江拔腿刚想走，大秋紧跑几步赶上来，抓住他的胳膊说："哥，你要去的话俺这就走。"

孙振江感觉胳膊像过电般麻了一下，脸腾地红了。他待在那里，走也不是，不走也不是，求救般看着自己的娘。

仲桂珍见大秋说得坚决，知道强留也留不住，只好作罢。

大秋带来了一篮子馒头，还有一只烧鸡，这是过年过节也难以见到的贵重礼物。对于这个几乎断炊的贫苦家庭来说，更是雪中送炭。临走时，仲桂珍把馒头留下了，死活不收那只烧鸡。

大秋这次还捎来她爹的一个信儿，请干爹干娘抽时间去伦镇认认门，有事儿商量。

孙振江送大秋姐弟俩出了村。临分手时，大秋红着脸说："哥，以后去赶伦镇集，一定到家里坐坐。"

孙振江还没说话，小壮忽然问："哥，你们这里有啥好玩的吗？"

小弟的一句话把孙振江从紧张中解救了出来，不知什么缘故，他这次见了大秋有些紧张，这才两年不见，大秋已经从一个黄毛丫头出落成了一位水灵灵的漂亮姑娘了。

孙振江摸了摸小壮的脑袋说:"等你下次来了,我带你去个好地方,那里有兔子、刺猬,还有长翅子的野鸡。"

小壮一下来了兴致:"现在去不行吗?"

大秋笑着打了弟弟一下:"刚认识一会儿,就快赖上了,要是熟了还了得。"

孙振江说:"等到冬天下雪了,你们再来,咱们去打兔子。"

大秋还没说话,小壮抢着说:"好,俺一定来!"

大秋嗔怪地轻推小壮:"你倒不客气呢!"回头对孙振江一笑:"哥,你回吧,俺走了。"

直到姐弟俩的背影消失在转弯处,孙振江才回家。

母亲脸上带着笑:"送走了?"

他点了点头,忽然间有点儿空落落的感觉。

孙德安忽然回来了。出去一年多的时间,他比以前更黑更瘦了。他在煤矿上拼命干活,又省吃俭用,攒了一点儿钱,因心里老记挂着家里,就偷偷爬上运煤的火车,几经辗转,终于回到了禹城火车站,又一刻不停地步行赶回家来。

仲桂珍刮了刮面缸底,搜集了一点儿白面,又掺上半瓢棒子面,包了一顿野菜馅的饺子。一家人像过年一样,高高兴兴地吃了一顿团圆饭。

几天后,逢伦镇大集,父母破天荒地同时去赶集。到了日头快落山时,老两口才回来。孙德安的脸色红红的,一脸喜气,嘴里还散发着淡淡的酒香。他进门后就躺在炕上呼呼大睡了。仲桂珍看着孙振江,连眼角的皱纹里都是笑,她声音柔和地说:"你交好运了,人家相中你了。"

孙振江有些摸不着头脑，傻乎乎地看着母亲。母亲又说："这也是好人好报，你救的那个何老板相中你了，要把大秋嫁给你，今天已经把话挑明了。"

孙振江的眼前马上浮现出大秋那窈窕的身影，心里像钻进个兔子般突突地跳起来。

看着儿子红通通的脸，母亲笑道："这事还着不得急，她娘去年刚没了，得守孝满三年后，才能过门。"

孙振江有些不放心地问："大秋愿意吗？"

母亲说："那是当然，你以为上次人家是来干啥的？是要仔细相相你……"

4. 伦镇惨案

生活里有了大秋的存在，孙振江第一次感受到了日子的温暖。他苦难的生命体验里，有了一种美好而朦胧的期待。他期待与大秋见面，期待着那个好日子尽快来临。但是时间并不依他的愿望，仍旧一天天慢悠悠地走着。在寂寞而漫长的期待中，他心中装满了大秋的笑脸，感觉一切都变了，阳光变得绚丽而灿烂，空气分外香甜，连平日里司空见惯的庄稼和野草野花，也变得那样妖娆和妩媚。

孙振江没有料到，他梦想中的那个好日子还遥遥无期，却与一场惨烈的屠杀不期而遇。而他的那个美好期盼，也因这场变故戛然而止。

一九三八年一月，在禹城县伦镇，孙振江亲历了一场民间武装和日本正规部队的对抗。这场实力悬殊的战斗，后期演变成了一场惨绝人寰的屠杀。那次战斗被载入禹城县志，称"伦镇保卫战"。这次刻骨铭心的经历，彻底改变了孙振江，使他明白，生活不仅有美好的一面，还有血腥和罪恶。一向淳朴单纯的他，一夜之间懂得了仇恨，心中凝聚起了一股强烈的复仇情结。这次噩梦般的遭遇，还让他见识了叫作"枪"和"炮"的两种致命武器，并认识到了这些武器的厉害。虽然，早在一九二七年的八月，一位伟人就说出了"枪杆子里出政权"的名言，但孙振江作为秦庄村的一个农民，一个靠给地主种地为生的佃户，根本没有机会听到这样的声音。他对武器的认识和重视，都来自这次鲜血和生命的教训。以至于后来，他在加入到对抗日伪的阵营中后，谋划了多次缴获武器的行动。

一九三七年七月七日夜，"卢沟桥事变"爆发，日军沿津浦铁路南下，十月三日攻下德州，十一月十四日占领禹城，十一月十六日侵占晏城，逼近黄河，国民党山东省政府主席、第三集团军总司令韩复榘率部逃跑……仅仅一个多月的时间，整个鲁西北全部沦陷。

日本人控制了禹城、晏城等铁路沿线城镇，开始逐步在附近较大村镇设立据点，培植伪政府，招募伪军，以实现他们"长治久安"的幻想。伦镇街位于禹城以南、晏城以西，是两个县城的交通交会点，也是附近最大的镇子，很快进入了日军的视野。

一九三八年一月十五日，是农历的腊月十四，离过年还有半个月的时间。在这个当口儿，孙振江家的粮缸里，却只有半缸玉米面，连一瓢白面也没有。以前过年，一家人紧紧也就过去了。但今年不同往日，孙振江的父母已经找好了大媒，并与何忠良商量好了，在春节过后给他和大秋正式订婚，怎么着也得置办点儿像样的年货，到时候好能拿出一桌酒菜，招待媒人和大秋一家。这天，孙振江一早赶到伦镇来找何忠良，想让他帮着找个店铺帮个零工，趁年前各家店铺的生意忙，挣点儿钱置办年货。他是满怀着一腔喜悦来到伦镇的，因为，他马上就要见到大秋和小壮了，对于后面几天的帮工生活，更是充满了期望。

就在这一天，日本人对伦镇动手了，他无意中卷入了一场惨烈的战斗。

对当时伦镇的守卫者红枪会来说，这是意料之中的事。因为就在昨天，日军从晏城方向来侦察探路的两辆汽车要开进伦镇街时，被红枪会的会员们挡在南门外。当时由于鬼子的兵力较少，没敢动武，经过短暂的对峙后，他们就调转车头撤退了。红枪会的会员们一路呐喊着，一直把鬼子追出五六里路，才停下来。这场没有硝烟的战斗红枪会彻底赢了，当时是士气大振。他们觉得鬼子也没有传说中那么厉害。但红枪会的首领、大师兄娄凤山判定：鬼子今天吃了亏，改天一定会来报复。就命令大小头领，安排会员们加强警戒，随时准备保镇自卫。

孙振江走进伦镇南门时，正赶上红枪会会员集合，举行祭坛仪式。以前，他曾多次见会员们练习拳脚和刀枪，就悄悄学记了一些动作，经常在家反复练习。但是，他还从没见过祭坛，就停下脚步，站在一边看光景。

此时，太阳刚刚从东面的矮房顶上升起来。柔和的晨光中，头领们抬出一尊沉重的石雕关帝像，放在一张结实的枣木桌子上。会员们在像前跪成黑压压的一片。娄凤山身形彪悍，剑眉豹眼，有一种不怒自威的气质。他盘腿坐在像前的空地上，二目微闭，口中念念有词，但谁也听不清他说的什么。忽然，他全身剧烈地颤抖起来，汗水溢满了整张红通通的四方大脸。会员们纷纷低语："大师兄附体了，附体了……"猛然，娄凤山圆睁豹眼，仰天大啸："俺乃汉寿亭侯武圣人关云长是也！……吞下神符，刀枪不入！哈哈哈……"

会员们纷纷磕头膜拜。这个时候，有几个女弟子给跪拜的会员们每人发了一张黄表符，上面用朱砂写着"关爷附体，刀枪不入"的字迹。字为隶书，笔力刚劲。会员们三叩首后，各自吞下黄表符，齐声大喊："关爷附体！刀枪不入！关爷附体……"声势震天。

忽然，娄凤山双眼上翻，一下子歪倒在地上。几个会员上去，把他扶坐起来，捶背，揉胸，忙活了一会儿，娄凤山才长出了一口气，慢慢睁开了双眼。

"回来了，大师兄回来了……"几个会员扶娄凤山站了起来。

娄凤山一双豹眼环视了一圈，大声喝道："关闭南门！抄家伙，上围墙！"

会员们顺着围墙的斜坡，小跑着登上围墙。他们手里的家伙五花八门，有土炮、土枪、抬杆、大刀、红缨枪、九节鞭、三节棍、铁叉……

日头越升越高。孙振江偶然抬头，发现这天的日头边缘，竟有一圈淡淡的血色。尽管他还没有什么阅历，但内心还是不安，不祥的预感黑云压境般袭上心头。

一切安排完毕，娄凤山发现了站在一边的孙振江。他看着面生，就不客气地质问："你是哪里来的？有何贵干？"

孙振江告诉娄凤山他来这里找活儿干的事。娄凤山焦急地说："这里马上就要开战了，你快走吧！"

孙振江还没来得及作答，围墙上传来一个惶恐的声音："大师兄！鬼子来了！鬼子来了！"

娄凤山边沿着台阶往围墙上疾走，边对孙振江说："小伙子，赶紧从北门走吧！"

与此同时，三辆汽车"嘎"地停在了南门外。扛着长枪的鬼子纷纷从车上跳下来，随着口令列好了队形。六个鬼子在队列前面支起了三架掷弹筒。

隔着厚厚的城门，孙振江就听到了鬼子们列队时皮鞋的踏步声。他沿着伦镇街的南北主道，往北跑去。刚跑了几十步远，就听到了震耳欲聋的炮声，一颗炮弹在离他五六米远的地方爆炸了，一间土屋顿时被震塌了。与此同时，他感觉有一只无形的巨手把他托起来，向后飘出七八步远，仰面朝天摔倒在地上。他挣扎着爬起来，只觉得头晕目眩，喉头忽地一热，一张口，一口鲜血喷涌而出！他脚下一虚，一头栽倒在地。

此前，在城门之外，鬼子的翻译官和娄凤山有过短暂的对话。

翻译官在城外大喊："乡亲们，太君要路过伦镇，请你们打开城门，让我们过去！"

娄凤山冷冷地说："此路不通，你们绕道吧！"

翻译官对一个鬼子军官嘀咕了几句，那个鬼子当即抽出指挥刀，指着城门，下达了开火的命令。随即，密集的枪炮声打破了这个千年古镇的宁静。

孙振江摇摇晃晃从地上爬起来，回头望去，明亮的日头下，会员们身上喷涌着鲜血，接二连三地从围墙上倒栽下来，一袋烟的工夫就栽下了十几个人。孙振江大为吃惊，他一直非常崇拜这些身手不凡的会员，觉得他们个个都是能以一抵十的好汉，没想到这么彪悍的体格，在鬼子的枪弹下，竟然如同草芥。孙振江瞬间明白了：打仗还得靠武器，没有武器，人再多，功夫再好也白瞎。至于刀枪不入，那更是胡说八道呀，血肉之躯怎么能抵挡得住锐利的铁器呢？

孙振江沿镇街往北跑，直奔位于十字街头的何家馒头坊。与生俱来的判断力让他明白，那些红枪会会员挡不住日本人的枪炮，他们很快会攻进来。当务之急，是赶快跑到何家馒头坊，让何忠良一家找地方躲藏，最好暂时离开这里……

　　快到十字街时，迎面遇上了很多往南跑的人。他拦住一个挑着担子的人一问，才知道北门没有守卫，有一股鬼子从那里直接冲进来了，都端着明晃晃的刺刀，见人就捅……他心知不好，赶紧加快了脚步。没跑多远，就见五六个穿着黄皮衣服的鬼子从远处奔了过来，他们边"哇哇"怪叫着，边追逐着街上的行人，追上了，就用刺刀乱捅乱刺，街上响起此起彼伏的惨叫声。

　　孙振江往后退了几步，发现一个没有大门的院子，房子也塌了一半，估计是个废弃的宅子，就从窗户跳了进去。屋内蛛网密布，到处都是灰尘。他从墙角找到一把破笤帚，轻轻地把蛛网打到地上，然后躲在临街的窗户后面，观察着外面的情况。大街上一个人影都没有了，一阵风刮过，空旷的街面上尘土和垃圾漫天飞舞。

　　南门的战斗仍在激烈进行着，猛烈的炮火将城墙炸开了一道口子，鬼子们都怪叫着扑了进来。红枪会会员们用大刀和红缨枪与鬼子展开了拼刺。近距离的搏杀，使这些常年习武的红枪会会员终于有了施展的机会，而鬼子的拼刺技术也相当娴熟，双方势均力敌。在兵器交鸣中，喊杀声、惨叫声不绝于耳。

　　惨烈的拼杀进行到下午四时，双方都伤亡惨重。娄凤山已经砍翻了五六个鬼子，大刀都卷了刃。他捡起一杆红缨枪，一边与鬼子游斗，一边注意着周围会员们的处境，随时援助陷入险境的会员。三个女会员合力把一个瘦高个鬼子围在中间，用枪头子乱捅乱刺，却扎不到要害上。瘦高个鬼子一边痛得"哇哇"大叫，一边拉开枪栓，对着一个女会员刚想射击，娄凤山手中的红缨枪脱手而出，像长了眼睛一样，飞速地插入他的咽喉……鬼子们渐渐处于了下风，红枪会会员们胜利在望时，敌人的增援部队赶到了，大批的鬼子拥入围墙，以人数上的绝对优势向红枪会会员们压过来。已经持续拼杀了五六个小时的会员们实在顶不住了，就逐渐退到镇内，和鬼子展开了巷战。鬼子们利用梯子爬上房顶，在各个制高点架上了机枪，见到中国人就扫射，百姓们成片成片地倒在血泊中。

随着红枪会会员们的死伤，鬼子遭遇到的抵抗越来越微弱。他们在街上、胡同内、院子里、屋子里搜捕，见人就开枪。伦镇街上尸横遍野，许多树上吊着百姓的尸体。孙振江将这一切看在眼里，恨得把牙咬得咯吱咯吱响……但他没有冲动，他明白，自己手无寸铁，这么冲出去就是白白送死，要想和小鬼子对着干，一定得有枪……他正暗暗发恨，就看到大秋牵着小壮的手，从街对面跑了过来，边跑边左顾右盼，显然，她也在寻找藏身的地方。孙振江赶紧打开窗户，冲大秋喊："大秋小壮，快过来！这边！"

姐弟俩听见喊声，四处张望，终于看到隐藏在窗户里面的他，一瞬间都露出了笑容，向他跑来……但仅仅是片刻之后，大秋脸上的笑就消失了，她忽然拉着小壮拐了个弯，从窗前一闪而过，消失在孙振江的视野。他还没明白怎么回事，就见窗前又掠过两个黄色的人影，是鬼子！两个端着刺刀的鬼子，向大秋姐弟俩追去。他顿时明白了，大秋为了不连累他，引开了鬼子。

日头西沉，街上的光线暗了下来，但孙振江觉得，这暗淡的光线里蒙上了一层红彤彤的颜色，这是乡亲们的鲜血映照的。

枪声渐稀，鬼子把抓住的红枪会会员和百姓都赶到了十字街头的空地上，周围架起了机枪。一名身材矮小的军官站在人群前面，他面色阴暗，神情冷酷，疯狂的目光在人群里扫来扫去。他就是这场战斗或者屠杀的指挥官，名叫松井，目前是日军驻齐河的最高指挥官。他是驻济日军五十九师团细川忠康麾下的陆军大尉、中队长。此人精通中文和中国文化，为人狡诈狠毒。日军刚刚打到这里，他想给当地的老百姓和抵抗力量一个下马威，让他们从此之后不敢再和日军作对。要想立威，就得制造流血事件，让鲜红的血消弭中国人抵抗的勇气。

孙振江借着房屋和墙体的掩护，悄悄地爬到了临近十字街的一座房顶上，躲在烟囱后面，居高临下，在人群里寻找他所牵挂的人。

大秋站在人群的最前面，把小壮挡在身后。何忠良也木然地站在人群中，脸上还有一缕血迹。孙振江想，鬼子会把他们弄到哪里去呢？怎么才能把他们救出来呢？他正动着心思，忽然看到那个鬼子军官挥了一下手，同时狂叫了一声什么，接着枪声大作，站在十字街头的人们惨叫着纷纷倒了下去。他看到大秋的胸前绽开了一大朵鲜红色的血花，慢慢倾倒在尘土中……

孙振江心如刀绞，他再也控制不住自己了，他想跳起来，跳到那个鬼子军官头上，抠下他的眼睛，把他的喉咙咬断……但他刚刚抬起上半身，就被一双有力的大手摁住了，一个低沉的声音在他耳边叱道："你想去送死呀！"一股浓重的血腥之气沁入他的肺腑。

他回头一看，是一个满身是血的汉子。再仔细打量，才认出是红枪会的大师兄娄凤山。孙振江明白他说得对，强忍住悲伤和怒火，头顶在房顶的一片青瓦上，把瓦都顶碎了。

枪声停止了，刚刚还站立着的人全部倒在了血泊中。

松井挥了一下手，鬼子们立即集合起来，排好队，跟在松井背后扬长而去。

娄凤山说："这个鬼子叫松井，老子早晚要杀了他，祭奠死去的乡亲们！"

松井转身离去的那一刻，孙振江记住了他那张惨白的瘦脸，那双猫头鹰一般阴森的黄眼珠子。他在心里暗暗发誓：松井，我一定要杀了你，我一定要杀了你……

孙振江像丢了魂儿一般，在房顶上呆坐了很久，眼泪不休不止地流淌下来，把前胸的衣服都湿透了。直到街上的人越来越多，他的意识才稍稍清醒了些。他笨手笨脚地从房上爬下来，看到十字街头一大片血迹斑斑的尸体，内心有一团火越烧越旺，这团火在他心里凝结成了两个字——报仇。从这一刻起，他暗暗地下定了杀死松井、为大秋一家和所有死去的同胞们报仇的决心，这个决心改写了他的人生走向。

娄凤山来到他的面前，拍拍他的肩膀说："小兄弟，快回家吧。"

孙振江摇了摇头说："我还有事。"

孙振江打听到了何家位于镇东的祖坟，把何忠良、大秋、小壮一个个背了过去。他自己一个人挖坑，边挖边哭。他挖了一个大坑，将他们一家三口埋在一起，起了一个大大的坟包。当晚，他就斜躺在坟包上，两眼望着深邃的夜空，没有一点儿困意。他一会儿想着大秋和小壮的样子，心痛如绞……一会儿想到鬼子松井那张惨白的瘦脸、猫头鹰般的黄眼珠子，咬得牙齿咯嘣咯嘣地响……直到天快亮时，他才昏昏睡去。

第二天，孙振江没有回家。他跟随着娄凤山，加入到收殓、掩埋遇难者遗体的队伍中。这是伦镇街的几个大户组织的临时团体，有三四十个人，全是青壮男子。他们起早贪黑地忙活了三天，才将逝者全部安葬。这次伦镇保卫战，有一百四十多人殉难。那些天，镇内镇外，到处一片悲哀的痛哭声，天空一直阴着，罩在人们心头的乌云经久不散。

离开伦镇时，娄凤山将他送到镇外，将一个面袋子递给他："小兄弟，你有什么打算？"

孙振江接过面袋子说："等过了年，我想弄把枪，去杀鬼子！报仇！"

娄凤山惨然一笑说："你这个想法不错，可仅凭你一个人，是报不了仇的。"

看着孙振江一脸的迷茫，娄凤山又说："你要想杀鬼子报仇，必须加入抵抗日本人的队伍。"

"哪里有这种队伍？"

娄凤山说："等过完年，我去寻找抗日队伍，等我找到了，一定去找你。"

孙振江用从说书人那里学来的动作，抱了抱拳说："谢谢娄大哥，那我就在家里等你的消息，我是秦庄的。"

孙振江背着那个面袋子回家了，里面是二十多斤全粉面。有了娄凤山馈赠的这些粮食，他们一家人才没有饿着肚子过年。

春节过后，孙振江一直期待着娄凤山的出现。每天，他都会跑到村头的古槐树下，向通往伦镇的大道上张望，期待能看到娄凤山。但时间一天天过去了，他望眼欲穿，却连娄凤山的影子也没见着。渐渐地，他失望了，他觉得，娄凤山可能没有找到抗日的队伍……还有一种可能，这是他不愿相信的——娄凤山已找到了抗日队伍，但忘记了对他的承诺。

5. 庙内之战

孙振江背着一个小口袋，匆匆走在回家的路上，汗水把粗布褂子都浸透了。这是六月的一个下午，天阴得很厚，空气异常闷热。今天是伦镇大集，他把自己种的南瓜拿到集上卖，换了二十斤玉米，又到碾坊碾成面子，打算背回家蒸窝头。走到半路，大雨从天而降。孙振江把口袋抱在胸前，又把褂子脱下来盖在上面，在大雨中奔跑。他对这一带非常熟悉，知道前面有个关帝庙。

孙振江一头撞进关帝庙时，全身已经湿透了，盖在口袋上的褂子也湿了一大半，好在玉米面没有淋湿。他放下面袋子，把褂子用力拧了拧，重新穿在身上。直到这时，他才发现庙里还有三个人，正盯着他看。他吓了一跳，那三个人，一个穿米黄色军服的，是个年轻的鬼子军官；另两个都穿一身黑色制服，是伪军，老百姓都习惯叫他们"二鬼子"。

一个瘦杆子似的伪军走过来，恶声恶气地问："干什么的？"

"能干什么？种地的。"孙振江的语气里掩盖不住对这些汉奸的厌恶。

那伪军一愣，捋了捋袖子说："小子，嘴挺硬呀！哪个村的，有良民证吗？"

"就在前面，秦庄的。"孙振江说着，从裤子口袋里掏出湿漉漉的良民证递了过去。

那伪军并不接良民证，用力推了孙振江一把说："太君在这里休息，闲杂人等一律不准进来！"

孙振江怒道："雨这么大，让我去哪里？"

伪军一拉枪栓："小子，信不信我一枪崩了你！"孙振江说："我还真不信了……"

争执之间，另一个伪军也端着枪走过来，两个人一起往外推搡孙振江。孙振江脚下一滑，仰面朝天向门外摔去。但他并没有倒下，背后，一双有力的大手接住了他，用力把他推回了庙内。两个身穿稻草蓑衣、头戴草帽的男子挤了进来。两人摘下湿漉漉的草帽，露出两张面容瘦削、表情肃穆的脸来。

也许是两名男子身上带有一股肃杀之气，那个鬼子军官感觉不好，伸手去腰间掏枪……一个男子忽然将手中的草帽甩了出去，正打在鬼子的脸上。同时，那男子敏捷地从后腰拔出了驳壳枪，冲鬼子连开了三枪，清脆的枪声把屋顶的尘土都震了下来，庙内弥漫起一片灰尘。

事情来得太过突然，不但孙振江吓了一跳，那两个伪军瞅着鬼子前胸的三个血洞，也吓呆了。他们很快缓过神来，把枪一扔就跪下来，几乎异口同声地喊："好汉饶命！八路爷爷饶命……"

孙振江冲瘦杆子似的伪军踹了一脚，骂道："该死的二鬼子！刚才的威风哪儿去了！"

瘦伪军赶紧爬起来，重新跪在三人面前，不断地磕头求饶。这两人正是齐禹县大队的副大队长宋光和侦察员赵克祥。

当时，日伪占领下的禹城县和齐河县，是两个独立的行政区域。国民党留守人员划分的行政区域，和日伪政府是相同的，只是一个在"地上"，一个在"地下"。而中共领导的抗日政府，以禹城县南部和齐河县为一个行政区域，称齐禹县；禹城北部和临邑南部是一个行政区域，称禹临县；禹城西部和平原东南部是一个行政区域，称平禹县。抗日政府和日伪政府的势力范围犬牙交错，还有一些大大小小的民间武装，各自控制着大小不等的势力范围，斗争环境十分复杂。

后来孙振江才知道，宋光和赵克祥虽然是中共党员，但当时，他们所属的抗日组织是国民党领导的齐河县政府。他们是配合上级的战略意图，为争取这支队伍，主要是为争取县长孙致远，奉命加入这个组织的。正是这次偶遇，最终成全了孙振江参加抗日队伍的梦想。

鬼子和伪军是来这一带催粮的。他们一共出动了十几个人，分成了三组。宋光和赵克祥从今天一早就开始追踪这一组，因怕在村里动手连累老百姓，就跟踪到了村外，恰巧天降大雨，正是动手的好机会。他们正想往里面投手榴弹，没想到孙振江一头撞进了庙里，让他们改变了计划。孙振江没有想到，自己苦苦寻找未果的抗日队伍，竟然在无意中和自己相遇了，他知道两人的身份后，激动得差点儿哭了。他的眼泪在眼眶里直打转转，感觉就要流出来了，他强忍着，乘人不注意，悄悄地用衣袖擦掉了。

赵克祥三下五除二，利落地把两个伪军捆了个结结实实，并把他们各自的袜子塞到嘴里。他们把鬼子的手枪、战刀和两个伪军的长枪及子弹都用蓑衣包起来，用绳子捆结实，绑到了赵克祥的背上。

这时，雨停了，阳光倾照在大地上，蝉声忽然响了起来，起初是一声，两声，像是在试探这个世界是否安全，很快，它们就放开了胆量，齐声鸣唱，在天地之间织成了一片。

宋光冲孙振江抱拳："小兄弟，后会有期！"

孙振江一听急了，拦在他们面前说："两位大哥，请把俺带上吧！俺找你们好久了。"

赵克祥问："找我们干啥？"

"加入你们呀！和你们一起打鬼子！"孙振江急得汗都下来了。

宋光问："小兄弟，你是哪里人？"

孙振江说："就是前面秦庄的。"

"为什么要打鬼子？"

"为乡亲们报仇！"

"你先跟我们走吧。"

孙振江紧紧地跟在两人身后，踏上了泥泞的乡间小路。

6. 意外重逢

孙振江跟随着宋光和赵克祥，深一脚浅一脚地跋涉在野草茂盛的田间小路上。越走，他感觉离村子越近，忍不住问："咱们这是去哪儿呀？"

宋光头也没回，边走边说："以后加入了队伍，一定要记住，不该问的就不要问。"

赵克祥回头冲他笑了一下："到了你就知道了。"

一直走到了陈董庄南的一片树林里，他们才停下来。再往前走，不远处就是秦庄了。

两人在树林边上，背靠大树坐下来，往四周观察了一袋烟的工夫，才起身钻进树林。

孙振江跟随他们穿过湿漉漉的树林，随后看到一大片瓜地，遍地的西瓜已经有拳头大小了。瓜地的北面，是三间宽大的草房，房门前有一间宽敞的瓜架子，上面爬满了瓜秧子。瓜架前有一口水井、一架辘轳。

宋光给赵克祥使了个眼色，赵克祥把孙振江引到瓜架子底下，指着一块立起来的条石说："小兄弟，先坐下歇会儿吧。"

宋光轻轻敲了敲草房的木门，闪身进去，门随即关上了。密密的瓜秧遮住了日头，小风从瓜架子底下掠过，非常凉爽。

孙振江想，这是陈董庄的地呀，听说被一个外地人承包了……难道这里有抗日的队伍？这么小的房子，能盛几个人……

正胡思乱想，门开了，一个爽朗的声音响起："小伙子，咱们真是有缘哪！"

孙振江赶紧站起来，看着眼前的男子，中等身材，面目和善，面熟，却怎么也想不起在哪里见过。

宋光赶紧给孙振江介绍："小兄弟，这位就是我们的领导，孙县长。"

孙振江一听吓了一跳，县太爷，这么大的官！居然住在这么个小地方。

见他发愣，孙致远走到他面前，拍了拍他的肩膀："你叫孙振江吧？咱们还是本家呢。"

这一下，孙振江更是蒙了，面前的孙县长，不但一点儿官架子也没有，还知道自己的名字，这不是做梦吧？他仔细回想了一下，确定没有把名字告诉过"两位好汉"。

他怯怯地问了一声："孙县长，咱们见过吗？"

孙致远笑了笑反问道："咋了？你不认识俺了？"

孙振江仔细地看了看面前的孙致远，越看越觉得熟悉，他在大脑里快速地搜索着这张熟稔的面孔，终于和记忆里的一张面孔对上了号。

"你是……你是俺的救命恩人——孙长官！"

孙致远双手一拍说："好！记性不错，不过，救命恩人不敢当呀，我只是让你少受了些活罪。"

孙振江没想到在这里能遇上恩人，有些兴奋，他问："孙长官，您怎么种上西瓜了？您的队伍呢？"

他的这些问号，使孙致远马上皱起了眉头，脸上的表情也有些游离。很久之后，孙致远在与他的一次谈话中，回忆起这个细节，才给他做了一个迟到的回答。孙振江到那时才明白，当时自己对孙致远提出的问题，实实戳到了他不愿触及的痛处……

一九三七年，"卢沟桥事变"爆发后，日军沿津浦铁路南下，很快就逼近了黄河。韩复榘率部逃跑，国民党的其他军队也纷纷南撤。在形势无比严峻的情况下，孙致远追随的范筑先将军没有随波逐流，他采纳了在身边工作的中共党员姚第鸿、张维翰的建议，拒绝了韩复榘让他撤到黄河以南的命令，坚持留在聊城抗战，并通电全国："裂眦北视，决不南渡。誓率我游击健儿及武装民众，与倭奴相周旋……"他的铮铮誓言发表后，在全国引起很大震动，也引来了日军的重兵侵犯。一九三八年十一月初，日军两个联队从济南出发，直逼聊城。十一月十三日上午，范筑先把各机关、学校全部转移到农村，枪支弹药运到城西南的张炉集，并鸣锣动员群众出城。孙致远奉命带领警卫排护送枪支弹药，先行离开。范筑先布置完战斗任务后，正准备按原计划出城指挥作战，国民党鲁西行辕主任李树春突然赶来，与他商谈整编部队的问题。下午四点，李树春离开后，日军用火力封锁了出路，范筑先被封在了城内。他临危不乱，召集城内的游击营、卫队营、手枪连、传令队等少数部队，和先期出城又返回来接应他的共产党员张郁光、姚第鸿一起指挥守城，等待外援。但因为守在城市外围的国军军官率部临阵脱逃，使聊城沦为一座孤城，国民党军队无人来援，共产党驰援的军队都在路上，远水解不了近渴……在城外的孙致远心急如焚，但他的警卫排只有区区三十几人，携带的都是轻武器，拉上去只能成为炮灰，他干着急没有办法……范将军亲率部队与日军激战了两天，终因众寡悬殊，城门被日军攻破。范筑先率领残余部队与日军展开激烈的巷战。后身受重伤，举枪殉国。聊城失守后，孙致远被国民党临清专员袁聘之委任为齐河县县长，带领县政府行政人员和少数武装，在齐禹一带活动。但国民党的不抵抗政策以及一些国军将领的逃跑行为，让他对国民党彻底丧失了信心。在他的信仰产生了动摇，一度陷入痛苦的迷茫时，早期相识的共产党员谭锡三找到他，介绍他加入了共产党，并安排宋光、赵克祥来协助他工作……

可是当下，孙致远对这些情况不想谈也不愿谈，尤其是对孙振江这样一个初出茅庐的小伙子，说了他也不懂。面对他的询问，孙致远只能避重就轻："咱们的队伍，就在千千万万的人民当中，隐藏在敌人看不到的地方，到了需要的时候，他们就会出现。"

孙振江似懂非懂地点了点头。孙致远的话，是他有生以来从没听说过的，这些在他听来有些深奥的话语，为他打开了一扇明亮的窗子，让他看到了不一样的世界，他对以后的生活充满了好奇和期待。孙致远拉他到屋里，让他坐炕沿上，从一把大铁壶里给他倒了一大碗茶水，放在炕头上。

这是三间通着的草房子，屋内的陈设和普通庄户人家没有什么两样，只是炕有些大，占了一间屋子，能睡十几个人。

孙致远点着了一袋烟，深深地吸了一口，半张脸就隐在了烟雾中。少顷，他重重地吐了一口烟说："我们正打算成立武工队，你以后就跟着宋光干武工队吧！"

孙振江问:"武工队是干啥的?"

孙致远说:"就是武装工作队,专门杀鬼子、锄汉奸……"忽然,他话锋一转,"振江,你为什么要参加队伍?"

"俺要杀日本鬼子,俺要报仇!"孙振江一句话脱口而出,刹那间想起了惨死在鬼子枪下的大秋、小壮、何掌柜和伦镇街的那些乡亲,他的心忽然剧烈颤动了一下,两行热泪滚滚而下。

孙致远扔给他一条毛巾,冷峻地说:"想给我当兵,先记住一句话——男子汉大丈夫,只流血不流泪!我希望这是最后一次看见你流泪。"

孙振江用力地点了点头,用毛巾狠狠地擦了擦脸,毛巾有些干硬,拉得面皮生疼。他把毛巾捂在脸上,长长地吸了一口气,把还没溢出来的眼泪,硬生生地憋了回去。

待孙振江情绪稳定下来,孙致远放缓了口气说:"振江,可能我对你这么要求,还为时过早,这样吧,你先回去,以后每天晚饭后过来学习。记住,你参加队伍这件事,不能给任何人说,更不要让人发现你来这里,这是纪律。"

夕阳已经落到了西方的地平线上,长长的树影铺满了瓜地。孙振江出了屋,由宋光带着他,先往东走,从一片庄稼地里上了大道。宋光站在路边,冲他挥了挥手,示意他往秦庄的方向走。孙振江独自走在空无一人的乡路上,胸中激荡着一股巨大的豪情,他感觉浑身上下充满了力量。他终于找到了抗日的队伍,马上要成为武工队员,有能力为大秋和小壮报仇了。进村时,他看到地主崔立轩拄着文明棍,像一棵古怪的老槐树般,一动不动地立在村口,两只浑黄的眼珠子死死地盯着他。孙振江没有用正眼看他,昂首挺胸地在他面前走了过去。

从这天开始，孙振江的生活发生了质变。白天，他和父亲一起下地干活；晚上，他就悄悄跑到瓜地里，接受秘密培训。以前，孙振江晚上也经常出门，去找他的那帮朋友疯玩。他每次回来，父母都已睡下，也不知道他是什么时辰回来的。所以，他的行为并没有引起父母的注意。

陈董庄的瓜地，是齐禹县抗日组织最初的秘密基地。常驻这里的除了孙致远、宋光、赵克祥之外，还有侦察员杨继北、麻代，机枪手耿黄，通讯员张钧山等十几个人。杨继北是个孤儿，十四岁那年，在讨饭的路上遇上了孙致远，被其收留，做了他的勤务兵，后来就一直跟着孙致远。麻代本姓耿，是伦镇耿庄人，小名叫小代，因从小就长了满脸麻子，村人都称其为"麻代"，竟忽略了真名。耿黄是袁营本地人，原来家里有几亩地，被好赌的父亲输得精光，母亲见全家人已无活路，在一个晚上把自己吊在了院内的一棵枣树下。耿黄在家里活不下去了，就跑到聊城找活路，正赶上招兵，就投了军，被分配在孙致远手下，一直是孙的忠心部下。张钧山是聊城东昌府人，原是一个政府部门的行政人员，聊城失守后，他走投无路，经人介绍加入了孙致远领导的抗战组织。作为秘密基地的这片瓜地，主人是陈董庄的农民陈光保。按照市价，一亩地的租金是两百斤麦子，但孙致远给他出到了三百斤。陈光保非常感激，经常来帮助孙致远侍弄瓜地，有时还帮着打打掩护，逐渐成了秘密基地的外围人员。

在这个秘密基地，孙致远不但教孙振江学会了很多字，还让他知道了"革命"这个词语，使他对抗日队伍有了全新的认识。孙致远极有耐心，给孙振江灌输了很多进步思想，让他懂得了当前国际国内的斗争形势，让他从思想境界上得到了很大的提高。他第一次知道，这世上不但有部队有武装，还有共产党国民党等政治组织……宋光则教了他一些战斗的基本常识，还有枪械的使用、拆卸和保养。孙振江最感兴趣的，是射击。但宋光告诉他，目前部队弹药紧缺，没有多余的子弹让他实弹练习，他只能在练习瞄准上多下功夫。他记住了宋光的一句话：只要把枪拿稳，三点一线瞄准了，保证在扣动扳机的时候枪身不动，就会命中目标。很多个夜晚，他站在瓜架下，端举着宋光的驳壳枪，做出瞄准的姿势，长时间一动不动。后来练得胳膊都肿了，举不起枪，他就趴在地上练习步枪瞄准。在月光较为明亮的夜晚，宋光在树林里教他投手榴弹、拼刺、空手格斗等军事技能。孙振江脑瓜子聪明，不辞辛苦，每日里勤学苦练，进步很快。这些努力，为他今后成为名震敌胆的武工队长打下了扎实的根基。

7. 巧取化名

接连几场透地雨，滋润了平坦而肥沃的鲁西北平原。大片的玉米吸足了水分，不分白天黑夜地拔节生长，几天就蹿到了一人多高。这时候的庄稼地已经不需要打理，农人们难得有了喘息的工夫。孙振江非常高兴，他已经给父母说过，自己在陈董庄的瓜地里找了个帮工的活儿，现在可以白天晚上都待在基地了。

这几日，基地里只有孙振江、宋光和赵克祥留守。孙致远于一天傍晚单独和宋光谈了一次话后，就带着杨继北、张钧山、麻代、耿黄等几个人离开，很多天没有回来了。孙振江几次想问，但都忍住了。他想到了宋光给他说的纪律：知道的不能说，不知道的不能问。

　　宋光和孙振江在伦镇通往袁营和齐河县城的三岔路口，用树枝搭了一个宽大的敞棚。他们请陈光保帮忙，摘了一批成熟的西瓜，陆续用马车运了过来，在棚里堆成了一个小山，供南来北往的路人解渴。当然，卖西瓜只是个幌子，他们的真实目的是向那些来吃瓜的路人打探鬼子的动向、收集情报。瓜田里的秘密基地由赵克祥一人留守。当下，那是齐禹地下抗日组织的情报中心，一刻也不能离开人。孙致远一走，宋光变得非常忙碌。最近一段时间，他带领几个战士破坏鬼子的通信联络工作，白天侦察各炮楼之间和炮楼与县城之间的电话线，晚上去剪线。西瓜摊基本靠孙振江一个人守着。但宋光每天不管忙到多晚，都会回到这里过夜。

　　每天晚上，他们都躺在厚厚的麦秸上拉呱，拉到深夜才入睡。孙振江从拉呱中了解到，宋光竟然是平原师范的学生，这在乡村，可是有大学问的人。宋光在校期间，受进步思想影响，在他授业恩师的介绍下，加入了共产党。他本不姓宋，为了不连累家里人，才改名宋光。

　　两人谈到这里的时候，孙振江忽然想到：自己就在家门口活动，是不是也应该改个名字，以免以后杀了鬼子汉奸，连累到父母家人。他把这个想法给宋光一说，宋光说："很有必要，改名字是对家人最起码的保护。"

　　改个什么名字好呢？孙振江在思索中逐渐进入了梦乡。

　　第二天早上，孙振江的心思还在改名字这个事上转悠。

　　宋光在瓜棚周围转来转去，还向基地的方向观望了好几次，嘟囔着说："这个赵克祥，可能现在还没起床，也可能有事情缠住了，咱们的早饭是指望不上他了，先切个西瓜填填肚子吧。"

孙振江说："我来切。"他伸手去拿西瓜刀。那是一把一寸多宽、一尺多长的柳叶形钢刀，非常锋利。他刚拿起刀，一道白光从眼前掠过，是刀刃反射的阳光，闪电般来，又瞬间消失。

孙振江只觉脑子里灵光一闪，欢叫道："有了有了，俺就叫白光，就和这刀子的光一样，来无影去无踪，让鬼子摸不着俺。"

宋光竖起大拇指说："好名字，有意义，还简单、好记。"他握住孙振江的手说："以后我就叫你白光吧！"

孙振江兴奋地说："你是宋光，我是白光，咱们拜个把子，结成异姓兄弟吧！"

宋光轻轻摇了摇头说："组织上不提倡搞江湖上这一套，我们是革命同志，那可是比拜把子兄弟更可靠的关系……"

从此之后，孙振江成了"白光"，后来他正式加入共产党，在所有的档案里，也只有"白光"这个名字。后来，他的子女后代，也延续了这个名字的姓氏，全部姓"白"，再也没有改回本姓。

为叙述方便，此后的孙振江，就称"白光"了。

当下，宋光对白光说："目前，我们的队伍需要不断壮大，孙县长说下一步要成立武工队，你最好能发动一些有志于抗日救国的朋友加入进来。"

白光一听，脑海里顿时蹦出几个人来：马五子、张东风、王老黑……

他还没开口，宋光又说："地下工作非常危险，稍有不慎，就会付出血与生命的代价，所以一定要找绝对可靠的人，还要做好保密工作。"

白光说："俺有几个兄弟，绝对可靠。"

宋光说："这事不可操之过急，一定要选准人，参加与否，全凭自愿，千万不能强求。"

白光重重地点了点头，他在心里已经做好了打算。

8. 牛刀小试

上午十点多钟的光景，滚烫的日头已开始肆虐，树上的蝉没命地鼓噪着，给这火热的天气摇旗呐喊。白光坐在闷热的瓜棚内，一会儿就闷出了一身大汗。他拿了毛巾，正想去路边的小河里洗把脸，一个骑着洋车子的人忽然停在了瓜棚前。这个人极瘦，宽大的米黄色军服穿在他身上，就像是套在了一根竹竿上。他戴着日军军帽，帽檐下是一副和脸型极不搭配的宽边眼镜，塌塌的鼻梁下，龇着一口的大黄牙，猛一看很像日本人。但他一张嘴，却是一口地道的本地方言："卖瓜的，给老子切个西瓜！"

原来是个二鬼子。白光想，二鬼子能穿日军军装的，肯定在鬼子那里是个人物，兴许能在他嘴里套点儿情报。他把瓜堆上边的几个瓜挨个敲了敲，挑了个熟透的，在脸盆里洗了洗，放在案板上，刀刃往瓜皮上轻轻一划，瓜"嚓"的一声就裂开了，露出了鲜红的瓤子。他把瓜切成角，殷勤地说："老总是有福之人哪，这个瓜可以说是百里挑一。"

那个二鬼子大大咧咧地坐在案板前的马扎上，双手各拿起一角西瓜，左右开弓猛吃起来，边吃边说："这瓜不赖，不过老子没带钱，先赊账。"

白光笑哈哈地说："乡里乡亲的，有钱没钱都能吃瓜。"

二鬼子三下五除二就吃完了两角，又拿起两角来……也就半袋烟的工夫，竟把一个七八斤重的西瓜吃光了，小肚子明显鼓了起来。他用手背擦了擦嘴，满意地说："看你这人还算懂事，实话告诉你，老子是崔寨的，崔千秋就是我爹。"

崔千秋是远近闻名的大财主，白光从小就常听到大人们提起他的大名，还听闻他把唯一的儿子送到日本留学，回来后就当了日军翻译。

白光装出一副惊讶的样子，拱了拱手说："哎呀，原来是崔家大少爷呀，您在哪里公干？"

二鬼子得意地拍了拍斜挎在腰间的枪匣子说："老子在袁营给柳生太君当翻译呢，有事尽管找我！"

两人正说着话，有两个穿着短裤短褂的汉子急匆匆地走过来。前面的一个边用草帽扇着风边说："掌柜的，快给切个瓜，渴死了。"

忽然，他发现了二鬼子，赶紧哈了哈腰说："大少爷，您怎么在这里？"

二鬼子斜了他一眼："你认识我？"

那汉子赔着一副笑脸说："大少爷，俺是您家的佃户呀，每年都给您家交粮，您不记得了？"

那大少爷不屑地摇了摇头说："不记得，老子家的佃户太多了。"说完，他掏出怀表，装模作样地看了看，又放回怀里。

白光又切了一个大瓜，那两个汉子如饥似渴地吃了起来。大少爷站起来，捂着肚子说："你们给我看着洋车子，我去解决一下内急。"说着话，就猴急地钻进了路边的高粱地。

白光问那俩汉子："你们都认识他？"

拿草帽的汉子说："认得，他叫崔万代，俺从小就认得他，胆子比老鼠还小，过年连个爆仗也不敢放。"

另一个汉子说："你别看他腰里别着枪挺威风的，其实他不敢放。过年时崔老爷让他放两枪听听，他让人在后面给他捂着俩耳朵，才闭着眼朝天开了两枪，把自己都吓尿了。"

白光觉得好笑："这么点儿胆，怎么还在日本人那里混上了差事？"

汉子说："崔老爷花大价钱给他买的，让他给鬼子小队长柳生太郎当翻译，不为挣钱，是给他们家撑门面，吓唬土匪不敢打他家的主意。"

白光听着两个汉子的介绍，心里慢慢冒出一个大胆的主意。

两个汉子吃完瓜，掏兜付账时，白光摆了摆手说："乡里乡亲的，免了吧。"

两个汉子对视了一眼，有些不相信地看着白光。白光笑着冲他们摆了摆手说："走吧走吧，以后没事常过来拉拉呱。"心里却笑：这两位老乡提供的情报，值几车西瓜。

两个汉子走远后，白光几步走到三岔路口，往齐河、伦镇、袁营三个方向瞄了瞄，耀眼的日头下，三条路上都空无一人。他操起案板上的西瓜刀，轻手轻脚地钻进高粱地，找了个棵子密的地方蹲下身子。

不一会儿，崔万代一路拨拉着高粱棵子，跌跌撞撞地过来了。当他从白光身前经过的一刹那，白光伸腿一绊，他就惊叫一声摔了个嘴啃泥。白光纵身而起，直接骑到了他的背上，把手里的西瓜刀往他后脖子上一摁，低声喝道："别动！动一下就把你的脑袋割下来。"

崔万代倒真听话，老老实实地趴在那里，既没动也没出声。白光把他腰里的枪盒子打开，抽出驳壳枪，插到自己的后腰上。然后起身，将他翻过来，正想问话，见崔万代双眼紧闭，嘴里不断地吐着白沫，才知道他已经吓得昏死过去了。白光忍不住笑了，轻轻拍了拍他满是尘土的瘦脸说："就你这胆子，也想当汉奸？"

他把崔万代的腰带和鞋带解下来，把他的双腿、双手捆牢，又脱下他的袜子，塞进他的嘴里，然后抓着他两个细瘦的脚脖子，像拉死狗一样，把他弄到了高粱地深处。

白光在小河里舀了一盆水，端到高粱地里，朝崔万代脸上猛地一泼，崔万代激灵一下醒了过来，睁大两只惊恐的眼睛不安地看着白光。白光将他嘴里的袜子拽出来，用刀指了指他的鼻子尖说："不要喊呀，敢喊就先把你的鼻子割下来。"

崔万代说："不喊不喊，你千万别杀我，我，我，我赔你一百个西瓜钱……"

白光暗笑：这个蠢货，还以为捆他是追要西瓜钱呢。他忍住笑，厉声喝道："你怎么不自称'老子'了？"

崔万代赔笑道："不敢不敢，刚才是给你闹着玩呢，我带着大洋呢，都给你都给你……"

白光拿刀在他脸前晃了晃说："你给老子听好了，老子这西瓜说了不要钱，就不要钱，老子只问你几句话，你要敢撒半句谎，老子就把你的脑袋当西瓜切了。"

崔万代早已吓丢了魂，连连点头说："你问你问，我，我一定实话实说。"

白光问："大热的天，你这是干吗去？"

崔万代说："我一大早来伦镇据点开会的，正要回袁营。"

"开的什么会？"

"是齐河的日军总部在这里召集的会，商讨秋季征粮的事儿。"

"你一个翻译，怎么会管征粮的事儿？"

崔万代叹了口气说："唉！这征粮的事儿，日本人都是让我们中国人干哪，袁营据点的粮，历来都是让我出头……"

白光把刀子往他面前一递，喝道："胡说，庄稼还没熟呢，征什么粮？肯定还有别的事！"

崔万代吓得一哆嗦，赶紧解释说："小哥，我说的是真的，不过，确实还有个别的事……"在白光连哄带吓的审问下，崔万代竟供出了一个重要的情报。

原来，今天晚上十二点，齐禹县大队要夜袭伦镇据点。负责伦镇据点的鬼子小队长龟尾得到这个情报后，立即报告给了驻守齐河的日军总部最高指挥官松井大尉。松井得到这个消息，命令刘桥和袁营两个据点的日伪军今晚倾巢出动，于九点前在伦镇外围设伏。刘桥据点的兵力埋伏在伦镇据点以南，袁营据点的兵力埋伏在伦镇据点以西，待齐禹县大队靠近伦镇据点时，和据点里的部队同时出动，三面夹击，围歼县大队。但今天早上，伦镇据点又得到新的情报，齐禹县大队取消了这次行动。面对这种情况，龟尾必须通知袁营和刘桥这两个据点，取消晚上的行动。但因电话线被破坏，他打不通电话，就让这两个据点来开会的人把情报捎回去，崔万代负责把情报捎回袁营据点，报告给小队长柳生太郎……

从崔万代的供述中，白光敏锐地捕捉到了两条信息：一是县大队里有内奸，必须尽快告诉宋光，让他给孙致远县长汇报；第二，只要崔万代回不去，袁营的日伪军就会按原计划倾巢出动，据点内兵力空虚，这是一个端炮楼子的好机会。

白光又用袜子堵住了崔万代的嘴，把他腿上的腰带和手上的鞋带紧了紧，告诫他说："老子去办点儿事，很快就回来，你要是敢离开这个地方半步，老子就一刀结果了你。"

崔万代脸色蜡黄，鸡啄米似的连连点头。白光把西瓜摊子收拾了一下，用草席子把西瓜盖上，然后骑上崔万代的洋车子就想走。没想到，他两腿刚一离地，车子就歪了下去，幸亏他及时用腿支住，才没摔倒。他下了车子，紧跑了几步，再骑上去，车子仍不听话，不是东倒就是西歪……他一路边推边骑，到了基地附近，竟然学会了。他把车子藏到庄稼地里，然后穿过树林，来到了基地。他把活捉崔万代的情况给赵克祥说了一遍，赵克祥一听也非常着急，县大队内部有奸细，那孙县长和县大队的战士们随时都有危险。他当机立断，决定马上出去寻找宋光，当下只有宋光能联系上孙县长。但基地不能离开人。白光想了想，决定把崔万代带过来，然后在这里留守，这是目前唯一稳妥的办法。赵克祥嘱咐白光，一定要先给崔万代蒙上眼睛，再带他过来，千万不能暴露了基地的位置。

白光骑着洋车子返回西瓜摊时，已经骑得很稳了。白光在高粱地里拎出崔万代，脱下被汗水浸透的黑色土布褂子，把他的脑袋严严实实地蒙上，让他坐在洋车子的后座上，一路晃晃悠悠地把他带到了基地附近的树林里。白光藏好车子后，又牵着崔万代的手，在树林里转了好几个圈，才把他带到基地的三间草房里。

这时，天已过晌，白光都饿得前胸贴后背了。他在屋里找了两个窝头，就着一碗白开水吃了下去，肚子才安稳了些。崔万代斜倚在墙角的地上，睡着了。经历这半天的惊吓和折腾，他瘦弱的身子快虚脱了。

白光总算是松了一口气，他这才想起那把缴获的驳壳枪，就从后腰里抽出来。这一看，他高兴得差点儿跳起来。这个崔万代用的竟是一把德国原产的"大镜面"。对于驳壳枪，白光并不陌生，之前他已玩熟了宋光那把国产盒子炮。那是汉阳兵工厂仿造的，弹匣是死的，但可以连发十枪，已经非常先进了。他听宋光说过，驳壳枪最好的是德国原产的毛瑟枪，俗称二十响，是全自动的，弹匣还是活的，因为枪身比较宽，也叫"大镜面"。他做梦也没想到，自己会得到一把二十响的"大镜面"。他把枪反复拆卸了几次，用毛巾擦了又擦，竟有些爱不释手了。

9. 运筹帷幄

白光把门关严了，上了闩，斜躺在炕头上，想眯一会儿。他这一闭眼，竟沉沉睡去。

白光做了个噩梦：大秋和小壮掉进一口深深的井里，大声呼救，他拿着一根绳子，想把姐弟俩拉上来，但绳子太短，他怎么努力往下探身也够不到他们，正焦急万分的当口，有人竟在背后推了他一把，他惊叫一声就醒了。

白光睁开眼，就看到了崔万代模糊不清的脸。这家伙不知何时挪到炕前，竟然把嘴里的袜子吐了出来，他凑在白光脸前正小声叫着："小哥，小哥……"

白光还没从梦境中完全走出来，心不在焉地问："怎么了？"

崔万代哭丧着脸说："你再不给我解开，就尿裤子里了。"

白光爬起来，给崔万代解开了绳子。这家伙迫不及待地跑了出去。白光知道他不敢逃跑，就任由他去了。

屋里已经黑下来了，窗外还残存着一抹天光。白光心想：赵克祥还没回来，也不知道他找到宋光没有。如果找到了，宋光能不能及时联络上孙县长？他焦急地在门口来回踱着步子……如果今晚失去了袭击袁营据点这个好机会，以后再打，势必会付出很大的代价，怎么办好呢？

白光洗了把脸，到地里摘了个大西瓜，在门口的小桌上切好，让崔万代过来吃瓜。这家伙已是又渴又饿，一屁股坐在白光对面，毫不客气地大吃起来。

看看他吃得差不多了，白光问："你们据点里出任务时，要留几个人看家？"

崔万代说："看情况，如果是大的行动，也就留三四个人吧。"

白光又问："这个时候要是有人去攻打据点，能守得住吗？"

崔万代说："我们——不不不——鬼子——鬼子有炮楼，有机枪，只要两个人把守，即使来上几十个人，没有重武器，一时半晌也打不进去……再说，枪声一响，周边的据点就会来增援。"

白光点了点头，一个行动计划慢慢地浮上了心头。

白光绷着脸问："崔万代，你今天落到我们手里，想过会有什么后果吗？"

崔万代哭丧着脸说："日本人轻饶不了我。"

白光猛然一拍桌子，桌上的几块瓜皮同时蹦了起来。

崔万代吓得打了个激灵，赶紧站了起来。

白光叱喝道："你这该死的贱骨头，被鬼子吓破了胆！难道就不怕我们吗？"

崔万代惊恐地望着愤怒的白光，不知所措。白光把驳壳枪"啪"地拍在桌子上说："对于你这种汉奸，我们可以就地枪决。"

崔万代的脸马上就黄了，他双膝一软跪在地上说："别价呀小哥，我一直很听话呀，只要不杀我，让我干吗都行……"

面对崔万代的连声告饶，白光面色严峻，一言不发。崔万代心里越发没了底，脸上的汗都下来了。白光见火候差不多了，才放缓了语气说："我可以暂时饶你一命，但你得配合我把袁营据点拿下来。"

崔万代说："行行行……你有多少人哪？"

白光说："就咱俩。"

崔万代诧异地看了他一眼，赶紧低下头说："你不是拿我寻开心吧？"

白光问："你们据点留守的是日本人还是二鬼子？"

崔万代说："一般是、是、是二鬼子。"

白光又问："那二鬼子肯定是听你的话了？"

崔万代说："那是自然了，甭说一般的二鬼子，就是他们的队长，也得听我的。"

白光说："那你的小命就算保住了。"

当下，白光把自己的计划给崔万代讲了，并告诉他，只要他好好配合，不但抗日队伍对他既往不咎，待我们全歼了袁营据点的鬼子，小日本那里死无对证，也没人会追究你了。

崔万代虽然胆小，但脑子却够用。只要听从白光的安排，既能从八路这里保住命，又在日本人那里逃脱了惩罚，对自己确实是个两全其美的办法。所以，他当即冲白光诅咒发誓，一定全力配合，绝无二心。白光把崔万代的怀表拿出来，看了看时间，马上就八点了，根据鬼子的行动计划，这个时间袁营据点的日伪军已经出发。白光估算了一下，从基地到袁营据点还需要半个多小时，如果他这时出发，既能避免和鬼子在半路上遭遇，还能赶在鬼子在伦镇设伏后到达袁营据点。到那时，即使他们听到动静，再想回援也来不及了。崔万代骑着洋车子，白光在后面坐着，用枪顶着他的腰，两人抄一条近路直奔袁营据点。

10. 独闯炮楼

就在白光和崔万代来到袁营据点时，从这里出发的日伪军，在鬼子小队长柳生的带领下，也赶到了伦镇据点西面，在一片高粱地里埋伏下来。他们哪里知道，孙致远带领的县大队，已经在此恭候多时了。

原来，下午赵克祥离开基地后，几经辗转，最终找到了在外执行任务的宋光。宋光带他来到了县大队的临时驻地，两人把情况给孙致远做了汇报。孙致远经过认真分析，当即就有了判断：奸细极有可能是县大队的通讯员胡亮。因为袭击伦镇据点的计划，从制订到取消，只有他和宋光、胡亮三个人知道。他当即就安排人把胡亮控制了起来。随后，他和宋光商议了一下，决定放弃攻打袁营据点，伏击袁营据点来的日伪军，给鬼子和汉奸一个沉重打击，也借此激发一下广大民众的抗日信心。

白光和崔万代来到袁营据点，见里面一点儿灯光也没有，只有高高的炮楼子孤零零地矗立在夜色中。

白光问："咋没亮灯呢？鬼子没发电吗？"

崔万代说："这是故布疑阵呀，让人摸不透里面啥情况，这也是皇军……不不不，是鬼子惯用的把戏。"

白光示意崔万代叫门。

崔万代冲铁皮大门踹了一脚，大声叫道："有人吗？"

起初没人应声，他又连踹带叫地折腾了一会儿，里面才传出一个尖细的声音："是大少爷吗？"

崔万代立马来了精神，大声喝道："三坏！快给老子开门。"又压低声音对白光说："这个三坏是我村的，他来当差还是我推荐的。"

一阵细碎的脚步声由远而近。朦胧的月光下，大门拉开了一条缝，一个细长的尖脑袋探了出来，他一眼看到了崔万代后面的白光，脑袋下意识地往后缩了一下。崔万代用手势制止他出声，压低声音说："是自己人。"又问："里面还有谁？"

三坏说："还有咱村的黑蛋。"又问："你咋回来了呢？"

崔万代叱道："少废话，这不是你该问的。"三坏赶紧哈了哈腰说："是，是，您快请进。"黑暗中，三个人穿过空荡荡的院子，进了炮楼子。里面已经点了灯，一个光头的伪军满脸堆笑地迎上来："大少爷回来了？"

白光想：这个肯定就是黑蛋了。

崔万代安排白光在一把椅子上坐下，对三坏和黑蛋说："这位是我请来的贵客，赶快沏茶。"

两人嘴里应着，三坏去厨房烧水，黑蛋忙活着清洗茶杯子。白光刚进来时还有些紧张，右手始终按在枪柄上。但一见这两个伪军对崔万代如此顺从，遂放下心来。他扫了一眼屋子，见楼梯边的墙根下摞着几排木头箱子，随口问道："这什么东西？"

黑蛋说："今儿刚从县城拉来的炸药。"

崔万代一听吓了一跳："炸药？这玩意儿怎么能放在这里？不要命啦！"

黑蛋赶紧解释说："黑天刚到的，打算明天放到弹药库呢。"

白光心中一喜：这一下事情好办多了。

三坏从厨房回来后，崔万代让他和黑蛋站在白光面前。两人虽然不知道崔翻译官葫芦里卖的什么药，但也不敢不从。

白光把枪从腰里拔出来，敞开机头，对两人晃了晃说："老子是武工队的，名字叫白光。"

两人一听，脸都黄了。腿也筛糠般剧烈抖动起来。

崔万代赶紧安慰道："别动呀，没事。"

"不动不动。"两人异口同声地说着，双腿一软，同时跪在地上，举起双手。

白光厉声喝道："你们给日本鬼子当汉奸走狗，本来是罪该万死，我现在就该一枪毙了你们，但看在崔翻译的面子上，给你们一个立功赎罪的机会——"

他刚说到这里，楼梯口传来一阵急促的脚步声，一个鬼子军官手举指挥刀，"叽里呱啦"地怒骂着冲下楼梯，直奔白光而来！

白光吓了一跳，怎么这里还有个鬼子？他来不及多想，抬手两枪，随着"砰砰"两声闷响，白光面前绽开一团淡蓝色的烟雾，两枚弹壳轻盈地飞起，飘落到石头地板上，发出清脆的鸣响。两颗子弹都打在鬼子军官的胸口上，子弹的冲击力使其仰面朝天倒了下去，胸前的两个血洞"汩汩"地往外冒着血泡。

崔万代脸都白了，他嘴唇哆嗦着说："是、是小泉、小泉伍长……"他转身质问三坏："你不是说只有你们俩吗？"

三坏也吓坏了，语无伦次地说："他、他在楼上躺着养病呢，没算数……"

这时，北面忽然传来密集的枪声，还夹杂着接二连三的爆炸声。

白光的脑子忽地一亮：这一定是孙县长他们和袁营据点的日伪

军干上了，他们没有来端炮楼子，肯定是去打伏击了。如果这一仗全歼了袁营的敌人，比端一个空炮楼子可强多了。从这一刻起，他天生的军事才能被激活了，为他今后的战斗生涯打开了一个良好的开端。

白光猜得没错。此时，孙致远带领的县大队，对袁营据点的日伪军进行了围歼，机枪、步枪、驳壳枪、手榴弹一齐上阵，打了他们一个措手不及。战斗持续了不到半个小时，以柳生太郎为首的五名鬼子全部被击毙，伪军死伤十余人，俘虏二十多人，还有十多人逃跑。伦镇据点的日伪军听到枪炮声，派出一小队人马侦察情况，被早埋伏在路边的战士们一排子手榴弹炸了回去，再也没敢露头。

白光踩着鬼子军官的尸体看了看，确定他死透了，将他腰里的枪匣子解下来，拔出枪来一看，竟然是一把二十响的"大镜面"。不知什么原因，枪里没有装子弹，难怪刚才这家伙用刀来对付自己。想到从今往后，自己就有了双枪，四十响，他一瞬间心情好得简直想要飘起来。他强压住内心的喜悦，转身对三坏和黑蛋说："听到北边的枪炮声了吗？那是我们在伏击你们的人，现在你们的人死得差不多了，你俩想死想活？"

两人都争先恐后地说："想活、想活……"白光说："想活也容易，你们得帮我把这个炮楼子炸了。"

在白光的指挥下，两个伪军把十个手榴弹捆在一起，压在炸药下面，然后拉出手榴弹的引信，接上一根长绳。

几个人躲到离炮楼一百多米的围墙后面，埋伏好后，拉响了引信。

正当孙致远带着队伍、押着俘虏返回县大队驻地时，袁营方向传来了剧烈的爆炸声，红彤彤的火光中，一股蘑菇状的烟雾腾空而起。

宋光兴奋地说："袁营炮楼被端了。"

孙致远问："附近没我们的部队吧？"

宋光说："据目前掌握的情况，应该没有。"

孙致远说："这是谁干的呢？"

宋光说："人家抓的这个机会真好，干得漂亮！"

炮楼已被炸成一片废墟，冲天的火光照得周围如同白昼，一群老鼠"吱吱"叫着，穿过明亮的院子，隐入黑暗之中。

白光看了看吓呆了的崔万代等三人，安慰道："不用害怕，这个据点可能就剩你们仨活的了，没人会找你们麻烦。"

他将三人背对背捆起来，笑着说："县城的鬼子很快就会赶到，你们仨就这个空儿赶紧编瞎话吧，能不能骗到鬼子，就看你们的本事了。"

崔万代哭丧着脸说："鬼子会不会把我们都宰了？"

白光说："应该不会吧，其他人都死光了，鬼子还得依靠你们呢。"

临走，白光告诫他们，让他们为自己留条后路，以后要暗中留心鬼子的动向，搜集情报，及时传递给自己。等以后把鬼子打跑了，对他们可以不作汉奸处理。说完，他背起三坏、黑蛋的步枪，大踏步地走出了袁营据点。

11. 闹市锄奸

白光这一觉睡得太香了。直到日上三竿，毒辣的日头晒进瓜棚，照到他的脸上，他才热醒了，满头满脸汗珠子。他一骨碌爬起来，发现宋光背对着他，在案板上切瓜，案板外蹲着一男一女，正在埋头吃瓜。他有些蒙，好一会儿才缓过来，明白宋光回来了，他们瓜摊的生意已经开张。

昨天晚上，他骑着崔万代的洋车子回到瓜棚，见宋光还没回来，就把两支步枪藏在棚后的草丛里，两把短枪压在草垫子下面，头枕着草垫子躺下来。这一躺下，他才感觉全身像散了架般，又酸又痛，不一会儿就进入了梦乡。

白光到河边洗了把脸，顿时感觉清爽多了。待吃瓜的人离开，宋光说："你睡得挺香呀，昨天晚上那么大动静，你没听见？"

白光笑了笑，先到瓜棚后面取来那两支步枪，又从草垫子底下摸出了那两把驳壳枪，这才说："你们弄了那么大动静，我也没闲着，端了个炮楼子，缴了几把枪。"

在宋光吃惊的目光下，白光像说书一般，把昨天抓翻译、端炮楼的事儿讲述了一遍，直听得宋光连声惊叹。听完后，他竖了竖大拇指说："白光，你真是个天才，也是天胆，秦庄的'孙大胆'真是名不虚传呀。"

这时，赵克祥送来了早餐，是玉米粥、窝头和萝卜咸菜。三个人正围着案板吃饭，孙致远的通讯员张钧山满头大汗地跑了过来。

张钧山带来一个不好的消息：县大队通讯员胡亮逃跑了。

据看守的战士说，胡亮一早就叫嚷肚子痛，战士押着他上厕所时，解开了他手上的绳子，他却乘机把战士打晕，一头扎进了高粱地……胡亮不但知晓陈董庄的秘密基地和县大队驻地，还掌握了很多地下联络人的信息，如果他把这一切都告诉了鬼子，整个齐禹县的地下组织将面临一场血雨腥风。目前，孙县长已经在去伦镇、刘桥、袁营三个据点和通禹城、齐河县城的路口都安排了人，一旦发现胡亮，就地击毙。但考虑到胡亮的家是袁营的，对袁营这边路熟人也熟，他往袁营逃窜的可能性最大，而且极有可能会绕过我们的封锁，从庄稼地里的小路插过去，那样的话，就防不胜防了。

白光说："这个任务就交给我吧，我去袁营据点找崔万代。"

宋光说："你千万要小心，提防他们反水，把你出卖了。"

白光自信地拍了拍腰间的双响说："他们要敢反水，我腰里的家什也不是吃素的。"

宋光正色道："还是小心为妙，干我们这项工作，最忌讳的就是大意轻敌，一不留神，就要付出血的代价。"

白光赶紧点了点头，表示自己一定会小心谨慎。他从棚内推出洋车子，正想走，宋光说："你还是走着去吧，骑这么个洋玩意儿，太扎眼了。"白光一想也对，还是宋队长想得周到，自己考虑问题确实不够细致。

白光把洋车子放回去，戴上草帽，顶着烈日上路了。他专挑小道和近道，一路疾走赶到袁营时，已经快晌午了。由于天热，又走得急，他身上的汗把衣服都浸透了。这一天是袁营大集，这个当口正是集上最热闹拥挤的时候。他看到集头上有一家"云雾茶馆"，就慢腾腾地走进去，找个靠窗的地方坐下，点了一壶最便宜的茉莉花茶。茶馆里只有他一个客人，两个伙计在门口揽客，老板坐在柜台后面闭目养神。

白光待身上的汗慢慢下去后，来到柜台前，轻轻敲了敲柜台。老板慢慢睁开眼睛，赶紧站起来问："这位小哥，有啥吩咐？"

白光问："掌柜的，你认识据点里的崔翻译吗？"

老板是个四十开外、身材消瘦的中年男子，举手投足，温文尔雅，不像个生意人，倒像个教书先生。他听了白光的话后，上上下下仔细打量了他一番，见白光虽然衣衫破旧，但气度不凡，他摸不清啥来路，只得加着小心说："倒也认识，但不是太熟。"

白光说："麻烦您打发个人去给他送个信，就说是一个姓白的朋友请他过来喝茶。"

老板为难地说："这、这送信倒好说，只是——他能来吗？"

白光说："你只管送信，别的不要管。"

老板不敢怠慢，马上支使一个机灵伙计去据点送信。

老板过来，亲自给白光满上水，随口问："这位小哥，在哪里发财？"

白光笑而不答，反问道："掌柜的怎么称呼？咋认识崔万代呢？"

老板干笑了一下说："在下姓陈，至于崔翻译嘛……"说到这里，他往门口瞅了瞅，表情有些尴尬。

白光说："都是中国人，你实话实说就行。"

老板这才小声说："崔翻译在街上不论是吃喝，还是买东西，从不给钱，他只要在街上一晃悠，出摊的赶紧撤摊子，开铺子的马上关门……衰营街上做买卖的，哪个不认识他呀。"

两人正说着话，崔万代跟在茶馆伙计后面，急匆匆地赶过来了，一见面先点头哈腰一番，然后才问："白大哥，您有啥吩咐？"

白光示意陈老板和伙计回避一下，他给崔万代倒了杯茶，才说："现在据点里什么情况？"

崔万代笑嘻嘻地说："没事了。"

昨天晚上，白光前脚刚走，就跑回来了十几个被打散的伪军。崔万代先是拿"逃兵"当借口吓唬了他们一番，然后假意说是为了救他们的命，和他们串通好了口供。一大早，松井就带人赶过来了，把他们分成几拨盘问。伪军们都一口咬定，昨天崔翻译已经把情报带给柳生太君，但太君不听，执意要亲自带队去打伏击，只留下了小泉太君一个人看家，其余全部出动了，结果八路早有准备，他们几乎全军覆灭……他们跑回来后，炮楼已经被炸，小泉太君也殉职了……

白光冲他竖起了大拇指："好小子！你都能去说书了。"又问："鬼子信了？"

崔万代说："日本人全死了，他不信我们又能信谁去呢？"

白光问："现在据点里谁主事？"

崔万代说："松井带着鬼子走了，要我暂时负责，一个月内把炮楼重新修起来，否则就死啦死啦的。"

白光话锋一转，突然问："你认识胡亮吗？"

崔万代打了个愣神，赶紧说："以前不认识，今天才见了面，他刚到了据点，说是有重要情报汇报，没见到日本人，电话也不通，他就要求我派人护送他去伦镇据点，说那里有他的接头人。"

白光问："他给你说什么了吗？"

崔万代说："这孙子嘴严着呢，见不到鬼子，啥屁都不放。我也没客气，让他跟我的那些弟兄一起清理炮楼渣子呢，不愿干就让他滚蛋。"

一个主意慢慢爬上白光的心头。他笑眯眯地对崔万代说："你回去一趟，就说要请他喝酒，把他带到这里来。"

崔万代拍了拍胸脯说："没问题，现在他在咱手里捏着呢。"

崔万代走后，陈老板过来冲白光抱了抱拳说："刚才看小哥的气质，就知不是凡人，恕在下眼拙了。"

白光笑呵呵地说："咱一家人不说两家话，还请陈老板帮个忙。"

陈老板赶紧说："但凭驱使。"

白光说："也不是啥大事，就是请您替俺写几个字。"

陈老板惊奇地问："小哥不会写字吗？"

白光不好意思地挠了挠头皮说："会写，写不好……"

陈老板一笑，到后面找了一张宣纸，把毛笔蘸饱了墨，按白光的口述，一气呵成，写下了两行大字：

这就是给日本人卖命的下场！

杀人者：齐禹县武工队白光。

白光虽不懂书法，但他一搭眼，就觉得这字写得龙飞凤舞、刚劲有力，非同一般，便连连称谢。陈老板说："举手之劳，咱毕竟都是中国人呀。"

白光把十块钱拍在桌子上："您的茶钱。"陈老板把钱拿起来，塞回白光的衣兜："今天这壶茶，算我请了。"

白光还想把钱掏出来，陈老板摁住他的手说："你连生死都置之度外，这一壶茶算个啥！"

白光出了茶馆，又往集头方向走了几十米。这时已是正午，散集的人们三三两两地往集外走，人越来越稀疏了。白光在路边找了个阴凉地儿，拿草帽扇着风。

不一会儿，崔万代领着一个身材健壮的男子走了过来。白光用质询的眼神看了一眼崔万代，崔冲他点了点头。白光让过崔万代，拦在那男子面前，大声问："你就是胡亮吧？"

胡亮当即原地呆住，脸都白了，他嘴唇哆嗦了一下，颤抖着问："你、你是……"

白光冷笑了一声说："老子是武工队的白光，今天专门来要你命的！"

胡亮虽然不认识白光，但两人目光接触的一瞬间，他已经觉出了事情不妙，伸手想摸枪，这才想起枪早就被县大队收缴了。这时，白光已经掏出枪对准了他。不想，胡亮身手极快，随手从旁边拽过一个路人挡在了身前！

那是个十几岁的半大姑娘，手里还挎着个竹篮子，她一挣扎，篮子里的针头线脑撒了一地。

事出预料，白光一时也有些蒙了。

胡亮从腰里拔出一把雪亮的匕首，贴在那姑娘的脖子下，低声喝道："把枪扔过来，要不我先杀了她！"

白光骂道："胡亮，亏你还是个堂堂的男子汉，抓一个姑娘保命，真不要脸！"

那姑娘倒没怎么害怕，她一边拼命挣扎，一边大喊："放开我！快放开我……"

胡亮拿刀在姑娘脖子下轻轻划了一下，一缕鲜血顿时顺着脖子流下来。

白光赶紧说："姑娘别动！他是鬼子的汉奸走狗，什么事都干得出来。"

那姑娘竟十分刚烈，冲白光喊："你不用管我！快打死这个狗汉奸！"

白光说："胡亮，这是咱们之间的事，你要还是个男人，就放开她，咱们单挑。"

胡亮说："少废话，我数三个数，你要是不把枪扔过来，这姑娘就等于你害死的。"

胡亮刚数到"一"，白光就把枪膛里的子弹退了出来，等他数到"二"时，他又把弹匣卸了下来，随手扔出了十几米远，等胡亮数到"三"，他把枪扔到了胡亮脚下。

胡亮弯腰捡起了枪，他知道枪里没有子弹了，且白光的个子比他矮了多半头，身板远没有他强壮，只要白光手里没了枪，就不会对自己构成威胁了。所以，他捡枪的同时放开了那个姑娘。他万万没有想到，当他把枪拿到手里，直起腰时，白光已经从后腰抽出了另一把"二十响"，正对着他的胸口……

白光笑道："你没想到老子有两把枪吧。""砰砰"两声枪响，胡亮的胸前绽开两朵血花，他不甘心地向上跳了一下，直挺挺地摔在地上，溅起了一人多高的尘土。赶集的人们惊叫着四散奔逃。

白光大声喊道："老乡们不用怕，我是八路军武工队的，打死的是日本人的走狗、汉奸！"

有胆大的停下脚步，远远看着胡亮的尸体。白光拿出写好的宣纸，放在胡亮的胸前，洁白的宣纸瞬间就被血染红了，粘在了胡亮的尸体上。崔万代吓得脸都黄了，白光冲他竖了竖大拇指，笑了。他这一笑，崔万代瞬间放松下来，忽然往上挺了挺他骨瘦如柴的鸡胸。那个姑娘经此一劫，有些后怕，站在那里发呆。白光过去看了看她的伤口，只破了一层皮，就带她来到茶馆，想请陈老板帮她简单包扎一下。没想到，陈老板这里竟有医用的绷带和消炎药水。他帮姑娘消炎包扎后，安慰她说："姑娘放心，你这点儿伤，只是暂时会留下点小疤痕，只要过一个夏天，就啥也看不出来了。"

白光回想刚才的一幕，觉得面前这个身材窈窕、面容秀丽的姑娘真不简单，在刚才那个阵势下，一般人早吓瘫了，她居然还敢让自己开枪。一股敬佩之情油然而生，他温和地问："姑娘，你是哪个村的？"

姑娘用明亮的眼睛飞快地看了白光一眼，低下头小声说："小周庄的。"

白光说："刚才实在对不住，连累你受了伤。"

姑娘满不在乎地摇了摇头说："杀汉奸杀鬼子，死了也值！"

陈老板马上竖起大拇指："刚才我也看到了，这位姑娘真是巾帼不让须眉，女中豪杰呀！"

姑娘的脸顿时成了一块红布，她不好意思地说了句"哪有呀……"就扭身跑了出去。

白光走出茶馆，望着姑娘远去的背影，心头竟升起一股异样的感觉。他万万没有想到，他和这个姑娘的缘分才刚刚开始……

12. 重任在肩

一夜之间，白光的名字响彻了鲁西北大地。白光孤身炸炮楼、闹市街头杀汉奸、英雄救美的故事被人们传得绘声绘色、神乎其神。他的传奇故事，除了自己人为了威慑敌人有意传播之外，大多是三坏和黑蛋酒后在伪军中的演绎，一传十传百，越传越神……当地百姓称他为"神八路"，伪军们还发明了一句咒人的口头语："让你出门碰见白光"。

在陈董庄秘密基地，孙致远当面表扬了白光，并将他缴获的两把二十响奖励给了他。作为带他走上这条道的领路人，孙致远感到非常欣慰。他也没有预料到，这个看似普通的青年人竟有极高的斗争天赋，假以时日，肯定会锻炼成抗日战场上的好手。当天晚上，在孙致远的安排下，白光宣誓加入了中国共产党。

孙致远的心情像五月的天空。离开秘密基地的这几天，他解决了纠缠自己很久的一件大事。聊城一战，他已经对国民党失望透顶，想彻底脱离这个政党。但他不好意思当面向袁聘之请辞，更不愿不辞而别。孙致远佩服袁聘之，在这个民族危亡的时刻，在国民党的队伍里，像袁聘之这样的人太少了，他应该算得上一个英雄。鲁西地区沦陷后，袁聘之冒着生命危险，仅带着几名随从，在敌占区赴任山东省保安第二十二旅少将旅长。上任后，他先后恢复并建立了四区各县的抗日政府，到各处收编民团和国民党的散兵游勇，扩大抗日武装。当初聊城失陷，范筑先将军殉国后，孙致远临时带领的那个警卫排一哄而散，各寻出路。他正感报国无门、走投无路之际，袁聘之找到他，任命他为齐河县县长。无论怎么说，这也算是知遇之恩。恰逢这次袁聘之召集各县武装的领导开会，他觉得这是个机会，便带领当初成立齐河县政府的几个行政人员来临清开会。会议结束后，他当面向袁聘之阐明了自己要离开国民党的打算。他已经做好了与袁展开舌战的准备，连一些具体的措辞都想好了。没想到，袁聘之答应得十分爽快，他握着孙致远的双手说："致远兄，只要是抗日救国，想加入哪个阵营都行，人各有志，聘之不会勉强你的！"

孙致远回来后，立即联系了一直与他秘密往来的共产党员谭锡三，说明了自己已脱离国民党的情况。谭锡三大喜，立即向上级做了汇报。两天后，孙致远即被任命为中共齐禹县抗日民主政府县长，兼县大队大队长。虽然他的职务好像没有太大变化，只是从国民党的县长兼县大队长过渡到共产党的同等职务，甚至连手下的人员也无变化，但孙致远仍然非常激动。他终于从一条充满迷雾、前途未卜的道上走出来了，所有的纠结和阴霾都随风散去，他有了一种浴火重生的感觉。为此，他非常感激袁聘之。不久，他听闻袁聘之奉命率部南撤时，在河南宁陵一带与日军激战中英勇牺牲的噩耗，在路口设了祭品，遥祭了这位抗日英雄。当下，为了纪念自己的新生，也为了狠狠打击日伪军的嚣张气焰，他和宋光策划了半夜攻打伦镇据点的行动，但后来伦镇的内线传回消息，鬼子已经获悉了这次军事行动的情报，做了充分准备。他只得取消了这次行动。没想到，因白光活捉了崔万代，把一盘死棋盘活了，取得了比原计划还要好的战果。

孙致远正式成立了武装工作队，任命白光为武工队长和三区队副队长。不久之后，宋光调任平禹县大队大队长，赵克祥也随他一起调走了。白光受命接任了宋光的原职务——齐禹县大队副大队长、三区队队长，仍兼任武工队长。一九四五年，宋光在一次与敌人交战中，壮烈殉国。白光听闻后，难过了好长时间。如果说孙致远是白光加入组织的导师，那宋光则是他的老师和兄长，他目前所掌握的所有本领，都是当初宋光手把手地传授给他的。

直到抗战胜利后，白光才了解到，宋光原名王玉斌，是冀鲁豫军区一分区第二团政委兼政治处主任王克寇的同宗兄弟。王克寇于一九四四年率部攻打东阿县牛角店据点时不幸中弹牺牲。

13. 兄弟聚首

白光回到了秦庄，在一片稠密的蝉声里，他嗅到了熟悉的炊烟气息。此刻正是黄昏，日头刚刚落到西边的玉米地里，余晖映照下，房屋、矮墙、猪舍、牛棚、羊圈、树木都镀上了一层淡黄色的光晕。他已经半个多月没回家了，第一次觉得自己的村庄竟是这么美。

路过地主崔立轩家的红漆大门时，一个大胖子站在门口，龇着牙冲他笑。胖子鼻梁上架着副金丝眼镜，白光觉得有些面熟，但一时想不起来。那胖子冲他喊道："孙家小子，不认识本少爷了？"

白光大脑一片迷茫，下意识地摇了摇头。胖子走过来，用粗短的手指点着他的鼻子说："你的，良心大大地坏了，竟然不认识我崔定国了。"

白光恍然大悟，怪不得面熟，原来他是崔立轩的二儿子崔定国。这小子四五年前就去日本留学了，走的时候只有十五六岁，那时他还是一根身子没长开的绿豆芽，瘦弱不堪，现在不但个子长高了，更是肥得满脸油光。

白光赶紧冲他拱了拱手："哦，是二少爷回来了，在哪里当官呢？"

崔定国用手抹了一把肥脸上的汗珠子："在齐河呢，给松井太君当翻译。"

白光心想，这小子以前傲得很，从来不爱搭理人，今天主动和自己说话，就是为了显摆他的身份。他居然和自己的大仇人松井混到一块儿了，以后说不定能用到他，就装出一副高兴的样子，给他作了个揖，大声说："哎呀，听说松井太君是咱这儿鬼子……不不，是皇军中最大的官了，二少爷这一下可要发达了，以后可要多关照咱们这些穷乡亲呀！"

果然，崔定国的胖脸登时大了一圈儿，他咧着大嘴笑道："只要你们按时缴粮纳捐，啥事都好说……"

转过脸来，白光冲地上"呸"了一口，心道：你小子要是敢当铁杆汉奸，老子一定亲手毙了你。急匆匆地走进家门，白光和母亲仲桂珍迎了个对脸。仲桂珍见了儿子，脸上笑容刚刚绽开，忽又收敛起来，拉下脸质问道："你这是跑关外了还是下东北了？这么长日子不见个影子，也没个信儿，不要这个家了，还是家里招不开你了？"

白光赶紧赔笑："西瓜地里忙啊，整天不是薅草就是摘瓜，这一阵子还天天出去卖瓜哩。"

"那你一早一晚的也得回来把把头呀，自从来了日本人，这世道乱成什么样了，俺这里整天提溜着一颗心……"母亲边说边擦眼泪。

"好了好了，这不回来了吗？"父亲孙德安赶紧出来打圆场。他又对白光说："也不怨你娘唠叨你，这几天村里出大事了……"

白光一惊："怎么了？"

孙德安说："村西头杀猪的朱老三，在伦镇集上卖肉，鬼子拿了他的肉不给钱，他追上去讨要，忘了手里还拿着割肉的刀，鬼子说他想谋杀皇军，开枪把他打死了。朱老四气昏了头，上去给鬼子拼命，让人用刺刀捅成了个血葫芦……"

白光的怒气马上就撞上了胸口，怒骂道："这些天杀的鬼子，我早晚找他们算账！"

仲桂珍惊道："小祖宗，你可不能给俺惹事……"

一家人正说着，院子里传来一阵杂乱的脚步声。马五子、王老黑和张东风三人，互相推搡着、打闹着拥了进来。白光一看，如逢大赦，赶紧逃出堂屋，带他们来到了西屋。这是白光独有的一方天地，从七八岁开始，他们几个就经常在这个屋里疯玩。

一进门，王老黑就打了白光一拳："你小子最近干吗去了？俺们都来好几趟了，连你个人毛也见不到。"

白光"嘿嘿"一笑："俺娘没告诉你们？俺去陈董庄的瓜地帮工了。"

马五子说："婶子才不会给俺们说呢，省得找你吃西瓜，让东家扣你的工钱。"

几个人说笑了一阵，白光才从他们三人的口中得知村里最近发生了几件事。除了朱老四兄弟被鬼子杀害的事之外，还有地主崔立轩当了伪村长。现在他除了要收自家的地租之外，还要替鬼子收粮。他从附近村里招了几个地痞无赖，由他的长工大白脸和瞎碰带领着，谁敢不缴粮，就当街吊起来抽鞭子。因为他两个儿子一个在"李团"，一个在日本人那里当翻译，村里人都敢怒不敢言。崔麻子仗着是他的长辈，出面骂了他几句，当天晚上就被几个蒙面人堵到屋里暴打了一顿，不几天就死在了家里……村里人都知道这事儿肯定是崔立轩指使人干的，也没人敢吱声。

几个人说着，都气得咬牙切齿，但想到人家有枪有炮，却都无可奈何。

张东风说："听说咱们这一带有八路活动，出了个'孤胆英雄'白光，能飞檐走壁，以一当百。"

马五子说："听说他一个人就能单挑鬼子据点，单枪匹马就敢在鬼子的眼皮底下杀汉奸！鬼子对他一点儿辙也没有。"

王老黑说："听说这家伙还刀枪不入呢。"

白光忍不住笑了："你们越说越玄了，他哪有恁厉害。"

王老黑说："你咋知道不厉害，你又不是白光。"

马五子说："咱得想个法子找到他。"

白光心里一动，想到孙县长和宋光让他发展队伍的事儿，这正是一个好机会，就问："你们找白光，想干啥？"

王老黑说："能干啥？加入队伍，有了枪，干死崔立轩这个王八蛋！"

马五子说："他那两个儿子也不是好蘑菇，都该弄死了，剥皮抽筋。"

白光说："只要参加了队伍，手里有了枪杆子，就不会被鬼子汉奸任意欺负。"

王老黑说："咱上哪儿找队伍去呢？"

白光压低声音说："一会儿咱们溜出去，带你们去一个地儿。"

三人好像意识到了什么，纷纷问："什么地儿？啥地儿……"

白光将食指竖在嘴边，轻轻"嘘"了一声，三人马上都闭了嘴："带你们去见见那个白光。"

三个家伙登时蹦了起来，想炸窝，又及时捂住了嘴。当晚，白光将三个好友带到了陈董庄瓜地的秘密基地。恰好孙致远今晚住在这里，见了他们三个，非常高兴，竟拿出了珍藏的老酒"小米香"，几个人就着从地里摘来的黄瓜和大葱，围坐在小矮桌前，边喝边聊了起来。白光把孙县长、杨继北、麻代、耿黄、张钧山给大家一一介绍后，三个小伙子互相看了看，大眼瞪小眼，表情有些失望。

白光问："你们怎么了？"

王老黑怯怯地问："白光也住在这里吗？俺们啥时候能见到他？"

话音刚落，孙致远、杨继北等人都笑了起来，把三人笑得有些摸不着头脑。

孙致远指了指白光说："此人远在天边，近在眼前。"

"你就是白光？"三个人都瞪大了眼睛重新打量了白光一番，好像今天刚刚认识他。

白光笑着点了点头："为了家里人不受连累，我改了名字，你们一定要替我保密。"

马五子说："不会吧？改个名字你就那么厉害了？俺不信。"

王老黑说："那俺也改个名字，叫黑光。"大家又是一阵哄笑。

孙县长收敛了笑容，正色道："你们加入了队伍后，要接受一段时间的军事培训，只要肯吃苦，不偷懒，也会学到像白光一样的本事。"

几个小伙子频频点头，在昏暗的灯光下，他们因为兴奋，脸上都洋溢着异样的神采。

14. 茶馆斗酒

白光和王老黑一前一后，急匆匆地走在田间小路上。路两旁都是一人多高的高粱，热风从狭窄的小路上穿堂而过，带着一缕缕庄稼的清香。两人走得热了，都摘下草帽，边走边扇着风。

此行，他们的目的地是莒镇齐集村。王老黑等三人加入武工队后，又陆续有十几个青年加入进来。他们大多是奔着白光的威名来的，一心想跟随他打鬼子、杀汉奸。武工队很快发展到了二十多人。在这期间，齐禹县境内的抗日武装力量重新编队，增设了县委警卫连骑兵排，白光兼任排长。为保卫县委县政府的安全，他按上级要求，带领队伍住进了政府驻地。当时，上级给地方武装部署的战略任务是坚持抗日斗争，适时开展对开明士绅、杂团、地方实力人物的统战工作，壮大抗日力量，同时沉重打击亲日分子，对一些铁杆汉奸进行铲除。

鲁西北一带，自发的抗日武装有很多。这些队伍多的几十人上百人，少的只有五六个人。这些武装组织虽然都打着"抗日"的旗号，但真正开展抗日活动的并不多，大多是一些村寨为了自保而成立的民团组织和地主武装。也有一些土匪武装，被日伪拉拢收买，成为他们的帮凶。还有少数地痞流寇组成的团伙，专干拦路抢劫、打家劫舍、敲诈勒索的勾当。

莒镇齐集村有一支自发的抗日队伍，打出的旗号是"齐集抗日自卫队"。据传这支队伍有五十多条枪，近百人。"司令"名叫齐令山，在当地很有威信。但这支独立的抗日力量不属于任何组织，如无正确引导，很容易被日伪拉拢或者击垮。为了争取这支抗战力量，孙致远多次安排人前去联络，但齐令山性格非常固执，态度也很冷淡，一直没有明确表态。最近，孙致远接到情报，李连祥已安排人联络齐令山。为了避免这支抗日队伍走上歧途，他嘱咐白光尽快对其进行收编。白光接到命令后，马上派王老黑给齐令山捎去了口信，约他到袁营见面。不知什么原因，齐令山没有按时赴约。为了表示诚意，白光想单枪匹马去会齐令山。但孙致远不同意他只身犯险。他们毕竟不了解齐令山这个人，也弄不清他现在是不是和日伪有了关系，对共产党八路军是个什么态度。商议再三，白光觉得人多了路上不方便，也容易引起对方的误会，就决定只带王老黑一个人去。他们本来想骑马去，都把马拉出马厩了，被孙致远拦住。孙致远对白光说："路上要过两个据点，骑马目标太大了，绕着走不但远，还不一定遇上什么情况，还是走着稳妥。"

两人顶着毒辣辣的日头，走到袁营街的时候，天已正午。他们都出了一身大汗，又渴又饿，见路旁有个包子铺，就决定先填饱肚子再说。因为今天不是集日，街上人并不多，包子得现蒸。两人就要了一壶茉莉花茶，边喝茶边等着包子。一杯茶还没凉凉，一个身穿长衫的男子走进来。这人四十开外，身材消瘦，举止文雅。白光觉得这人有些面熟，正打愣神，那人冲他一抱拳："白队长，别来无恙呀。"

听到他不紧不慢的声音，白光这才想起来，他是云雾茶馆的陈老板，上次在这里击毙胡亮时，还请他帮忙写过字。他赶紧站起来，拱手道："陈老板呀，上次的事还得谢谢您呢。"

陈老板笑了笑："举手之劳，不足挂齿。"

白光请他坐下喝茶，陈老板说："喝茶还是到我那里吧，这包子铺里怎么会有好茶。"

白光以为他是客气，就摆了摆手说："不打扰了，一会儿还得赶路。"

陈老板说："有什么急事呀，这大热的天，要晌午头子赶路？不如赏脸到店里小酌几杯？"

白光一想，陈老板知道自己的身份，还敢和自己交往，看来也不是一般人物，正好交个朋友。他从兜里掏出一张两元的票子压在茶碗下，对陈老板说："那兄弟就不客气了。"

三人来到云雾茶馆。陈老板吩咐伙计，把刚到的六安瓜片开包，用盖杯沏上。

另有伙计拿来两条热毛巾，让白光和王老黑擦了擦脸。王老黑擦完脸，就出了茶馆，站在门口的树荫下放哨。

茶端上来后，伙计把王老黑的那一杯送了出去，并捎过去一个方凳。

白光打开杯盖，一股清香扑面而来，由衷地赞道："好茶呀，不怕您笑话，咱还真没喝过这么好的茶。"

陈老板笑道:"白队长谦虚了,凭您的本事,想喝啥茶弄不到呀。"

白光说:"陈老板,有什么吩咐,照直说吧。"

陈老板说:"白队长果然爽快,不瞒您说,上次您枪决胡亮时,我就在不远处看着呢。白队长身手不凡,更难得的是智勇双全,在下十分佩服,想交个朋友。"

白光莞尔一笑:"咱干的可是和鬼子汉奸玩命的营生,您不怕受牵连呀?"

陈老板黯然道:"如今倭寇入侵,山河破碎,百姓在水深火热中挣命,我辈男儿,只要有一分热血,恨不能食其肉、饮其血,何谈牵连。"

白光心想,看来这陈老板也是个爱国志士,既然来了,就不着急走了,把他也顺便统战了吧。

这时,伙计已经端上来四样冷拼、一壶白酒。白光无意中扫了一眼,四样冷拼竟都是硬菜:酱肘子、酱牛肉、拌肚丝、拌猪肝。心想:这做生意的,就是有实力,我们打了胜仗,喝庆功酒时,能有点儿猪头肉就不错了。

陈老板问:"白队长,你外面的那位兄弟,让他进来方便吗?"

白光点了点头,一个伙计把王老黑也请了进来。

三杯酒过后,白光说:"听陈老板的口音,不是本地人吧。"

陈老板说:"白队长好耳力,兄弟是安徽六安人,初来贵地,请多关照。"

白光说:"这兵荒马乱的年月,你咋跑这么远来做生意?"

陈老板说:"真人面前不说假话,兄弟这生意只是打打掩护,实际和您干的是一个营生。"说着,他用手掌做了个劈杀的动作。

白光一惊:"您是……"

陈老板说:"咱们既然都坐到一块了,兄弟给您交个底吧,鄙姓陈名江南,是国民党军事委员会调查统计局的,现任鲁西北联络站站长……"

他原来是国民党军统特务!白光吃了一惊,他稳住心神,表面上仍然波澜不惊。

王老黑"噌"地站了起来,右手按在了后腰的枪柄上。白光赶紧用手势制止了他。他端起一杯酒,冲陈江南高举了一下说:"原来是国军的陈站长,以前失敬了,这杯酒算是兄弟赔罪了。"

陈江南端起面前的酒,一饮而尽。又拿起酒壶,给白光满上酒后说:"以前,贵我两党之间是有过误会,但现在是国共合作时期,咱们还是一家人嘛。眼下兄弟的联络站刚刚成立,正是用人之际,如果白队长肯屈尊,这副站长的职务非您莫属。"

白光心想,我想统战你还没说出口呢,你倒先下手为强了。他不动声色地说:"谢谢陈站长好意,可是兄弟加入组织时宣过誓,至死都不能背叛。如果陈站长真心抗日,咱们可以合作。"

陈江南又端起酒杯敬酒,白光一口干了,将酒杯倒空了一下说:"看看,滴酒不剩,要想喝得痛快,咱换大杯吧。"

陈江南也来了情绪,吩咐上大杯。伙计马上拿来三个可盛二两酒的细瓷小碗,倒满了酒。

陈江南说:"白队长,说句不中听的话,你们八路的条件我一清二楚,比老百姓还艰苦,若是跟我们干,保你天天有酒有肉,还有大洋花……"

他话未说完,白光已经将一碗酒一仰脖干了下去,王老黑也跟着干了。

陈江南一愣,有些尴尬地说:"二位真是海量呀,在下舍命陪君子……"也把酒一气闷了下去，接着说，"……这又不是逼你投敌当汉奸，咱们还是抗日救国，只是换一个阵营而已嘛，你还是民众心目中的孤胆英雄……"

白光不待他说完，冲伙计喊："倒酒。"

乘伙计倒酒的工夫，陈江南继续游说："白队长可以考虑一下，今天不用答复，啥时候想明白了，咱这军统鲁西站的大门，永远为你敞开着……"

白光任他巧舌如簧，就是不接话、不表态。他反客为主，不断地让酒。陈江南作为东道主，按礼节不能不喝，连续五碗酒下去，他的舌头就不好使了，勉强干下第六碗后，他头一歪，趴在桌子上，竟打起鼾来。

白光哈哈大笑："陈站长，你这酒量也太差了。"转头问王老黑："你还行吧？"

王老黑喝得满脸通红，但神志还很清醒，他冲白光竖了竖大拇指："队长真是海量呀。"

白光把草帽往头上一戴："咱走吧。"

两人出了茶馆，王老黑忍不住问："干吗要和这老家伙拼酒？你不怕误了正事？"

白光"嘿嘿"笑了："他老想着让咱投靠他，咱要和他争辩，早晚得吵起来，弄不好还要干起来，那样就不好收场了。"

王老黑这才明白过来，说："这样不辞而别，总比不欢而散要好，等他醒过酒来，也知道了你的意思，以后就不会再纠缠了。"

白光赞道："好你个老黑，说话一套一套的，和那个陈站长有一拼，上过学的就是不一样。"

两人顶着正午的烈日，向镇外走去。

15. 莒镇盗马

　　白光和王老黑出了镇子，不多时就走出了一身的大汗。路边有一条小河，河水清澈见底。正值中午，路上没有行人，两人就脱了鞋，跳到河中，在水里把衣服全脱下来，揉了几把，又拧了几把，平铺在河坡的草丛上。两人在清凉的河水中泡了一个多钟头，洗去了全身的大汗，也洗去了炎热和疲劳，连酒气也下去了大半。两人上岸时，衣服已经干透了，穿在身上热乎乎的。看看时间还早，就在树荫下靠着大树眯了一会儿，养足了精神，一身清爽地上了路。两人走到齐集村头时，天气愈加闷热起来，蝉的叫声都有些暗哑了。

　　他们是从北边接近村子的。村北有一条小河，河上有一座独木桥，是进村的必经之路。他们刚走到小桥边上，河边的树林中忽然冲出几个人，拦在桥头上。这几个人都是农人打扮，手里全操着家伙。最前面的一个小伙子，端着一支汉阳造步枪，另几个半大小子，有拿鸟铳的，还有拿红缨枪的。

　　白光冲他们抱了抱拳："各位乡亲，我们是齐禹抗日政府的，来找齐司令有重要的事。"

　　拿步枪的小伙子冷笑了一声说："这一阵子来找俺们司令的都没安啥好心，不是拉拢就是招安，你们打的是啥主意？"

　　白光说："兄弟受累，请通告齐司令一声，就说武工队的白光找他有要事。"

　　小伙子打了个愣，上下打量了白光一番，小心地问："你真的是白队长？不会是冒牌的吧？"白光"哈哈"大笑了几声说："兄弟，咱是货真价实的白光，如假包换。"

小伙子马上收起刚才那股子冷傲，恭敬地说："白队长，您等一下，俺马上去给司令汇报。"那几个半大小子也放下了手里的家伙，客气地请白光到阴凉地里，搬了个凳子请他坐下。王老黑趴在白光耳朵上小声说："你的名字还真好使，看来这事有门儿。"

　　白光轻轻摇了摇头，从刚才那个小伙子的话中，他知道事情没这么简单，最近想拉拢齐令山的可能不只是李连祥一家。

　　白光问几个半大小子："刚才那个小伙子是你们的头儿？"

　　几个半大小子"嘿嘿"笑着，互相推搡了一番，一个年龄稍大点儿的回答："他叫齐顺子，是我们的队长。"

　　"他还是俺们齐司令的侄子。"另一个半大小子补充了一句。

　　一朵乌云遮住了日头，天马上暗了下来，远处传来隐隐的雷声。

　　一袋烟的工夫，齐顺子跑着回来了。他一脸歉意地对白光说："白队长，俺们齐司令病了，今天不能和你见面。他让俺给你捎话，他很佩服白队长，也明白你的意思，但他拉起这支队伍，只想保护村里的父老乡亲不受日本人的祸害，不想入伙，谁的伙也不入……"

　　白光明白了，自己猜得不错，最近可能有多股势力想拉拢他，让他有了抵触情绪。他很想和齐令山面谈，他相信自己能说服齐令山。但人家话说到这个份上，再纠缠下去就太跌份儿了。

　　白光想到这里，对那个小伙子说："齐队长，请转告齐司令，明天俺还会来看他，明天最好能见面聊聊。"

　　听白光叫他"齐队长"，齐顺子愣了一下，看那几个半大小子都龇着牙笑，顿时明白。他不好意思地笑笑说："一定一定，俺一定转告司令。"

　　白光抬头看看天，西北上已经漆黑一团，有大量的乌云正朝这边涌来，就和齐顺子等人告辞，和王老黑急急往回赶，他想趁雨还没下来前赶到莒镇，找个能避雨过夜的地方。

两人紧跑慢跑，还是没跑过从天而降的瓢泼大雨，赶到莒镇时，都淋成了落汤鸡。两人找了家便宜的旅店住下，拧干了衣服上的水，又湿乎乎地套在身上。两人都饿坏了。中午只顾着拼酒，没有吃饭，下午又赶了这么多的路，肚子早就咕咕作响了。

暴雨已经过去了，淅淅沥沥的小雨还在不紧不慢地滴落。两人出了旅店，见对面有一家"李记菜馆"，就快步跑了过去。一进门，白光就闻到一股浓烈的酒气扑面而来。靠窗子的一张八仙桌前，坐着一高一矮两个满脸赤红的男子，桌子上杯盘狼藉，还倒着两个白酒瓶子。看这样子，这俩人是从中午一直喝到现在。

伙计跑过来问："两位大哥，吃点儿啥？"

白光说："先来壶高沫，再来两碗炖菜，外加一盘大饼。"

"炖啥菜？有茄子、豆角、土豆、青椒、黄花菜、豆腐泡、鲜豆腐……"

王老黑说："俺吃豆腐，鲜豆腐。"

白光说："那就来两碗炖豆腐吧，多放点儿大油和干辣椒。"

"好嘞——"伙计拉着长音应了一声，身子消失在后厨。

窗前那两个男子显然已经喝大了，说话都是大嗓门，好像整个世界就只有他们两人了。

高个子说："咱喝得差不多了吧，晚上还有行动呢。"

矮个子说："反正让刘三和麻子回去汇报了，误不了事的。"

高个子说："说得是，晚上十点以后才行动，还早呢。"

矮个子说："晚上可精神着点，听说那个齐令山枪头子挺准的。"

高个子说："放心吧，屁事没有，到时咱们几百号人把村子一围，断了他退路，他还敢开枪？"

矮个子说："对对对，他不敢开枪，他要开了枪，咱就把他整个村的人全干死，哈哈哈——"

高个子说："那也是活该，谁叫他不识时务，连咱们司令的面子也不给。司令说了，宁可灭了他们，也不能让他们跑到八路那边去……"

白光听得暗暗心惊，这是有人拉拢齐令山不成，想暗下毒手把他们剿灭，看来齐令山有危险呀，这俩家伙是哪一部分的呢？

这时，两大碗炖豆腐、一盘大饼已经端了上来。

王老黑问："咱也来点儿（酒）？"

白光把下巴往那两人的方向仰了一下，王老黑会意，不再说话，端起豆腐，风卷残云般大吃起来。

白光一边慢慢吃着，一边侧耳倾听那两人说话。

那个矮个子忽然招呼伙计："小二，把爷的那两匹马喂饱饮足了，晚上有要紧事呢。"

"好的乔排长，您赔好吧！"伙计应着，从后门走了出去。

一大碗豆腐吃完，白光又喝了几杯茶，一个缜密的计划也盘算好了。

白光在柜台结完账，悄悄将一张十元的票子塞到账房手里。账房瞟了一眼票子的数额，肥胖的脸上马上堆满了笑："大爷，您有什么吩咐？"

白光向窗台边瞟了一眼："那边的两位，是你这里的常客吧？"

账房附在白光耳边说："是的，他们是'李团'的乔排长和李班长，您可千万别招惹他们。"

白光轻轻一笑："谢了。"

白光冲王老黑使了个眼色，两人一前一后出了李记菜馆。这时，雨停了，天色暗了下来。街上稀疏的行人已有些模糊。

两人从菜馆的东山墙绕到后院，循着牲口的味儿，很快找到了马厩。里面只有两匹马，一黑一白，头扎在马槽里吃得正欢。两人悄悄过去，解开了缰绳，拉着马悄悄出了马厩……

两人两马穿过一条僻静的小巷，从后街出镇子时，天已经完全黑下来了。白光对王老黑交代了一番，然后翻身上了白马，直奔齐集而去。王老黑上了黑马，快马加鞭，一路向北，直奔袁营方向。

16. 齐集之战

白光来到齐集村头时，桥头上已经挂起了两个硕大的红灯笼。他牵着马，刚走到桥头，就被几个持枪的男子拦住了。白光扫了一眼，这些人已不是下午那一伙了。

"哪里来的？干啥的？找哪个……"几个人都拿枪对着白光，七嘴八舌地质问。

"各位乡亲，俺是齐顺子的朋友，找他有要紧的事。"白光事先已经想好，他如果说找齐令山，肯定进不了村。

几个男子见他牵着高头大马，又气宇不凡，弄不清什么来路，就赶紧派人去村里叫齐顺子。

不消片刻，齐顺子就赶过来了，他一见是白光，既惊又喜，过来握住他的手道："是白队长呀，怎么又回来了？"

白光将他拉到一边，压低声音说："事关重大，我得马上见到齐司令。"并将在李记菜馆听到的情况给他简单说了一下。

齐顺子一听，不敢怠慢，当即就将白光的马交给手下人，带他进了村。白光跟着齐顺子，踩着泥地，深一脚浅一脚地走在寂静的村街上。他们七拐八绕，来到一个大院里。

齐顺子说："这原是齐家的一处闲宅，司令拉起队伍后，整修了一番，司令部就设在这里。"

有齐顺子带着，他们顺利通过门口的岗哨，来到司令部。

齐令山正坐在椅子上吸烟，看见白光，吃惊地瞪了一眼齐顺子。齐顺子赶紧说："司令，这位就是八路军武工队的白队长，有紧急情况找您，来不及通报了。"

就在白光和齐令山见面的时候，王老黑也赶到了齐禹县委驻地，把情况向孙致远做了汇报。孙致远对白光的计划完全赞同。如果今晚顺利，不但能成功收编齐令山这支队伍，还能借机打击一下李连祥的嚣张气焰，杀鸡骇猴，也震慑一下其他的亲日武装，可以说一举多得。

李连祥系辛寨魏寨子人，外号"坏山"。他从小就是好勇斗狠之徒，十五岁时就敢和村里的"人头"叫板，二十岁时曾拿着铡刀和村里人拼命，接连砍伤三名壮汉，此后便以心狠手辣闻名于周围十里八乡。他广交土匪恶霸，在辛寨街开了一家黑店，手下笼络了一批亡命之徒。他靠开黑店和打家劫舍起家，手下慢慢聚拢了两千多人，成为齐禹一带最大的土匪头子。十几年来，李连祥盘踞在禹城、齐河、高唐、茌平、长清一带，横行乡里，欺压百姓，连国民政府也拿他没办法。鬼子来了以后，他也打出过抗日的旗号，自任民团团长。但这个旗号只是他用来敲诈钱财的手段。齐禹革命组织曾想团结他一起抗日，他答应下来，但也是阳奉阴违。后来，他见共产党没有实力，就背信弃义，投靠了日本人，到处捕杀抗日军民，手上血债累累。当下，他手下已有两个团的兵力，除了老巢魏寨子外，还在周边数十里范围内设有四十多个小据点，形成了一片相互呼应、防守严密的势力范围，齐禹抗日政府一直没有办法消灭他。这次，正好借机给他一个教训。

孙致远推测，去偷袭齐令山这样一支小股武装，李连祥不会动用太多的兵力，最多也就是三百人。为了打好这至关重要的一仗，孙致远只留下了警卫连来保卫县委，把其余的武装——县大队的三个连和骑兵排——近四百人全部集合出发，连夜奔赴齐集村。

白光把李连祥部想要偷袭"围剿"齐令山的情况说明后，齐令山气得当即站了起来，将一只茶杯摔碎在地上，怒骂道："这姓李的真不是东西，派人劝降不成，竟想暗下毒手！"

白光说："他早就投靠了鬼子，一直在收拢兼并这一带的武装力量，凡是不肯投靠他的，都要被消灭。"

齐令山这时也冷静了下来，他皱了皱眉头说："这个王八蛋手下有两千多人，明知道他来犯，咱也挡不住呀。"

白光说："齐司令不用担心，我们的大队人马已经在来的路上了。"

齐令山的眉头马上就舒展开了，他亲自给白光满上茶水，面带愧色地说："谢谢白队长了，下午的事不好意思，都怪在下目光短浅，有眼无珠。"

白光没接他的话茬，接着说："为了不让李团的人打进村子祸害老百姓，我们会在半路伏击他们。战斗一打响，袁营、莒镇据点的日伪军很可能会来增援，我们还专门部署了两个小分队埋伏在据点附近打援。"

齐令山竖起大拇指，由衷地说："白队长想得周到，那让我们的人干什么？白队长尽管吩咐。"

白光说："你们负责把守村子的各个路口，不要让李团的人渗透到村里，另外还要通知老百姓，让他们都躲在家里，天亮之前不要出来。"

齐令山吩咐齐顺子，马上按白队长的意思通知下去。

齐顺子出去后，齐令山忽然面露忧愁，他深深地叹了口气说："今天李团在这里吃了亏，日后还得报复我们。"

白光说："你们兵力少，装备也差，李连祥要想算计你太容易了，你没有盟友，到时连个救兵也没有……"

"白队长，我想好了，过了今晚这一关，我就带着手下的兄弟爷们儿投奔你们。"

这时，不远处传来了密集的枪声和爆炸声。"干上了！"白光"噌"地站了起来。

事情果然不出孙致远所料。李连祥认为齐令山只有五十多条破枪，力量薄弱，他们又是偷袭，占尽了优势和天机，就只派出了两个连的兵力，由一营长温学兴亲自带队实施偷袭。

温学兴做梦也没有想到，在黑咕隆咚的乡间大路上会遭到强大的伏击。随着孙致远的一声枪响，县大队的机枪、步枪同时开火，再加上手榴弹的轰炸，李团的人霎时倒下了一片，其余的人都蒙了，前面的纷纷别过头逃跑，和后面的人拥挤到一起，队伍登时就乱了套。县大队乘机一顿猛打，当场消灭了一多半伪军。此役，齐禹县大队大获全胜，只有三人负伤。李连祥部的二百多人，被击毙一百多人，俘虏四十多人，只有五六十人钻进玉米地逃了回去。由于天黑路滑，莒镇和袁营据点的日伪军不明情况，都没敢出动。

第二天，齐令山带领他的"齐集抗日自卫队"加入了齐禹县抗日民主政府，孙致远将其全部编入到县大队中。

17. 天赐良机

岁月荏苒，时光如流。白光参加抗日队伍三年多了。三年来，他还是第一次骑马回到秦庄。他骑的这匹白马还是上次在莒镇执行任务时，从李团手下的乔排长那里"借"来的。没想到，他和这匹马竟非常投缘，他骑着它特别顺手，就把自己的那匹枣红马让给了齐令山，和这匹白马做了搭档。他还给它取了个名字：小白龙。这个名字是他从评书《西游记》中听来的。

自从搬到县委驻地，离家远了，白光隔几天就抽空回来一趟，以免父母惦记。他名义上仍然是给陈董庄的瓜地老板帮工，每次回来，都带回些瓜果蔬菜。他也叮嘱过在瓜地留守的人员，万一有人到瓜地找他，就说他跟着老板去赶集串乡了。

白光进村的时候已是傍晚，干了一天农活的人们正扛着农具回家，村街上恰是最热闹的当口。一进村，白光就下了马，一边牵着马贴着路边走，一边和过往的乡亲打着招呼。

"哟！这不是孙家小子吗？混上高头大马了。""他哪买得起马，在哪儿偷的吧？"

白光循着这阴阳怪气的声音一瞥，是大白脸和瞎碰从斜对面走了过来。

白光真想抽出枪来把这两个家伙崩了。但他明白，这两个人虽然可恶，当下还罪不至死，啥时候把崔立轩收拾了，他们自然就草鸡了。他拉下脸来，冷笑了一声问："你们这是又到谁家催钱催命了？"

大白脸把眼睛一瞪："你说话小心点儿，老子干的可是皇军的差事。"

白光站下来，冷冷地说："看在乡里乡亲的分儿上，老子奉劝你们一句，做事可要给自个儿留点儿后路，要不死都不知道咋死的。"

瞎碰从腰里抽出皮鞭，在白光面前晃了晃说："你小子是个啥意思？"

白光劈手将鞭子夺过来，随手扔到了路边的水沟里，他指着瞎碰的鼻子说："你听好了，咱这一片可有了八路军的锄奸队，专门杀给鬼子跑腿办事的汉奸，你小心自个儿的狗命。"

两人没想到白光竟敢夺他们的鞭子，还敢教训他们，在这个村里，还没人有这么大的胆子。正想发作，却看到白光冷峻的目光正不动声色地盯着他们，登时心里打了个点儿。他们忽然感觉到，这个他们曾经鞭打过的穷小子，和以前不一样了，从他的身上感受到一种无形的威严和逼人的肃杀之气，像有一把看不见的刀，闪着冰冷的光芒，在向他们逼近。两人对望了一眼，都从彼此的眼神中看到了怯意。两个家伙面如死灰，再也没有勇气说出一句硬气的话，悻悻地走了。

围观的村民们都感到出了一口恶气，七嘴八舌地说："骂得好！真痛快……"

"行啊振江，出息了，把这两个瘟神都震住了……"

"他们还真就是怕了振江，连个屁都没敢放……"

"鞭子也不要了……"

白光冲大家笑了笑，脸上的表情和刚才已判若两人。大家平时都是敢怒不敢言的，今天见了白光的这股气势，顷刻之间都有了靠山般，他们围在白光身边，纷纷控诉崔立轩的恶行，希望白光能替乡亲们撑腰……

白光说："今后不用再害怕，只要咱们团结起来，就轮到他们害怕了。"

"真的？振江，你可要常回来呀……"大家你一言我一语，天黢黑了还不肯散去。直到有家里人来喊吃饭，才陆续恋恋不舍地离去。

白光进了家门，把小白龙拴到牛棚里，摸了摸它的脸说："伙计，今晚上就委屈你一下，和咱家的牛搭个伙吧。"

孙德安夫妇听到动静都走了出来，看到小白龙，几乎同时惊问："哪儿来的马？"

白光故意轻描淡写地说："这是东家拉车用的，俺没事就骑着玩玩。"

孙德安接过白光从马上卸下的瓜和菜，说："一会儿给马弄点儿好料，买不起的骡子喂不起的马，这东西可比牛难伺候多了。"

这一晚，白光在家里舒舒服服地睡了一个安稳觉。这一阵子，他也确实累坏了。天快亮时，白光起来上了一趟茅房，回来刚躺下就进入了梦乡。梦里，他看到了一片绿油油的麦田，大秋和小壮并排站在田埂上，笑着冲他招手，他惊喜地跑过去，却怎么也跑不到他们身边……他越是想快点儿跑，大秋和小壮离他越远，最后，姐弟俩像一阵风般消失在远方。他茫然地看着远处的地平线，不知所措。这时，耳边响起小壮的声音："振江哥，你还记得我们吗？""记得，当然记得……"白光一边回答着，一边四处张望，周围却空无一人，只有无尽的原野和碧绿的麦田。"哥，记得给我们报仇呀——"耳边又响起大秋的声音。白光急了，大声叫道："大秋——小壮——你们在哪里——"这一喊，把自己从梦中喊醒了，他"呼"地从炕上爬起来，发觉自己满脸的泪水和汗水，连枕头都湿透了。天已大亮，日头已经透过窗纸照满了半间屋子，窗外的蝉又开始了一天的大合唱。他呆呆地坐在炕头上，回想着梦中大秋和小壮的样子，一会儿模糊，一会儿清晰……他们给我托梦了，这是让我给他们报仇，对，报仇，这也是当初参加抗日队伍的初衷。现在枪有了，人有了，应该给他们——还有伦镇所有死难的乡亲们报仇了。一个久违的名字浮上心头——松井……松井，你的死期到了……

就在这时，门外传来一声马的嘶鸣，不像是小白龙的声音，他正纳闷，一阵急促的脚步声后，屋门"吱呀"一声被推开，王老黑一头撞了进来。

白光吃了一惊："你不是在县委值班吗？咋跑回来了？"

王老黑反问："你咋哭了？"

白光赶紧擦了擦脸上的泪痕说："是眼屎眯了眼，你咋回来了？"

王老黑说："今天一大早，俺和张东风陪炊事班的老于去袁营买米，在街上被人撞了一下，回头就发现兜里多了一张字条，是给你的。"

白光展开字条一看，是一行漂亮的毛笔字："白兄安好，兄弟在茶馆恭候，有要事相商。陈。"

是国民党军统联络站的陈江南，这两年他们并无任何联系，他找自个儿有啥事呢，难道是上次被灌醉了，没有达到目的，又想旧事重提？白光饭也没顾上吃，赶紧洗了把脸，骑上小白龙直奔袁营。王老黑骑着那匹黑马，紧紧地跟在后面。

云雾茶馆里，陈江南早已泡好茶，静静地等候着白光。两杯茶下肚，陈江南直截了当地告诉白光，军统已经向他下达了暗杀松井的命令。据可靠情报，松井明天上午要来袁营据点巡察，他计划借这个机会除掉松井，只是人手不够，想请白光支援。

白光一听，又惊又喜：这不是天赐良机吗？难道那个梦真是大秋和小壮托给他的？

他长出了一口气，强压住这份惊喜，问："情报可靠吗？"

陈江南两眼紧紧盯着他，重重地点了点头。白光又问："鬼子有多少人？"

陈江南说："根据情报，松井会带一个小队的鬼子和一个中队的伪军，大约有一百五十人。硬拼肯定不行，我们计划偷袭，击毙松井就撤。"

白光摇了摇头说："鬼子这么多兵力，武器又好，撤得了吗？"

陈江南说："我也是担心到时候被鬼子缠上，摆脱不了，所以想请贵党的骑兵协助，先掩护我们撤退，你们骑兵要撤时，只要不走大路，鬼子的汽车摩托都追不上。"

白光明白了，这家伙是打上他们骑兵的主意了。这两年，骑兵排在白光的带领下，已经发展成骑兵连，正是兵强马壮的时候。看来陈江南一直在密切关注着他们。

他思索了一下，担心地说："鬼子也有骑兵，他们的东洋马可不好对付。"

陈江南拍了拍胸脯说："如果鬼子出动了骑兵，那我们负责先把骑兵干掉，然后再撤。"

白光觉得事关重大，自己不能擅自做主，就告辞陈江南，急匆匆来到县委驻地。

听完白光的汇报，孙致远沉思了片刻说："我们历来主张团结一切力量共同抗日，现在又是国共合作时期，这个行动可以参与，只是和他们打交道，一定要小心谨慎。"

白光点了点头："请县长放心，我一定见机行事。"

孙致远又说："咱们骑兵连就这点儿家底，你一定要给我带回来。"

白光明白这句话的分量，在目前这种极端艰难的时期，队伍就是政权的命根子，骑兵更是这支队伍的底气。他双腿并拢，给孙致远打了个标准的敬礼："请县长放心，我以性命担保，一定把队伍带回来。"

18. 浴血突围

一种不祥的预感爬上白光的心头。

这种预感起初如隔帘望水般，模模糊糊，在心头若隐若现。他和骑兵连的战士们刚刚进入伏击阵地的时候，路上一个人影也没有。随着时间的推移，不祥的预感在逐渐放大。这条路是齐河县城至袁营的必经之路，平时人来人往，现在却连只鸟儿也没有。

白光在玉米地里慢慢潜行着，来到了陈江南的伏击点。远远地，他就看到陈江南的瘦脸上有两粒黄豆大的汗珠正滚落下来。

陈江南看到他，神情放松下来，脸上露出一丝苦笑。他迎上来，扶着白光的肩膀，两人同时蹲了下来。

陈江南说："我心里老是打鼓呢。"

白光说："情况有些不妙，有没有可能走漏风声？"

陈江南说："应该不会。行动前，除了提供情报的我方谍报人员，这事只有我们两个人知道。"

白光疑惑道："情报会不会是假的？"

见陈江南不满地望着自己，白光又说："你的谍报人员有可能暴露，被鬼子利用，也有可能叛变。"

陈江南看了他一眼，说："不可能吧？"

白光看出他底气不足，追问道："这个人在鬼子那里是干什么的？"

陈江南苦笑着摇了摇头，直起腰来。他忽然低声说："来了。"

白光慢慢站起来，透过密密的玉米棵子，看到从西边过来一支队伍。他拿出望远镜看过去，见前面有六个骑着东洋马的，他一个一个地仔细观察，里面没有松井，却有一个熟人，是地主崔立轩的二儿子、给松井当翻译的崔定国。

白光语气坚定地对陈江南说："松井没在里面，这肯定是个圈套。"

陈江南放下望远镜，恨恨地说："你说得不错，看来他真的叛变了，我先除了他再说。"他从身边一个随从手里拿过一支狙击步枪，拉开保险，推弹上膛，瞄准，射击。一声清脆的枪响，崔定国肥胖的身子像一麻袋粮食般从马上倒栽下来。

白光惊问："事情还没弄清楚，你怎么就杀人？"

陈江南冷着脸说："他十有八九是叛变了，即使没叛变，也肯定暴露了，留着就是个祸害。"

一股凉意袭上白光的心头，都说军统特务心狠手辣，看来所传不虚呀。就在这时，他们背后的玉米地里响起了密集的枪声。

白光说："不出所料，咱真让鬼子包饺子了。"陈江南抱了抱拳说："白兄，改日兄弟登门赔罪，今天先各自突围吧！"

白光飞身上马，给骑兵连下达了突围的命令，并让大家突围后回驻地集合。

从西面过来的鬼子伪军迅速扑了上来，埋伏在白光他们背后的敌人也开始了进攻，他们两面夹击，想形成合围之势。陈江南只有二十个人，但他们携带了两挺轻机枪，十几支冲锋枪，兵分两路，一起开火，把两边的敌人都暂时压制住了。但鬼子和伪军太多了，他们只消停了一会儿，就借着玉米地的掩护，从两边摸了上来，密集的子弹打得玉米棵子像刀割般一片片倒下。王老黑和张东风纵马过来，想掩护白光突围，他们刚刚冲到一块开阔地，两匹马就被密集的子弹打得惊跳起来，然后栽倒在血泊中。两人迅速滚下马鞍，就势卧倒，立即被一阵弹雨压得抬不起头，根本没有还击的机会。白光明白，必须在鬼子形成合围之前突出去，否则就有全军覆灭的危险。他拔出双枪，左右开弓一阵猛射，七八个鬼子和伪军栽倒在地。王老黑和张东风乘机跃身进了玉米地。

　　三个鬼子骑兵看出白光是个人物，他们一边射击，一边纵马朝白光冲了过来，一路撞得玉米棵子"嚓嚓"地倒向两边。白光忽觉左肩一麻，驳壳枪差点儿脱手。一股温热的血瞬间就涌了出来，连后背也觉得热乎乎的。他咬了咬牙，将左手的枪插进腰里，右手握稳驳壳枪，对着跑在最前面的鬼子和东洋马连开了三枪。鬼子的嚎叫和马的哀鸣同时响起，鬼子连人带马栽倒在玉米丛中。他纵马直奔另一个鬼子冲过去，同时连连扣动着扳机，但驳壳枪只发出几声撞针的脆响，枪里没子弹了。再换弹夹来不及了，他迅速将枪插在腰里，抽出了背后的大刀。在两马交错的瞬间，鬼子持三八大盖朝白光前胸捅过来。白光身子一歪，同时挥起大刀砍向鬼子的脖子。冰冷的枪刺擦身而过，将白光右肋下的衣服都挑破了，与此同时，鬼子的脑袋从脖子上飞起来，带着鲜红的一条血线，在空中画了一道半圆弧形，落在玉米地里。这时，第三个鬼子也到了面前，鬼子的枪刺已近在眼前，他再挥刀已来不及，就势将刀闪电般朝鬼子扎了过去！刀深深地扎进了鬼子的前胸，鬼子带着刀坠下了东洋马。而鬼子的枪刺，也扎进了白光的右肩。幸亏白光的刀快，是后发先至，鬼子中了刀之后枪刺才扎进来，失了后劲。鬼子落马时将枪刺也带落到地上。

这时，十几个鬼子和伪军已经把白光围在了中间。他顾不上多想，一提缰绳，小白龙仰天一声咆哮，抬起前蹄，纵身一跃，从一个鬼子的头上飞跃出包围圈，向玉米地深处疾驰而去。背后传来密集的枪声，白光感到小白龙全身剧烈地一抖，心知不好，马中弹了。小白龙一阵惨烈的嘶鸣后，连蹦加跳地狂奔起来。白光知道，这时候落马，只有死路一条。他双腿紧紧夹住马肚子，上身前倾，头紧紧贴在马脖子上。小白龙风驰电掣般奔跑起来，越跑越快，白光只觉得耳边风声越来越大。马载着他，飞一般穿过玉米地，穿过树林，穿过河流，穿过空旷的荒野……白光闭上了眼睛，有一阵子，他感觉小白龙好像已经飞起来了，像《西游记》里的小白龙那样腾云驾雾……不知跑了多久，也不知跑了多远，他感觉到小白龙的汗水已经把他的裤子浸透了，枪炮声越来越稀，越来越远，慢慢消失了。小白龙奔跑的速度渐渐慢了下来，越来越慢……白光睁开双眼，感觉眼前一片模糊……他赶紧趴在马背上，闭上了眼睛。就在这时，小白龙缓缓地停了下来，缓缓地栽倒在地上。白光感觉眼前一黑，一头从马背上栽了下来。

在失去知觉前，他听到了一声清脆的惊叫："白大哥！"

那声音竟似曾相识……

19. 再遇凤娥

白光感觉整个人像浮在水里，又像飘在天上，全身软绵绵的没有一点儿劲，也没有一点儿着靠。头脑时而清醒，时而混沌。懵懵懂懂之间，感觉时而有一只温柔的小手抚摸着他的额头，时而有一条热乎乎的毛巾在擦拭自己的脸颊、脖子、前胸……他迷迷糊糊地睁开双眼，面前是一张清秀的面孔，依稀是大秋的样子，他喃喃地叫："大秋、大秋……"他忽然意识到，大秋已经离开这个世界很久了，自己应该是在做梦，他好想把这个梦做下去，就拉住大秋的手说："大秋，你别走，别走……"

不知过了多久，白光才从幽深的梦魇中悠悠醒来，感觉浑身酸痛。他知道自己做了一场大梦，却不记得梦见了什么。他像平常一样睁开双眼，发现自己躺在炕上，身上盖着一床崭新的棉被。而屋内的陈设却是陌生的，既不是在家，也不是军营的宿舍。他想坐起来，刚一动，双肩一阵剧烈的疼痛，他忍不住叫出声来。

一个姑娘轻盈地跑了进来，到了炕前，惊喜地说："白大哥，你可算醒了。"说着话，扶着他慢慢坐了起来。

他呆呆地望着姑娘那秀气的脸庞、明亮的眼睛，有些面熟，脑子却迷迷糊糊地想不起来。

"姑娘，你……认得我？"

姑娘莞尔一笑："大名鼎鼎的武工队队长白光，这方圆百里有哪个不知道？"

白光说："知道名字不稀奇，我是说，你——见过我？"

"这么快就把我忘了。"姑娘嗔怪道。见白光仍一头雾水，就用手指了指自己的脖子。

白光凝神细看，姑娘洁白的脖子下面，有一道细细的、浅浅的刀痕……他忽地想起来了，惊喜地说："你是——你是在袁营集上那个姑娘……你是、是哪个庄的来？"

"小周庄的。"姑娘见白光竟还记得她,高兴得脸都涨红了,她告诉白光,"这里就是小周庄,这是俺家。"

白光吃了一惊,小周庄离袁营二十多里地,小白龙受了枪伤后,竟驮着他跑出这么远?他问:"我的马呢?"

姑娘笑了笑说:"放心,你的马比你壮实,几天就缓过来了,你可是整整昏迷了七天。"

白光吓了一跳:"七天?"

姑娘秀眉一挑:"俺还能蒙你?摔下马的时候,浑身是血呀,可把俺吓坏了。"

白光问:"我在哪里摔下马的?"

姑娘说:"在俺们村西的河边上,那马驮着你,可能想喝水,实在是撑不住了,马身上也淌了老多血,刚跑到河边就慢慢倒下了……"

白光惊问:"当时有没有别人看到我?"

姑娘说:"有啊,还有一个——就是经常来这一片串乡的金货郎,他正好路过……"

"金货郎?"白光脑海里马上出现一个精瘦如柴的小矮个子,他经常去秦庄转悠,用一根竹竿挑着一副精致的小担子,边走边摇着拨浪鼓。

"是不是那个又矮又瘦的温州货郎?镶着一颗大金牙。"

姑娘说:"对对,就是他,是他帮俺把你放到牛背上的,俺是去河边饮牛的,就碰上了你……是俺家的牛把你驮回家的……"

白光打小就认识这个金货郎,小时候经常跟在他担子后面围着村子疯跑。他心说,坏了,他肯定能认出我,会不会去告密呢……

白光又问:"那个货郎认识你家不?"

姑娘说:"应该不认识吧,每次见他都是在村头上,那天他把你放到牛背上，就挑着担子走了，走得挺急的。"

白光转念一想，都过去这么多天了，他要是告密，自己早出事了。

那姑娘并没有发现白光脸上的阴晴变幻，继续说："俺爹回家看到你这个样子，赶紧骑驴去袁营请来了陈成道老先生，要不是陈先生呀，你恐怕到现在也睁不开眼。"

陈成道？白光从小就知道这个名字，他是方圆百里的名医，那次被地主崔立轩的家奴打伤，也是陈先生给治愈的。

姑娘又说："陈先生说你失血过多，身子极度虚弱，怕你醒不过来，就用一棵老参和老母鸡熬了汤，让俺天天给你灌——"

白光打断她问："这些天有没有人来找过我？"

姑娘说："有啊，一个老头，鬼鬼祟祟的，过来打听这里有没有来过一个受伤的人……村里人都不知道这事儿，俺拿不准他是干吗的，也没敢吱声……"

白光一听，心才彻底放下来，这个姑娘不仅胆子大，心还非常细。他冲她竖了竖大拇指说："你做得太棒了！简直可以给我们当侦察员了。"

姑娘不好意思地低下头，脸红得像西天的火烧云。

白光想到自己整整昏迷了七天，孙县长和王老黑等人不定多着急呢，就对姑娘说："姑娘，我现在——"

"俺叫韩凤娥！"姑娘不客气地打断了他。

白光说："凤娥姑娘——"

"都告诉你名字了，怎么还姑娘姑娘的，你不嫌麻烦呀！"韩凤娥装出生气的样子，冲他噘了噘嘴。

这真是一个心直口快的姑娘。白光的内心渐渐生出一种亲近感。

这种感觉怪怪的，明明对方是个陌生人，却有一种亲人般的感觉。他只有在大秋那里，有过这样的感觉。

凤娥见他不说话，忽然发问："大秋是谁？"

白光一惊，一时不知怎么回答。

凤娥幽幽地说："你昏迷的时候，一直在喊这个名字。"

白光不由想起了大秋，想起了她和伦镇那些乡亲的惨死，忽然间归心似箭。他对凤娥说："我现在必须得走，家里这么多天没有我的消息，不定急成什么样呢。"

凤娥说："你还没好利索呢，反正已经七八天了，就多待两天吧。"

白光说："我能走。"说着话，他强忍住剧烈的疼痛下了炕，刚直起腰来，忽然感觉天旋地转，"咚"的一声仰面朝天摔倒在炕上。

凤娥嗔道："跟你说还没好呢，你这个人咋恁犟？"

见白光沮丧地闭上了眼，凤娥缓了缓口气说："陈先生说了，你这枪伤，幸亏是贯穿伤，子弹没留在肉里，可失血却多，这里没条件输血，只能靠自个儿慢慢养。"

这一摔让白光明白了，他短时间内是下不了炕的，眼下只能依靠凤娥姑娘了，就问她："你家里还有啥人？"

凤娥说："俺爹俺娘，哥哥嫂子，他们都下地干活了，要不是照顾你，俺也早下地了。"

白光说："凤娥，你能不能帮我跑趟腿？"凤娥一口应承下来。

白光嘱咐她说："你到秦庄去一趟，这个村就在袁营西北方向，三里多地，到了以后，找一个叫王老黑的人，把他带到这里来。要是他不在家，就给他留口信。记住，见人一定要少说话，不能给王老黑以外的任何人透露我在这里的消息。"

凤娥从白光庄重的神情中，意识到事情的重要性，就重重地点了点头说："你放心吧，白大哥，肯定不会坏了你的大事。"

白光隔着窗子瞅了瞅外面的日头，现在大约是头晌十点多的光景，这来回四十多里地，回来天就黢黑了，她一个姑娘家走夜路怕是不行，就劝她明天一早再去，两头能见着日头。

凤娥说："没事，俺腿脚快，赶天黑前能回来。再说了，要是找到王老黑，我们就搭伴回来。"

白光 想，她说得也有道埋，他心里也想尽快和组织取得联系，就依了她。凤娥的家人中午都不回家，在地里吃午饭。凤娥怕白光挨饿，临走前麻利地给白光做了一大碗烩饼子，让他吃着，就风风火火地出了门。白光也真是饿了，一大海碗烩饼子，他风卷残云般打扫得一干二净，连汤都没剩下一滴。放下碗，一股深深的倦意涌上来，他歪倒在炕头的被垛上，一会儿就迷糊了过去。

白光被人摇醒时，正做着一个和松井有关的噩梦：……他把松井堵在了一条胡同里，举起双枪对着他扣动了扳机，却不想，两把枪里都没有子弹。他抽出了背后的大刀，想扑过去把松井的脑袋砍下来，却怎么也迈不动腿……他一着急就醒了过来，看见炕前人影幢幢……他揉了揉眼，才看清是王老黑、张东风、马五子、张钧山等人站在炕边上。金黄的阳光透过窗子斜射进来，看光线应是傍晚前的光景。白光怀疑自个儿仍陷在梦境里没有醒过来，直到凤娥端了一碗水过来，他才打了个激灵，彻底清醒了。

凤娥赶到秦庄的时候，恰逢王老黑在家，他听说了白光的情况后，马上赶到齐禹县委驻地，给孙县长做了汇报。这一段时间，白光就像人间蒸发一样，没有一点儿消息，孙县长以为他凶多吉少了，一听他还活着，兴奋得站起来，围着屋子转了好几圈。他当即命令王老黑套上马车，多带几个人，把白光接回来。临走，又让通讯员张钧山骑马跟着去，有啥情况好及时通信。

韩凤娥带路，王老黑等人一路快马加鞭，马车在坑坑洼洼的乡路上风一般疾驰，不到两个钟头，就到了小周庄。

白光问："你们都出来了？有没有伤亡？"

王老黑低下头，神色黯然地说："牺牲了四个，伤了十几个，折了六匹马……"

这时，韩凤娥的爹娘、哥嫂都回来了，见家里赫然多了四个腰里别着枪的男子，都吓得不敢说话。韩凤娥从中作了介绍后，凤娥娘就和儿媳张罗着做饭。

就在这个当口，门外又进来一个人，进门冲白光抱了抱拳说："白兄，你让我找得好苦。"

王老黑一见，拔出枪顶在那人的脑门子上，骂道："娘的，你居然敢跟踪咱们。"

那人举起双手说："兄弟，别冲动，自己人。"

王老黑骂道："谁和你是自己人，你他娘的和小鬼子是一伙的吧，害得我们差点儿全撂到那儿。"

来人正是国民党军统联络站的站长陈江南。上次遭伏击后，在几个手下的拼死保护下，他才侥幸冲出了包围圈。但他的那些弟兄，一个也没能出来。他回到云雾茶馆，发现里面一片狼藉，唯一一名留守人员也倒在血泊里。显然，联络站也遭到了崔定国的出卖，被鬼子给端了。幸亏，藏匿电台的地方只有他和发报员知道，而发报员也在这次行动中死于鬼子枪下。令他灰心绝望的是，当他用电台联系呼叫他的上级——军统济南情报站时，竟一直没有得到回应。他明白上级已经不信任他了。没有了上级的支持，他的处境雪上加霜。他恨透了崔定国，虽然他已经将其击毙，但姓崔的却毁了他，毁了他在党国的基业，弄不好，会毁了他的一生。他要复仇，要把崔家灭门，这也是他们军统的"家法"，是对叛徒的一贯惩戒手段。但他目前已沦落到了孤家寡人的地步，孤掌难鸣，要复仇，就得找白光帮忙。他十分敬重白光，佩服他的胆略和身手，一直想把他拉到自己这边来，但当下……想到这里，陈江南在内心深处绝望地叹了一口气，他知道白光绝对不会跟自己走的。从这次联合行动中，他看到了八路军的协作能力，他们武器虽然不好，但彼此非常团结，他们之间都是主动支援，互相掩护，配合得无比默契。而他的那些弟兄，除了他身边的几个贴身护卫之外，其他的都是各顾个人，各自逃命，结果都倒在了鬼子和伪军的枪下。几天来，他也一直在寻找白光。他和白光在袁营初次见面之后，就安排手下人跟踪过他，知道了白光的家，也知道了齐禹县委的驻地。但他并没有不良意图，监视他们，是他工作的一部分。几天来，他一直在秦庄和县委驻地之间转悠，今天终于看到王老黑带人出了驻地，而且还带着一个小姑娘。他一下子就认出，这就是在袁营集上被汉奸胡亮劫持的那个姑娘。职业的敏感让他意识到，他们赶着马车出去，肯定和白光有关，就悄悄跟在了后面。后来，他在路上劫了一辆驴车，一路拼命抽打着驴屁股，才没有被甩掉。

白光命令王老黑放下枪，问："陈站长有何贵干？"

陈江南环视了一下屋里的人说："能不能让你的人回避一下？"

众人都出去后，陈江南说："白兄，你还得帮我个忙，这个事也只有你能帮我。"

白光听说他要对崔家灭门，坚决地摇了摇头说："这事可帮不了你，我们有纪律。"

陈江南告诉白光，经过他的调查，崔立轩家就是鬼子的一个情报站，连他的护院都帮着搜集情报。崔立轩的大儿子崔安邦名义上在李连祥那里当着一个连长，其实主要任务是联络他弟弟崔定国，兄弟俩在鬼子和李连祥之间传递消息，相互勾结，残害抗日军民。这爷儿仨都是板上钉钉的铁杆汉奸。

　　白光说："如果确认是汉奸，可以铲除，但不能殃及无辜。"

　　陈江南说："斩草必须除根，免留后患。"

　　白光劝道："陈站长，做事不要太绝，毕竟都是中国人。"

　　陈江南想了想说："好，就依你，只杀崔立轩父子。"

　　白光说："清除汉奸，也是我们义不容辞的事儿。"

　　陈江南说："我不让白兄为难，毕竟你们是一个村的，你只管提供情报，活儿由我来干。"

　　白光说："你一个人行吗？崔家光护院就有十几个，况且崔安邦回去肯定会带兵。"

　　陈江南说："放心吧，我自有分寸。"

　　两人定好了联络地点和方式，陈江南才告辞离去。当天晚上，白光等人告别了韩凤娥一家，坐马车回到了驻地。

20. 备战秦庄

　　白光在驻地养伤期间，主动给组织上写了一份检查，检讨自己太大意，轻信了未经我方甄别的情报，致使部队受到不该有的损失……最后，他请求组织上给予他处分。

检查交上去后，孙致远代表齐禹县委找他做了一次彻夜长谈。这是他加入队伍后，两人最长的一次谈话。从孙致远这里，白光了解到，全国的抗日战争目前处于战略相持阶段，鬼子失败是早晚的事情。现在是国共合作时期，联合他们对日作战本身是没有问题的，也是斗争形势的需要。但是，国民党反动派曾经有过背信弃义的历史，一九二七年曾大肆捕杀共产党人……一九四一年一月，在第二次国共合作期间，又发动了"皖南事变"……所以，和他们打交道，一定要给自己留有余地，小心防范，不能把自个完全撂给他们……最后，孙致远代表组织表扬了白光主动担当的觉悟，也表明了组织对他不作任何处分的态度……

这次谈话，让白光深受鼓舞，他开阔了眼界，清楚了当前的形势，也明白了应该以怎样的方式和陈江南继续合作。那天在小周庄，陈江南听从了他的劝告，对崔家不再做灭门的打算。他当前没有帮手，只能依靠白光派人监视崔立轩父子的行踪，他想借父子俩在一起的机会，把他们一块儿干掉，省得干掉一个，打草惊蛇，再想动另一个就难了。当下，白光安排王老黑回秦庄，严密监视崔立轩。

白光已经快一个月没回家了，在瓜棚留守的同志告诉他，他的父亲已经去找过他两次，并留了口信，让他尽快回家。

白光骑马回到秦庄时，天已经完全黑下来了。夜幕下，近处的房子、树木还隐约可见。

白光一进门，孙德安两口子赶紧迎上来，仲桂珍把白光拉到油灯下，上上下下地看了又看，又把他的胳膊腿和前胸后背都摸索了一遍，才长出了口气说："这不没事嘛。"

孙德安说："我早说呢，那货郎一定是看错了，你非得逼俺去小周庄找……"

白光明白了，那个金货郎没有出卖他，却把信儿传给了爹娘，凤娥看到的那个"鬼鬼祟祟"的老头儿，肯定就是爹了。

待白光坐下，孙德安才把金货郎来家，告诉他在小周庄看见白光的事学说了一遍。孙德安说："那货郎说得邪乎着呢，说你穿着军装，血都把衣服泡透了，就剩一口气了——"

仲桂珍打断丈夫说："幸亏是他看走眼了，孩子这不好好的嘛！"

白光笑了笑说："爹，娘，金货郎没看错，那个人就是我。"

"啊——"两口子同时惊叫一声，从椅子上站了起来。

仲桂珍呵斥道："可不兴胡说，这要让崔家人知道了，报告了鬼子，你这命还要不？"

在这次回家之前，白光就想好了，应该给二老说实话了。以后的斗争形势越来越复杂，自己回家的次数会越来越少，不说实话，早晚会露馅。何况，如果二老一直被蒙在鼓里，万一遇到危险也不懂得配合自己。

白光说："爹，娘，实话给你们说了吧，我早就参加抗日队伍了，为了不连累家里人，我改了名字，现在叫白光……"

孙德安和仲桂珍一听，可以说是惊喜交加，惊的是孩子瞒着他们做了这么一件大事，喜的是外面风传的"神八路"白光，居然是自己的儿子，这是做梦也不敢想的事儿……

这天晚上，白光把以后应该注意的一些事项一一做了交代，尤其是不能再去瓜棚里找他，那样极有可能会让这个联络点暴露……

孙德安两口子虽然没什么文化，但也知道事情的利害，就一一记下了，让他放心。

仲桂珍开始拾掇饭。虽然吃的是玉米面的饼子、白萝卜咸菜，喝的是地瓜玉米粥，但一家人好久没在一起吃顿团圆饭了，大家都吃得格外香甜。小静也好久没见到哥哥了，一口一个"哥"地叫着，不住嘴地向他问东问西，亲热得不行。

仲桂珍想和儿子说说话，却不如小静嘴快，老插不上嘴，就呲嗒了她一句："这闺女咋这么多话，吃饭也堵不住你的嘴。"

小静不满地噘了噘嘴道："人家老长时间没见哥哥了，问问他在外面忙些啥不行呀？"

仲桂珍愣了一下，嗔道："瞧你这张嘴厉害的，以后看看谁家敢娶你！"

小静的脸"腾"地成了一个红苹果，她把筷子往桌子上一摔："娘，你说啥呢！"

白光赶紧捡起她的筷子，递到她手里说："好了，咱不说了，先吃饭。"

外面忽然传来两声奇怪的猫叫，孙德安和仲桂珍面面相觑，正不知所措，小静"扑哧"一声笑了："准是该死的王老黑，从小就会装猫变狗的，把俺哥勾出去玩。"

话音刚落，王老黑就进了门。一家人"哈哈"大笑。王老黑不知他们笑的是自己，也跟着笑起来。他一笑，一家人笑得更厉害了。王老黑这才感到有些不对劲儿，他下意识地摸了摸后脑勺问："你们笑啥呢？捡到金元宝了？"

白光说："小静正说你好话呢。"

王老黑不知是反话，赶紧讨好地说："小静成大姑娘了，越长越俊了。"

一句话引得白光全家又是一阵大笑。

饭后，来到白光住的西屋，王老黑反手插上门，小声说："我下午去驻地找你，才知道你回家了。"

白光问："有消息了？"王老黑点了点头。

今天下午，王老黑正在崔立轩家门口溜达，看到大白脸和瞎碰两人赶着马车回来，车上摆满了纸人纸马等殡葬用品，过去一问，才知道明天是崔定国的"五七"。按照当地风俗，"五七"要举行祭奠仪式，亲人为亡者扫墓，条件好的还要烧纸人、纸马、纸箱、纸柜、纸车、金元宝等"纸扎"物品，让逝者在阴间过上富足的日子……

烧"五七"是当地农村丧事中的重要仪式，这意味着，明天崔安邦一定会回来。这个消息，一定要尽快通知陈江南。

白光把陈江南的联络地址和方式都告诉了王老黑，让他明天一早就去袁营接头。

第二天，上午十点多钟，王老黑带回消息，他已经联系上了陈江南。最近这几天，陈江南也没闲着，他收编了一支民间抗日武装。当下，这批人已经隐藏在秦庄南面的高粱地里。

白光一盘算，崔立轩虽然有十几个护院，但他们手里的枪只能用来吓唬老百姓，战斗力肯定不行。崔安邦这种身份，回家带护卫，也不会超过十个人。陈江南是偷袭，应该稳操胜券。按当地的习俗，祭奠仪式是中午十二点举行，仪式之后烧那些纸扎的物件，然后再回家摆席喝酒吃饭。崔家的墓地在村南，旁边就是一片高粱地。陈江南应该在那里设伏，不但利于发动突然袭击，得手后还可以借青纱帐的掩护迅速撤离。

白光对王老黑说："今儿咱们找个地方，去给友军观敌瞭阵。"

21. 墓地之战

两人牵着马，来到村南，钻进崔立轩的树林子里。当年，白光就是因为在这片林子里捋了几把榆钱，被崔立轩指使大白脸和瞎碰吊在树上鞭打。林子的东南角上，有一棵两人环抱的大柳树，有二十多米高，树冠枝叶茂盛，人藏到树上，在下面根本看不到。两人找了个灌木茂盛的地方，把马拴好，带上水壶，然后互相拖拽着，轻车熟路地攀上了树梢。爬树是他们从小就玩的把戏，再粗再高的树，在他们眼里也视同儿戏。树上的蝉叫得正欢，白光刚爬上去，一只蝉"吱"地叫了一声，撒了泡尿飞走了，随后是一片"吱吱"的叫声，蝉们纷纷逃离。它们像一群无头苍蝇，四下乱飞，有几只撞到树上，向地上坠去。在坠地过程中，有的振翅飞走了，有的没来得及翻过身，就"啪"地摔落在地上，再也飞不起来了。

白光骑在一根大腿粗的树杈上，取出望远镜，透过浓密的枝叶往下俯视，把村南的墓地看得一清二楚。他慢慢地把镜头移向墓地旁边的高粱地，发现了里面埋伏的人。白光数了数，大约有三十个，都是农民打扮。他们有坐着的，有蹲着的，有站着的，有几个还在抽烟。白光无声地叹了口气，这些人虽然都持有武器，但军事素养太差了，战斗力也不会太强。执行这种潜伏任务，是绝对不能抽烟的，抽烟就等于为敌人提供警报。另外，潜伏应该选择高粱棵子最茂盛的地方，趴在地上一动也不能动。那样即使是在白光目前所处的高度，也不易发现。

王老黑也看到了高粱地里的伏兵，有些不屑地说："杀两个汉奸，用得着这么兴师动众吗？找几个好手，晚上翻到他们家里搞个暗杀不更省事吗？"

白光说："搞暗杀倒是军统的拿手好戏，只是这次陈江南要的是影响，动静越大越好，他不但是为了报仇，更是想杀一儆百，还要借这次锄奸重新取得上司的信任和重用。"

王老黑从衣兜里掏出一块面饼，一掰两半，递给白光一块说："先垫补一下吧，午饭不知到啥时候吃呢。"

白光正觉有些饿，接过来闻了闻，一股面香扑鼻而来，不由赞道："这饼真香，你想得可真周到。"

王老黑不好意思地哂笑了一下说："我哪有这个心思，是秋菊姐临出门时塞给我的。"

秋菊是王老黑的童养媳，比他大三岁。由于王老黑从小就一直管秋菊叫"姐"，从心理上转不过弯来，两人还一直没圆房。

白光叹了口气说："唉，有媳妇就是不一样呀……"他眼前忽然闪过凤娥的影子。

"你吃不吃？不吃就还给我！"王老黑有些恼，竟伸手过来抢。

白光赶紧往后闪了闪身子，咬了一大口："这么香的饼，哪个不吃。"

蝉们又一只接一只地飞回来，它们那单调而执着的大合唱又开始了，声音越来越稠密，把白光和王老黑笼罩起来，成了掩护他们的天然屏障。

日头逐渐移到正南方向，天越来越热了。风轻柔地穿过硕大的树冠，柳枝轻轻摆动，发出"沙沙"的轻响。白光二人隐在浓密的树荫里，感觉非常凉爽和舒适。忽然，一声高昂而悲凉的唢呐声响起，打破了村子的沉寂。随即，锣鼓与琴瑟齐鸣，惊得村里鸡鸣狗叫，树上的鸟儿纷纷起飞。

王老黑说:"我听着这喇叭吹得不太着调呢。"

白光说:"当前兵荒马乱的,不好找人吧。"他拿起望远镜,往村里望去。只见一支队伍从崔立轩家缓缓地蠕动出来。最前面,是两个长发道士,都左手摇铃,右手持剑。道士后面,是四个锣鼓手,两个敲锣的,两个打鼓的,边走边敲。八个唢呐手排成两队,紧紧跟在锣鼓手后面,他们面孔朝天,边挪动着脚步,边卖力地吹奏着。唢呐手后面,是两辆大马车,上面堆满了花花绿绿的纸扎物品。马车后面,是十几个扛着枪的黑衣护院。再往后,是崔立轩、崔安邦和一些女眷。队伍穿街过巷,一路吹吹打打地出了村,向墓地走来。村里的男女老少闻声而动,三三两两地从各个院门走出来,在各个胡同里汇集成细细的人流,再流动到大街上。很快,大路两边就站满了人。白光也感觉唢呐声有些不对,明明是八个唢呐手在卖力地吹奏,怎么听着只有一支唢呐在响呢?他赶紧把望远镜转向墓地南面的高粱地。这一看,惊得他倒吸了一口凉气。

在密密的高粱地里,那支潜伏队伍的背后,正有大约一个连的伪军,端着枪,呈扇面队形慢慢向他们靠近。在这支队伍里,白光竟然还看到了两个熟人,是他在莒镇李记菜馆遇到过的乔排长和李班长。他和王老黑骑的马,还是跟这两位"借"来的。白光心想:坏了,这是李连祥的部队呀,这一下陈江南又让人包饺子了。转念又一寻思,不对呀,陈江南作为一个老牌的国民党特工,不会这么容易就着了别人的道吧?上次中了埋伏,是因为被叛徒出卖。而这一次,他是主动出击,按他的军事才能,应该会预见到对方有准备呀,怎么能犯这么低级的错误呢?难道他……他赶紧将望远镜的倍数调到最大,在潜伏队伍里一个一个地寻找……不出所料,这里面没有陈江南的影子,他不惜抛出这么多人当诱饵,想干什么?忽然,

白光

108

他在里面又发现了一个熟悉的身影，那人身形彪悍，一看就是个练家子。他又上上下下地仔细看了看，没错，这人正是伦镇红枪会的首领、大师兄娄凤山。显然，那支接受陈江南收编的抗日组织就是他的队伍。从眼下的形势判断，如果不抓紧提醒娄凤山，他很快就会全军覆灭。他至死都不会知道，他只是陈江南用来迷惑敌人的诱饵，他从投靠陈江南的那一刻起就注定了将成为弃子。白光和娄凤山曾经共同经历过生死，共同见证了大秋一家和伦镇一百多个乡亲被鬼子射杀在十字街头……事后，他们一起掩埋过死难者的遗体，他还赠送了白光二十多斤玉米杂面，他们还相约一块参加抗日队伍，为伦镇死难的乡亲们报仇……往事历历在目，不知不觉间，两行清泪顺着白光的面颊滴落下来。

"你这是咋了？"王老黑发觉了白光的异常。

白光用衣袖抹了一把眼泪，低声对王老黑说："你悄悄地下去，骑马绕到伪军后面，打上几枪，然后就从庄稼地里绕出村去，到县委驻地找孙县长，请求他派县大队在伪军回去的路上设伏。"王老黑看看树下无人，开始掰着树杈往下溜。

白光嘱咐他："一定要小心，把情报尽快送到。"

王老黑充满自信地说："你就放心吧，这是在咱的家门口，还不绕死这些龟孙子。"

不消一刻，伪军身后传来了几声清脆的枪响。有两个伪军当即栽倒在高粱地里。伪军和娄凤山的队伍几乎同时回头观望，娄凤山发现了背后的敌人，立即命令开火，伪军们开枪还击，高粱地里响起了一片杂乱的枪声。

此时，崔立轩等一行人也到了墓地上。枪声一响，崔安邦赶紧扶着崔立轩躲到马车后面。那些道士、锣鼓手、唢呐手都扔下手里的家什，从怀里掏出了短枪。队伍后面的十几个黑衣护院也赶上来，向高粱地里开枪射击。看热闹的人群马上四散而逃，一时间，枪声、哭叫声响彻四野。

娄凤山腹背受敌，他们的武器又落后，顷刻之间就有十几个人倒了下去。娄凤山赶紧带领队伍从侧翼突围，边打边撤。白光纵马掠过崔家的墓地，飞一般跃进高粱地。两边的人都不知白光是敌是友，都不敢贸然向他开枪。

忽然，他听到崔立轩沙哑的尖叫："是孙振江！孙家的小子！"

"姓孙的，你不要命了！"崔安邦从马车后面冲出来，挥舞着短枪，冲白光大喊大叫，但他的声音很快被密集的枪声淹没了。

白光心一颤：坏了，暴露了……但当下救人要紧，他顾不得这些了，打马来到娄凤山面前，向他伸出一只手："娄大哥，快上马！"

娄凤山愣了一下，随即认出了白光。他摇了摇头说："小兄弟，我不能抛下弟兄们！"

白光焦急地说："你们马上就要被合围了，留下来也只是多搭一条性命。"

娄凤山旁边的几个汉子七嘴八舌地说："娄司令，你快撤吧，能走一个是一个！"

"是呀，都撂这里，谁给我们报仇呀……"说话间，娄凤山身边又有两个汉子中弹，惨叫着倒了下去。

"快走！再不走就来不及了！"

几个汉子不由分说，架起娄凤山，将他托到马背上。

白光一抖缰绳，小白龙撒开四蹄，向外冲去。小白龙驮着白光和娄凤山，一路向西，穿过了一片又一片的青纱帐，直到枪声渐远，白光才勒住了马。

两人下了马，娄凤山蹲在地上，双手捂面，号啕大哭："我的兄弟们哪——我对不起你们呀——陈江南你个王八蛋！你坑死老子了，老子要扒你的皮抽你的筋……"

　　他们下马的地方是一片远离村庄的小树林，周围连个人影也没有。白光也不劝他，待他发泄完了，情绪慢慢稳定下来，才把水壶递给他。

　　娄凤山用衣襟擦了擦脸上的泪痕，一气把壶里的水喝干，才长叹了一口气，背靠一棵大树坐下来。

　　良久，白光说："娄大哥，那年我们分手后，我一直在等你的消息，你怎么没去找我？"

　　娄凤山一拍大腿说："咳！想过去找你，可你当时没告诉我名字，我也不能满大街吆喝呀！"

　　白光仔细回想了一下，也一拍大腿，可不是，当时他年纪小，没经过事，他认识娄凤山，以为人家也认识他呢。

　　娄凤山说："当时你年纪太小，我以为你是一时的意气用事，也没太当真。"

　　白光问："你以后有啥打算？"

　　娄凤山说："我要报仇！我手下还有几十个弟兄，幸亏呀，我留了个后手，没把人全带出来……那些二鬼子，还有陈江南这个王八蛋，我一定要找他们算账！"

　　白光说："陈江南把你们置于险地，是不厚道，但咱们真正的敌人是鬼子和汉奸。"

　　娄凤山愣了一下，咬牙切齿地说："今天偷袭我们的二鬼子，我一定让他们血债血偿！至于和陈江南的这个梁子，也算是结定了。"

　　白光明白，陈江南玩的这一手确实太过阴毒，娄凤山一时很难放下这个仇恨，只能以后慢慢给他化解了。

娄凤山又说："兄弟的救命之恩，凤山来日一定报答。"

白光说："娄大哥不用客气，你如果能加入我们，兄弟双手欢迎！"

娄凤山问："兄弟在哪里高就？"

白光给他比了个"八"字。

娄凤山一惊："你加入了共产党？"

白光点了点头说："我负责三区队和武工队，现在正缺像您这样的好手。"

娄凤山又重新打量了一下白光，忽然一拍脑门说："你看我这脑子，还说要报答你呢，到现在还不知道怎么称呼你呢。"

白光说："叫我白光就行。"

娄凤山又惊又喜，他紧紧握住白光的手说："你就是大名鼎鼎的白队长呀，老百姓背后都叫你'神八路'呀！"

白光赶紧摆了摆手说："哪里，不是……那是老百姓为了吓唬鬼子汉奸，故意夸大的，也是乡亲们对我们的厚爱。"

"真是士别三日，当刮目相看！"娄凤山感慨万千，他想破脑袋也不会想到，令鬼子汉奸们闻风丧胆的"白光"，竟是他几年前认识的一个不起眼的小兄弟。他当即表态，回去后就再招些人马，一定会加入齐禹抗日政府，白光要有什么事，就去娄家垈找他。

两人各自介绍了这几年的情况。娄凤山在老家娄家垈拉起队伍后，李连祥手下的营长温学兴曾派人联络过他，但他知道李连祥是个"有奶就是娘"的墙头草，根本靠不住，就一直拖着不表态。十里堡据点的汉奸梁立武也曾想"招安"他，被他骂了出去。要不是他遵守"两国交兵，不斩来使"的古训，当时就把这人宰了……

白光这才告诉他，今天在背后偷袭他们的伪军，是李连祥的部队。今天齐禹县大队在他们回去的路上已设伏了，估计一个也跑不了。

"这么说，我的仇——你已经帮我报了？"娄凤山感到意外的欣喜，"兄弟，我欠你这么大的一个人情，该怎么谢你呢？"

白光说："你已决心加入抗日队伍，咱们是一家人了，还说啥谢呢。"

娄凤山的眼圈瞬间就红了，喃喃地说："对，是一家人了。"

两人越谈越投机，一直唠到深夜，才各自靠在一棵树上睡着了。

第二天清晨，两人在"叽叽喳喳"的鸟鸣中醒来。白光牵着马，两人走上大路，在岔路口依依惜别。旭日东升，朝霞映红了东方的天空，崭新的一天拉开了序幕。

22. 周庄谢恩

白光回到驻地，听到了两个消息。

第一个消息是白光早就预料到的。县大队把偷袭娄凤山的那支伪军全解决了。当时，那支伪军还沉浸在刚打了胜仗的喜悦中，枪声一响，他们都蒙了。在战士们密集的子弹和一片喊杀声中，他们都放弃了抵抗，有的四处逃窜，有的干脆缴械投降。伪军死伤过半，其余全部被俘，无一逃脱。

第二个消息却让白光非常震惊。昨天，娄凤山在高粱地里陷入重围时，陈江南乘机带人血洗了崔家大院，男女老少，无一幸免，崔家的贵重资财也被洗劫一空。

他面前频频出现陈江南那温文尔雅的举止，那彬彬有礼的微笑，忽然感觉这个人太阴险了，尽管是对敌人，也不能不分青红皂白，下这种毒手呀。他想起孙县长对自己的千叮咛万嘱咐，要他和这些人共事时小心一些。现在看来，这真是至理名言呀。

据王老黑回村探听到的消息：崔立轩从墓地回到家中，看到家里一片狼藉，遍地死尸和鲜血，当即就疯了。他的大儿子崔安邦也吓傻了，半天没缓过劲来。他因祸得福，因为要在家照顾他爹，没有随伪军一起回去，侥幸躲过了县大队的围剿。

白光把娄凤山的情况向孙县长做了汇报。孙县长思索了片刻后，告诉白光，根据目前的情况，部队不宜都集中到一起。既然娄凤山同意了接受我们的领导，就让他作为三区队的一个分队，继续留在原地，保持相对独立，这样有情况可以互相策应。对于陈江南昨天的所作所为，孙县长命令，近期不要再和他联合行动，保持一个不远不近的距离，静观其变。

当天中午，白光在宿舍里睡了一个大大的午觉。醒来后，他先安排马五子去娄家疃找娄凤山，把孙县长的意思传达给他，并交代马五子，多做娄凤山的思想工作，让他不要和陈江南发生正面冲突。另外，征求一下他的意见，是否同意给他安排一个政治指导员过去。

马五子走了之后，白光也骑马出了门。他绕过袁营据点，来到袁营街上。

白光在粮店买了两袋子白面，刚搭到马背上，就听有人小声问："白大哥，这是去哪儿呀？"

白光回头一看，竟是多日不见的崔万代。白光见他油光满面的，就板起面孔道："崔大少爷，最近又没少搜刮民财吧？"

崔万代一听表情马上紧张起来："没有的事，白大哥，我、我、我早就不敢了。"

白光笑着拍拍他的肩膀说："别害怕，咱是老朋友了，开个玩笑。"

崔万代说："您以后千万别和我开这种玩笑，您那张脸往下一耷拉，太、太吓人了。"

白光说："不用害怕，你只要把掌握的情报及时向我报告，咱就相安无事。"

崔万代说："正好有个事给你说呢，我要去给松井太君——呸呸呸，是松井那个老王八蛋，他的翻译官崔定国让你们打死了，调我去给他当翻译。"

白光说："那我恭喜你高升了，在松井手下，那可是一人之下，万人之上了。"

崔万代赶紧说："哪里哪里，我一定身在曹营心在汉，对您绝无二心。"

白光心里有事，无意和他再聊，想和他告别时，却发现崔万代没有要走的意思，几次欲言又止，忽然意识到这个家伙肯定有事瞒着自己，就追问道："你是不是有事要给我说呀，有事就快说，我还有重要的任务呢。"

其实，白光这是要去小周庄，一来答谢韩凤娥一家的救命之恩，二来他在那里养伤七八天，花销的药费和饭钱也必须清算一下。

崔万代咽了一大口吐沫，终于将在心里转了十八道弯的那句话说了出来："白大哥，我加入军统了。"

白光一听，差点儿笑喷了："就你这老鼠胆儿，还能当军统特务呀？"

崔万代哭丧着一张瘦猴般的脸说："谁说不是呢，可那个陈站长不像您这么好说话呀，我不同意，他就要灭我的门呀。"

敢情这是陈江南硬逼他干的。白光叹了口气说："这个人心狠手辣，可不是吓唬你玩的。"

崔万代的瘦脸马上就黄了，他拽住白光的马缰绳，带着哭腔问："白大哥，那我怎么办呀？"

白光说："你也不用太害怕，只要不做对不起中国人的事儿，就不会有事。"

崔万代可怜巴巴地望着白光，点了点头。白光打马出了袁营街，一路向东，直奔小周庄。落日时分，白光敲开了韩凤娥家的大门。两扇大门开启的一瞬间，晚霞正好映照在韩凤娥那张意外惊喜的脸庞上，一瞬间，白光感觉她比传说中的仙女还要秀美。

"你怎么来了？"凤娥低下了头，脸色通红。"不让我们进去吗？"白光拍了拍马背。

"当然欢迎了，只是……太意外了，这不是做梦吧？"凤娥说着，赶紧把大门打开，侧身让白光和马进了院子。

韩明理听说白光要还医药费和伙食费，死活不收。他说你们为了打鬼子命都不要了，吃几顿饭算啥。直到白光给他讲了队伍上的纪律，并再三说明，这两袋子白面是用自个儿攒下的津贴买的，不是队伍上的，他才勉强收下。

临走的时候，白光在凤娥家周围转了转，观察了一下地形，发现这个地方比较偏僻，不容易引人注意。又想到韩凤娥的父母都支持抗日，把他们一家发展成堡垒户，当作一个联络站肯定比较安全。凤娥把他送到村头时，天已经擦黑了。一个矮胖子迎面走过来，他凑近了，上上下下地打量了白光一番，又看了看那匹白马，皮笑肉不笑地问："凤娥，这是哪里的贵客呀？"

凤娥看也不看他，面无表情地说："一个远房亲戚，你要查户口吗？"

那人赶紧摇了摇头说："只是随便问问。"又狐疑地看了白光几眼，转身走了。

凤娥小声说："以后再来，小心这个人，他是我们村的保长周进财，给鬼子办事的。"

白光轻笑了一下说："没事，他要敢做丧天良的事，随时灭了他。"

两人站在路口，你一言我一句地说着话，谁也不愿离开……

"凤娥——回家吃饭了——"村内传来凤娥娘的呼唤声，凤娥这才催白光上马。

白光上了马，依依不舍地朝凤娥挥了挥手，纵马向村外驰去。跑出几百米后，他回头望了一眼，心里不由一热。夜色朦胧中，一个瘦弱窈窕的身影，一动不动地站在村头。月亮升起来了。白光骑马在月光下的乡路上驰骋。此刻，他心里装满了凤娥，装满了一种温暖又美好的感情。他并不懂得，这种感情在大城市里，在具有浪漫主义情怀的文化人那里，叫作爱情。

白光回到驻地时已近半夜了。那时他还不知道，就在当天晚上，陈江南带人杀了个回马枪，活捉了崔安邦，逼崔立轩拿出了他藏在暗处的金银细软。看在这些钱财的分上，他留了崔立轩一条老命。

第二天上午，白光正在村边查哨，一个七八岁的小孩冲他跑过来，递给他一张纸条。白光打开一看，上写："白兄，请到村东小树林一见。陈。"

当下，齐禹县委县政府刚刚搬到袁营乡杨桥村一个大院里。这是本村乡绅杨立荣的一处闲院，分前后两进，有北屋、南屋、东屋、西屋三十多间。大院有南北两个门，都设了岗哨。另外，在村子的东西南北四个方向都安排了暗哨和流动哨。保卫工作这么严密，陈江南竟然还能找到他，可见其情报网是非常缜密的。

白光来到村东的树林里，隔老远就看到陈江南站在一辆牛车旁边吸烟。

白光慢慢走过去，冷着脸说："陈站长，你不讲信誉呀！"

陈江南咧了咧嘴，委屈地说："白队长，你是不知道呀，我原计划是只劫财不杀人的，可没想到，崔家的家丁手里竟然有枪，是他们先开枪打死了我们的人，我们被迫还击……打起来就不好控制了——"

"我说的是娄凤山！基础那么好的一支抗日队伍，你就忍心把他们送到敌人枪口上，你良心何在？"白光气愤地打断了他。

"娄凤山？你认识他？"陈江南没想到白光知道这么多，一时噎住了。

白光冷冷地说："他是我多年前的朋友，你差点儿害死他。"

陈江南一惊："他没死？"

白光说："我救了他，你等着他来找你报仇吧。"

"白兄，有机会你一定得给他解释一下，我真不知道崔安邦暗中带了那么多人来，我以为就是明面上的那十几个人呢。"陈江南神情有些慌乱。

白光不想和他打这种无聊的口水仗，就干脆地问："你今天找我又有什么事？"

陈江南一笑，从牛车上掂起一个沉甸甸的布袋子，发出"哗啦啦"金属碰撞的声音。他将袋子往车上重重一扔："这是给白兄的谢礼！三千个大洋。"

白光

白光说:"早就听说你发了人家的洋财,这些也就九牛一毛吧?"

陈江南说:"还有一份大礼呢。"说着,冲车上的一个大麻袋踹了一脚,麻袋里发出一声惨叫。

"这是汉奸崔安邦,交给你们处理了!"

白光一想,如果撇开他和娄凤山那档子事儿,陈江南对自己还算不错,就抱了抱拳:"既然是陈站长一片盛情,我就不客气了——不过,娄凤山那里,你还得好好抚恤一下,他死了三十多个弟兄,不能就这么算了。"

"好的,兄弟一定照办。"陈江南满口答应下来。

两人分手后,白光赶着牛车回到驻地,当即向孙致远做了汇报。

孙致远舒展开紧皱的眉头笑了:"最近咱们的经费特别困难,有了这些钱,又能维持一阵子了。"

白光问:"崔安邦怎么办?毙了?"

孙致远说:"先关押着,待斗争需要的时候,公开处决。"

23. 夺枪计划

面对雨后春笋般冒出来的大大小小的抗日组织,松井感觉非常头痛。作为驻扎在齐河县城的日军最高指挥官,他一直在绞尽脑汁地琢磨应对的办法。他通过手下的汉奸了解到,好多以抗日为名拉起队伍的民间武装,大多是为了自保,并不想和他们日本人死磕。只要不招惹他们,他们也不会主动袭扰日军。当前对他们威胁最大的是共产党领导的地下武装——"土八路",他们不但实力较强,而且纪律严明，在百姓中的威信较高，是一支不可忽视的敌对势力。为了孤立中共领导的抗日武装，松井在他的势力范围内实行了"三村连保""保甲连坐"的措施，又在各大村庄、主要路口修建了炮楼、碉堡，招募了大批伪军。他采用"以华制华"的战略，大肆拉拢、收买当地武装和土匪地痞为他所用。由于这些汉奸了解当地情况，致使齐禹抗日民主政府受到了重大损失，政府驻地、联络站屡遭"围剿"，设在齐河县城和伦镇的两个情报站先后遭到破坏，抗日活动迎来了最为艰难的时刻……

这天上午，齐禹县委召开紧急会议，制定出了一系列的对敌策略：首先是全力扩充武装，壮大武装力量，集结优势兵力，以端据点、搞夜袭等战术，不断袭扰鬼子，打击侵略者的嚣张气焰。同时，加大锄奸力度，大量铲除汉奸，消灭汉奸武装，让一些立场不坚定的人不敢去当汉奸，让已经当了汉奸的"身在曹营心在汉"，为抗日队伍出力，不再死心塌地为鬼子卖命。

白光从齐禹县委开完会，在食堂吃了饭，就打马直奔小周庄。

自那次去小周庄答谢救命之恩后，白光又往凤娥家跑了几趟，最终说服韩明理，把他家发展成三区的地下联络站。凤娥和韩明理还成了白光的交通员，负责秘密传递情报和开会通知。

韩明理和凤娥都在家。白光安排韩明理去三区的各个联络点送开会通知，韩明理戴上草帽就匆匆出了门。白光坐在八仙桌前，一边喝茶，一边擦拭着他心爱的驳壳枪。

韩凤娥过来给白光续上水，见桌上放着一把枪，好奇地拿起来，无意中将枪口对准了白光。

白光吓了一跳，劈手夺了过来。他这是条件反射，由于动作太快，把凤娥的无名指弄下来一层皮，疼得她眼泪在眼眶里直打转。

白光说："枪口不能对着自己人！"

凤娥委屈地问："怎么了？"

白光这才发现凤娥掉泪了，赶紧缓和了一下口气说："记住，以后枪口可不能对着自己人，走了火可不是闹着玩的。"

凤娥点点头说："知道了，以后不碰了。"

白光见她像个受气的小媳妇，心下不忍，赔着笑说："别生气，来，我教你。"

他把弹夹卸下来，耐心地教凤娥打枪："看，这是扳机，这是保险，这是准星……"

不到一盏茶的工夫，凤娥竟把一把枪使得有模有样了，脸上的泪也干了。

白光说："待有机会，找个背静的地方，让你打几枪，练练实弹射击。"

凤娥说："算了，子弹这么金贵，还是留给鬼子吧。"

白光说："学会了关键时候能保命，子弹再贵也不如人命金贵。"

傍晚时分，三区的战士们陆续到了。由于最近斗争形势严峻，为了避免引起鬼子的注意，他们都分散在各处潜伏着，有任务时才集合到一起。

白光压低了声音，给战士们介绍目前的斗争形势，阐明目前组织所处的困境："虽然形势对我们十分不利，甚至会越来越艰难……上级指示我们，形势越是严酷，我们越是要迎难而上！近期的重要任务，就是要不断扩大武装力量……对于屡教不改的铁杆汉奸，坚决予以清除，鬼子只要没有了汉奸的支持，就会成为瞎子、聋子……"

凤娥一边烧水，一边悄悄地听白光讲话，一双秀目充满了异样的神采，不自觉地一次次将目光投到白光身上。当白光感觉到她的注视，回望过去时，她慌乱地将目光转移……

侦察员杨继北说："现在有血性的中国人都想打鬼子，找人是不难，但是，我们缺乏武器弹药呀！"

机枪手耿黄也说："能不能找上级要几杆枪呀？我这个机枪手，自从分到三区队，连机枪还没摸过呢。"

白光摇了摇头说："上级有上级的难处，我们不能一有困难就向上级伸手。"

杨继北说："没有武器，咱们凭这几条枪和大刀长矛没法和鬼子死磕呀！"

其实，在来这里的路上，白光心里已经有谱了。今天在县委开会的时候，他见到了潜伏在伦镇小学的情报员刘贵田。他和白光一直是单线联系，所以，伦镇的两个情报站被摧毁后，他并没有被波及。据他提供的情报，每次的伦镇大集，鬼子们都要上街巡逻，有时还在街上强拿老百姓的东西，是个下手夺枪的好机会。

当下，他接过杨继北的话茬说："我们没有武器，可小鬼子有呀！"

麻代一拍大腿："对呀！去跟小鬼子抢呀！"

凤娥走到白光面前说："白队长，俺也想参加队伍，和你们一起杀鬼子、锄汉奸！"

白光含笑望着她说："你早就算我们队伍上的人了。"

凤娥颇感意外地睁大了眼睛："真的？你哄俺吧？"

白光正色道："送通知、传情报是很重要的地下工作，你干了好多次了嘛。"

凤娥又问："那啥时候能跟你们上战场杀鬼子呢？"

白光说："再过两年吧，你还不够参军年龄呢。"

"哼！就知道你是哄俺。"凤娥有些不高兴了，她拿起铁壶，去灶屋烧水了。

白光接着刚才的话茬，把计划到伦镇集上夺枪的想法说了出来。

杨继北一拍大腿说："这个办法好呀，后天就是伦镇大集。"

大家纷纷出谋划策，这个一句，那个两句，说笑之间，一个在伦镇大集上夺枪的计划就初步形成了。

24. 集市夺枪

伦镇大集这天，天气十分炎热。才上午九点钟的光景，日头已经放射出炙热的光芒，照在人身上，如同火烤。大集上人流如织，到处是一片嘈杂的叫卖声。人流密集的地方，散发着浓重的酸臭气味。几个穿黑色制服的警察，手拿着警棍，在人群中晃来晃去。

白光和杨继北、张东风、马五子等几人着便装，戴着苇子编织的宽檐草帽，围坐在一家茶馆里。他们一边喝茶，一边观察着街上的情况。屋里闷热，他们又喝着热茶，后背全都被汗水浸透了。十几米外的一家面馆里，麻代、张钧山、耿黄等几名武工队员在慢腾腾地吃面，都吃出了一脸的汗珠子。他们的眼睛都密切注视着白光这边的动静，随时准备接收指令。

时间如水，无声无息地从每个人身边流过。一壶茶都喝出了水的原味，街上还没有动静。白光看了看怀表，压低声音说："都快十一点了，鬼子怎么还不出来？"

杨继北担心地问："今天这么热，他们会不会不来了？"

"沉住气，再等等。"白光也有些动摇了，但他不能让别人看出来，以免影响士气。

杨继北忽然打了个噤声的手势，小声说："鬼子来了。"

毒辣辣的日光下，六个鬼子全副武装，斜端着枪，从街口慢慢往大集里面走来。

白光示意大家不要往外看。他将帽檐往下压了压，盖住了半张脸，躺在椅子上假寐。一双眼睛，却紧紧盯着街上的地面。片刻之后，六双鬼子的皮靴从眼皮子底下陆续走了过去。白光挑起帽檐，慢慢站了起来，他将一张纸币压在茶碗下，轻声说："掌柜的，结账。"

白光等人陆续上了街，先后融入到街上的人丛中。麻代、张钧山等人早已发现了鬼子，也相继出了面馆，悄悄跟在白光等人后面。两组人在人丛中保持了一定的距离，每人都不远不近地靠近了一个鬼子。

鬼子们走到一个卖猪肉的摊位前。最前边的一个鬼子用刺刀将一块猪肉挑起来，若无其事地继续前行。卖肉的屠夫是一个满脸胡子的壮汉，他无奈地瞪着鬼子的背影，朝地上狠狠吐了一口唾沫。

白光觉得机会来了，他忽然发出了行动信号——一声嘹亮的口哨声在滚热的空气中响起。

六个人几乎是同时动手。白光拔出匕首，风一般掠过那个挑着猪肉的鬼子，右手在空中画了个漂亮的弧线，鬼子的咽喉处顿时多了一条红色的细线，随即鲜血飞溅，一声不吭地倒在地上。

麻代从肉案上抓起一把杀猪刀，插进了一个鬼子的后心。因集上人多，杨继北、张东风等人动作受行人阻碍，还没来得及动手，就被另外四个鬼子发觉了。两个鬼子朝天放枪，另两个鬼子将枪口对准了杨继北和张东风。

两声枪响，两个端着枪的鬼子栽倒在地。白光出现在鬼子背后，两个枪口上还冒着淡淡的蓝烟。

白光说："你们快走！我掩护！"

几个人迅速捡起地上的四条三八大盖，向南门方向撤退。

街上大乱，人们四处逃窜。

剩下的两个鬼子同时端起枪，向离他们最近的张钧山和白光瞄准。白光发现时已经有些晚了，他迅速地甩出了两枪，和鬼子的枪同时响了，两个鬼子应声倒地，白光觉得右肩被重重地撞了一下，仰面栽倒在地上。张钧山右胸中弹，也倒了下去。

一阵尖厉的哨声响起。鬼子从四面八方集合，列队，然后跑步向他们奔来。杨继北过来扶起白光，搀着他向南门撤退。张东风过来将张钧山拖起来就跑。刚刚被白光打伤的一个鬼子忍痛爬起来，瞄准了张东风的后胸，一声沉闷的枪响，张东风直挺挺地摔在了地上，张钧山随着他歪倒在地。这时，驻扎伦镇的鬼子小队长龟尾已经带人追了上来，鬼子们在拥挤的人群中艰难行进，这给白光他们争取了撤退的时间。

龟尾冲天连开三枪，受了惊吓的人们向四下散去，给鬼子让出了一条通道。

白光等人奔跑着向南门靠近。两个鬼子和五六个伪军持枪横在了门口。白光见两个鬼子正举枪向他们瞄准，快速地冲他们开了两枪，两个鬼子应声栽倒。同时，白光身边的两个战士也仆倒在尘埃里。其余的伪军见他枪法精准，都端着枪往后退缩，谁也不敢开火。

白光厉声喝道："我是武工队的白光！咱们中国人不打中国人！"

伪军纷纷惊呼："啊？是白光！"纷纷扔下枪，跪倒在地上。

白光等人也顾不上理会他们，借机冲出了南门。

龟尾带人追出来时，南门外的大道上，连个人影也没有了。龟尾气得暴跳如雷，他冲着南方不断扣动着扳机，直到把弹夹里的子弹全部打光，才气哼哼地打道回府。

25. 心心相印

韩明理在家门口的大街上漫不经心地踱着步子，两只眼睛的余光观察着周围的情况。

周进财从远处迈着方步走过来，觍着脸问："明理叔，你们家最近很热闹呀，来的都是什么人哪？"

韩明理面无表情地说："房子漏了，找了几个亲戚，帮忙把房顶翻修一下。"

见周进财仍狐疑地盯着他看，就又顶上一句："盖房不犯法吧？"

周进财忙点点头说："噢，不犯法不犯法！明理叔，你是个明白人，私通八路的事儿，咱可不能干哪！那会大祸临头的！"

韩明理冷冷地说："放心吧，保长，咱保证不干亏心事，你没听人说嘛，谁做了亏心事，让他出门就遇见白光！尤其是给日本人办事的，更要加小心呀！"

周进财的脸登时白了，忙哈了哈腰说："那是那是。"说着话就忙不迭地溜了。

韩明理冲他的背影"呸"了一下："妈的，自从给日本人卖命，别的没学会，点头哈腰倒学得挺快！"

这时，肩膀上缠着绷带的白光，正在屋子里转着圈子。他心情十分沮丧，这次夺枪行动的结局太出乎意料了，他觉得这是自己大意轻敌造成的。张东风牺牲了，在南门口还牺牲了两名战士。张钧山被捕，经受不住鬼子的威逼利诱，叛变投敌了。他供出了潜伏在伦镇小学的情报员刘贵田，刘贵田当天就在小学门口被枪杀了。

"四条枪。"白光梦呓般自言自语了一句。仅仅得到了四条枪，就牺牲了四个人，还有一个叛变的，这个代价太沉重了。两行清泪顺着他清癯的脸颊流了下来。

凤娥递给他一杯水，安慰道："别难过了，你不是告诉过我们吗，要革命就有牺牲。"

杨继北恨恨地说："张钧山这个叛徒不可久留，他知道的事情太多了。"

白光神情茫然地说："都怪我，行动太轻率，计划也不够周全，我对不起这些牺牲的弟兄呀……"

屋子里安静了下来，大家都不说话了，空气愈加沉闷起来。

良久，还是白光首先打破了沉默。作为这个集体的领导者和当家人，他清楚自己的职责，无论遇到什么样的打击，他都不能消沉下去，都得时刻保持着昂扬的斗志和清醒的头脑。他告诉大家，这个地方不宜久留了，大家马上转移。他嘱咐韩明理一家到外村找个亲戚家躲起来，避避风头再回来。韩明理和凤娥却要求随队转移，照顾白光。大家商议了一下，觉得有这两父女在，不但能照顾白光养伤，凤娥去跑个腿送个信的，比男人更容易麻痹敌人，就同意了。他们离开后不久，凤娥的母亲和哥嫂，去了凤娥的舅家。

当天晚上，三区队就转移到了陈董庄南的瓜地里。这片瓜地在田野深处，那里有三间房子，有水井，生活非常方便。瓜地离大道有五六里路，只有一条细细的田间小道可以进去。周围有树林子和庄稼作掩护，非常隐秘。

深夜，白光躺在大炕上，听着周围战友们此起彼伏的鼾声，久久不能入睡。他在想，无论多么危险和困难，搞武器的事不能停下来。这不但是关乎执行上级命令的问题，而且部队要发展壮大，没有武器是绝对不行的……哪里既能搞到武器，又容易脱身呢？他在炕上翻来覆去，满脑子都是枪支弹药……他知道自己睡不着了，索性披衣下床，轻手轻脚地走出了屋子。

外面月光明亮，夜凉似水。风掠过树林、草丛的声音，以及草丛里的蛐蛐声，树上夜鸟的叫声，让他第一次觉得夜晚竟然是这么美好。他顺着那条通往大路的小道往前刚走了几步，就听见拉动枪栓的声音，一个粗哑的声音喝问："谁？"

一个彪悍的身影从一棵树的阴影里走了出来。

他听出是耿黄的声音，压低声音说："我是白光，你去睡吧，我来站岗。"

耿黄说："这哪行呢，你还有伤。"

白光拍了拍他厚实的肩膀说："小伤，不碍事，我睡不着，躺着也是难受。"

耿黄冲他打了个敬礼，进屋休息了。

白光沿着小路来来回回地溜达着，脑子里想的全是武器的事儿。附近村里传来鸡叫声时，他心里渐渐有了一个大胆的想法，他冲着东方露出的鱼肚白，伸了个大大的懒腰。

背后传来一阵脚步声。白光没有回头，轻微的脚步声和直觉都告诉他，来的人是韩凤娥。频繁的接触，和她对战士们的细心关照，让这个勤快爽朗的姑娘渐渐走进了他的心里。他停下了脚步，慢慢转过了身。凤娥也停下脚步，晨光中，她的笑脸像初升的朝霞般艳丽绝伦。

白光问："还住得习惯吗？"

凤娥说："挺好的，比家里还安静呢，这里空气也好。"

因为只有凤娥一个女人，昨天夜里，白光让人用门板在灶屋里给她搭了一个临时床铺。

白光告诉她，这是孙县长刚来这里时盖的房子，是齐禹县地下抗日组织的秘密基地。白光还告诉她，自己的入党仪式就是在这里完成的，这里是他的根，是他的新生开始的地方。

凤娥静静地看着他讲，像听书般那么痴迷。在凤娥面前，白光有一种倾诉的欲望，他愿意把自己的一切都告诉她。他讲了他小时候的事，还讲了他打那条大长虫的壮举……后来，他讲到了大秋、小壮，讲到伦镇的那场战斗，战斗结束后鬼子对伦镇百姓的屠杀……当他讲到大秋和小壮被鬼子枪杀时，凤娥已经泣不成声，他的眼泪也像两条小溪般流淌下来……

白光感觉到从未有过的惬意和放松，他心里总算踏实了，眼前这个善良的姑娘，能做他一生的伴侣。

26. 雨夜劝降

小雨已经下了整整一天，地上到处积满了水。蛙声和雨声交织着，响彻鲁西北大地。

深夜，白光头戴草帽，身披蓑衣，冒雨潜行在刘桥镇的大街上。这是位于齐河县西北的一个镇子，和伦镇搭界。

白光来到位于十字街头的一扇大门前，看看左右无人，用一根细铁丝轻轻拨开了门闩。

这是刘桥据点伪军中队长单仁德的家。单仁德管着八十多号伪军。在刘桥据点，除了从齐河派来监管他们的小队长龟尾和几个鬼子兵，他就是老大。白光早就了解到，单仁德出身于一个殷实人家，他农闲之余爱在周围野地里打兔子，练就了百发百中的枪法。鬼子来了之后，从铁杆汉奸崔大嘴那里了解到这个人，就把他老婆孩子抓到据点，逼他参加了伪军。因为鬼子从附近突击招来的全是些地痞流氓、懒汉无赖，缺乏有真本事的，单仁德很快就当上了伪军中队长。

这个雨夜，白光踏进单仁德家门时，后者刚查完岗，冒雨回到家里，和妻子、儿子坐在桌前吃饭。

妻子照例给他烫了一壶老酒，倒了一小杯，递到他的面前。他端起，又放下，深深地叹了口气。

妻子问："怎么了？日本人又给你气受了？"

单仁德又叹了口气说："今天龟尾给我下了最后通牒，三天内征集三百担粮，这一片都是乡里乡亲的，我哪下得去手呀！"

他的儿子单小宝插嘴说："爹，明天我不上学了行吗？同学们都骂我是'汉奸羔子'。"

妻子说："不行咱就不干了，咱走得远远的不行吗？"

单仁德说："到处都是日本人的天下，往哪儿走呀？"

这时，门外传来一个声音："我告诉你一条可以走的路。"

白光推门走了进来。单仁德站起来想摸枪，白光的枪已经指在他的胸口了。

单仁德的妻子、儿子吓得尖叫着抱在一起。白光笑了笑说："别害怕，只要单队长配合，我不会开枪的，咱们都是中国人嘛！"

单仁德从最初的惊慌中镇定下来，示意妻子和儿子去里屋。

白光看了看桌上的酒，戏谑道："上门就是客，不请我喝一杯吗？"说着话，把枪别在了腰里。

单仁德见白光说话随和，彻底放松下来，他拱了拱手问："敢问大哥，您是——"

白光报上名字后，单仁德手一抖，把桌上的酒都打翻了。他"扑通"一下就跪在地上，一边磕头一边说："白队长呀，我虽然应着日本人的差，可没干过祸害人的事呀，你看我这上有老下有小……"

白光过去将他扶起来，帮他掸了掸膝盖上的土，又把他按坐在椅子上，拍着他的肩膀说："若不是你还存着中国人的良心，我也不会用这种方式找上你。"

单仁德惊魂未定，怯怯地望着白光问："白队长，您有什么需要兄弟效力的？"

白光端起桌上的酒杯，一口干掉，才慢慢说出了他的想法。

单仁德听完，脸都黄了。他又想站起来跪下，被白光用手势制止了。

单仁德用乞求的眼光看着白光说："白队长，您看这事儿，能不能找别人干，我……我、我没这个胆呀，要是让日本人知道了……"

白光一拍桌子站了起来："单仁德，你怕鬼子，就不怕武工队吗？我告诉你，今天能把这个任务交给你办，是我们瞧得起你，有些人想立功赎罪，我们还不给他机会呢！"

单仁德赶紧站起来，全身筛糠般颤抖着。

白光坐下来，正色道："单仁德，我们今天来，是找两个人，找你，是为你指一条明路，让你改邪归正；找崔大嘴，是就地正法，铲除汉奸！”

单仁德仰起了脸，吃惊地望着白光。因为齐禹一带的人都知道，崔大嘴前几天刚刚活埋了五个人，据说都是共产党领导下的抗日分子。

白光继续说：“崔大嘴不但和我们有血海深仇，也是你的仇人吧？”

单仁德呆呆地点了点头，心乱如麻。如果不是崔大嘴使坏，自己如何能当上这个万人唾骂的汉奸队长？看来，共产党八路军对我们的情况了如指掌，跟他们作对是不会有好下场的。

白光说：“今天，我就为被他欺凌过的乡亲们报仇，为我们的战友雪恨！”

单仁德忽然激动起来，他哆哆嗦嗦地给白光倒上酒，倒在杯内的还不如洒的多。

单仁德端起酒杯，结结巴巴地说：“白、白、白队长，我、我、我知道他家住哪儿，他、他、他坏透了。”

砰！外面传来一声枪响。

白光将酒一饮而尽，笑道：“听见了？这一枪就是送崔大嘴上路的，他不就住在你北邻吗？”

“就这样把他毙了？”单仁德的脸又黄了。

“我们对待为日本人办事的汉奸，有两种政策，一种是崔大嘴这种白皮黑心的铁杆汉奸，要坚决铲除；另一种就是像你这样还存有良知的，是我们团结挽救的对象……”

“我明白了，白队长，你就是要我白皮红心，明着给日本人干，暗地里为武工队办事。”白光的一番话，让单仁德心里亮堂多了。

外面响起了敲门声，白光示意单仁德去开门。

进来的是耿黄和杨继北。耿黄手里拿着崔大嘴的枪和枪套，对白光说："这小子老狡猾呢，给我们拖延时间，说是只要今晚饶了他的狗命，他一定改邪归正，弃暗投明……我没听他说完就给了他一枪。"

白光点了点头说："做得好，对他这种双手沾满我们同胞鲜血的铁杆汉奸，决不能手软！"

单仁德脸上溢满了汗珠子，他这才相信了白光的话，武工队确实为他网开一面，给了他一条活路。

在大门口分手时，单仁德抓住白光的手说："白队长，你放心，你交代的事，我一定照办，争取立功赎罪。"

雨停了，白光一行人消失在夜色中。

27. 诱敌上钩

农历六月，正是一年中最热的季节。才上午九点钟的光景，日头已经有些毒辣了。白光带着十几个武工队员，身着便衣，用草帽顶着大日头，行走在玉米地之间的蜿蜒小路上。玉米刚刚齐腰深，还藏不住人。幸好前几天夜里的一场大雨湿透了庄稼地，人们无法下田劳作，大片大片的玉米地里空无一人，只有成群的麻雀欢叫着飞来飞去。

他们是从陈董庄的秘密营地出发的，来到小周庄韩凤娥家时，已经接近中午了。韩明理家屋门大开，屋里被翻得一片狼藉：锅碗瓢盆，瓶瓶罐罐，能砸的都砸烂了。大家交换了一下眼神，心里都明白了，幸亏出去躲了几天，敌人真的来过了。白光带领战士们一起收拾房间，清理杂物。韩明理在院子的角落里，用几块砖头垒了个简易的三角炉灶，然后去邻居家借锅。他刚走出院子，就看到周进财正躲在一棵树后探头探脑。

韩明理大声问："保长，借你家的锅用用吧！几天不在，家里遭土匪了！"

周进财只得从树后转出来，尴尬地笑笑说："好的好的，堂屋里的那口十印锅，夏天也用不着，你揭下来，尽管用，尽管用。"

韩明理说："谢谢保长了，用一天就行，大家在这里歇一歇，明天一早就都走了。"

周进财往前探了探身子，小心地问："咋了，不翻盖房了？"

韩明理说："这几天地里没活干，去给亲戚帮几天忙，翻盖房的事以后再说吧。"

"那你们这是去——"周进财还想打问，韩明理有些不耐烦了，截住他的话头说："保长，咱家里还有十几口子等着吃饭呢……"

周进财帮韩明理在自家锅头上揭下了那口大锅，执意要帮他送过去。韩明理推让了几下，也就同意了。两人将锅倒扣过来，一前一后，抬着那锅来到韩明理家时，院里的人全部停下了手里的活计，十几双眼睛盯着周进财。周进财一眼看见了堆在墙角的长枪，汗水马上就像小溪般从脸上淌下来。

白光在村口见过周进财，凤娥也告诉了他这人的身份。但白光装不认识，故意问韩明理："这位先生是——"

韩明理忙接过话说："这是村里的保长，绝对是好人，这不，非亲自把锅给咱送过来。"

周进财忙附和说："明理叔说得对，俺是好人，好人，俺啥也没看见……"

几个人上来，把锅接过来，就势放在了三角炉灶上。

白光哈哈一笑："看见也没事，兄弟们没别的爱好，就爱打个兔子猪獾啥的，反正是光打畜生不打人……"

周进财连连点头："明白明白……"然后对韩明理说："明理叔，没啥事，俺先走了……"然后逃命似的跑出了院子。

估计周进财走远了，白光小声对耿黄说："盯上他。"

耿黄起身跟了出去。

木柴在锅下"噼里啪啦"爆响，锅里很快就传出了小米的浓香。凤娥把带来的面饼掰成枣大的小块，撒在锅里。饭熟了，大家才发现没有碗。凤娥又去本家婶子大娘家借来了十几副碗筷。大家蹲在阴凉地里，一人抱着一个大碗吃得正香，耿黄从外面回来了。凤娥赶紧放下饭碗，给他盛了满满的一大碗小米饭烩饼。耿黄顾不上吃，兴奋地对白光说："队长真是料事如神，那家伙出村直接奔刘桥据点了。"

杨继北问道："队长，鬼子不会贪功心切，得了信儿直接扑过来吧？"

白光摇了摇头说："小鬼子精着呢，他们就这么青天白日地过来，咱们有多少人也跑光了。"

饭后，白光安排两个战士轮流放哨，其他人休息。战士们有的倚在屋内的墙根上，有的倚在屋外的树干上，还有的直接躺到阴凉地上，不一会儿就响起了一片鼾声。

28. 半夜枪声

日头终于沉到了西边的玉米地里。天色渐黑,一轮明月从东方升了起来。白光趴在路边的玉米地里,他的身边是武工队的全部人员。而在路的对面,则埋伏着县大队的三十多个战士。这是他昨天请求县大队派来的援兵。

对于这次战斗,白光做了充分的准备。首先,他有把握将鬼子引出来。白天,他让韩明理故意放出了"明天一早就走"的风声,鬼子知道后,绝对不想放他们走,那么他们最迟天亮前动手。而这个伏击地点,他也是花了心思的,在村边肯定不行,鬼子的一贯作风是,靠近村边就开始分散兵力,控制住四面八方的各个出口。那样,伏击的效果就差多了。所以,他选择了从官道拐进乡村小路不到半里的这个狭长路段,这也是鬼子从刘桥进小周庄的必经之路。

起风了,刮得玉米棵子发出一片唰唰声,凉爽的夜风使白光的精神头更加充足了。月亮逐渐移向南方,也愈加明亮了。白光心里一阵高兴,天色越明亮,就越有利于今天晚上的行动。他给鬼子准备了一份大礼,原先还一直担心天色太暗,把"礼"送错了人。根据单仁德提供的情报,刘桥据点里共有八个鬼子,一有行动,必倾巢出动。这八个鬼子,为首的是小队长龟尾,以前在伦镇驻防,才调到刘桥据点不到一个月。除了龟尾和一个通讯兵之外,另六人是三个战斗组合,两人一组,持有两挺轻机枪、一门掷弹筒。根据龟尾的习惯,每次行军时,他都是让伪军走在前面和后面,鬼子们走中间。白光明白,战斗一旦打响,必须第一时间把这几个鬼子干掉。如果让他们缓过神来,有了反击的机会,后果不堪设想。所以,白光给这几个鬼子的礼物准备得很充足。只要鬼子们走到他们的预设地点，白光会对着龟尾打出第一枪，枪声一响，对面县大队就会有二十多人同时朝这八个鬼子开枪。与此同时，这边的十几个武工队员每人五枚手榴弹，都要一气扔过去。为了增加爆炸威力，白光让力气较大的杨继北把五枚手榴弹绑在了一起……如果实施顺利，一两分钟内就能把鬼子全部干掉，至于伪军，单仁德不发话，没人敢开枪。

官道方向传来轻轻的脚步声，白光将耳朵贴在地面上，屏住呼吸，仔细听了听。他忽然感到了异样，从脚步声中判断，来的只有两三个人。难道是走漏了风声？还是事情有变？

三个人越走越近了，从人影的轮廓中，他看出中间的一个，正是单仁德。白光示意战士们别动，他慢慢站起来，走出了玉米地。

事情没有按白光的预想进展。由于前不久袁营据点被端过一次，鬼子变得谨慎了。龟尾担心中了八路的调虎离山计，又不愿放弃这次抓捕武工队队员的机会，就来了个折中的办法，让单仁德带着他的队伍来抓捕武工队队员，他带着鬼子们守据点。临来，龟尾还担心单仁德出工不出力，和他谈了个交易：这次行动，每打死一个抵抗分子，他的征粮任务就减去十担；每活捉一个，免征粮三十担；活捉白光，三百担的征粮任务全部免除。

听单仁德说到这里，白光忍不住笑了："没想到龟尾太君这么瞧得起我，这次老子一定要登门拜访他！"

单仁德迟疑地问："白队长，咱们的计划不取消吗？"

白光拍了拍单仁德的肩膀说："老弟，如果计划取消，你回去怎么交代？"

单仁德拨楞着脑袋低下了头，这是今晚他一直头疼的问题。

白光思考了一下，又问："你的这帮兄弟，可靠吗？"

单仁德语气坚定地说："今晚来的人都没问题，小鬼子平时根本拿他们不当人，他们都恨死了鬼子。"

白光又问："据点里还有你的人吗？"

单仁德说："我留下了几个比较铁的，以防有变。"

月色中，白光微笑着冲单仁德点了点头说："那就好办了，你去把弟兄们都带过来吧。"

个小时后，在小周庄韩凤娥家附近，响起了一片激烈的枪声和手榴弹的爆炸声。接着，韩凤娥家的房子被点着了，冲天的火光把半个村子都照亮了。村民们都趴在窗户后面往外看，没有一个人敢出门。但也有例外，保长周进财听到枪声就跑了出来，躲在暗地里瞧热闹，心里还暗暗算计着这次该得到的赏钱。不承想，一颗子弹像长了眼睛一般，直接打透了他的前胸！白光提着驳壳枪走过来，用脚踢了他几下，确定已经死亡后，小声对他说："周保长，谢谢你的出卖，一路走好。"

29. 据点锄寇

天蒙蒙亮，蝉声已经在路两边的杨柳树上织成浓密的一片。一队伪军连推带搡地押着十几个五花大绑的俘虏，后面还有三辆牛车拉着血肉模糊的"尸体"，来到了刘桥据点。

守门的伪军见是单仁德，赶紧放下吊桥，打开了大门。

单仁德对身后一个伪军说："老四，你跑步去炮楼上，把我的水

白
光

138

壶拿下来，渴死我了。"

队伍和牛车刚进据点，龟尾就带着四五个鬼子走出了炮楼。在炮楼门口，那个叫"老四"的伪军和他擦肩而过。但这个老鬼子没用正眼瞧老四，他从骨子里瞧不起中国人，尤其是为日本人卖命的中国人。龟尾也一宿没睡，一直在听着远处的动静。他早就在炮楼上用望远镜看了个仔细，待单仁德进了据点，他才大摇大摆地走了出来。

单仁德赶紧上前打了个敬礼："报告太君！咱们大获全胜，打死武工队队员十二个，活捉了十三个……"

龟尾狐疑地盯着他看了一会儿。这时候，他还没有想到单仁德敢于背叛他，他吃过武工队不少亏，实在是难以相信这帮乌合之众会有这么强的战斗力。

单仁德当然知道鬼子在想什么，继续报告说："……这次的胜利，主要是情报准确，太君料事如神，我们去的时候，他们都在屋里睡觉，毫无防备……"

龟尾这才露出了笑容，拍了拍单仁德的肩膀说："单队长，你的功劳大大的，白光抓住了没有？"

"我就是白光。"五花大绑的白光，从俘虏队伍里走了出来。

龟尾走近白光，恶狠狠地瞪着他嚎叫道："白光，上次在伦镇集上你杀了我们大日本皇军的士兵，还抢了我们的武器，这笔账今天该清算了。"

白光冷冷地道："好啊，你们杀了我们那么多无辜的百姓，欠下了那么多血债，今天就一块儿拉清单吧！"

龟尾一愣，他没有想到，面前的这个中国人已经成了俘虏，在气质上却一点儿也不怯。龟尾上上下下仔细打量了他一番，冷笑道：

"久闻白光的大名，敝人还以为你是什么了不起的人物，今日一见，也就是一介农夫而已嘛！"

白光忽然仰面哈哈大笑，吓得龟尾连连后退了三步，下意识地把手按在了枪柄上。但他很快醒过神来，又把手放下了。

龟尾为自己刚才的失态有些懊悔，他狠狠地瞪着白光问："白队长，无论你多么英勇能战，但你如今已经是我的阶下囚了，还能笑得出来？"

白光冷笑了一声说："我笑你的眼神太差了，死到临头了还不知道。"

说着话，白光轻轻一抖身子，身上的绳子瞬间就松了，他的双手闪电般从背后抢到身前，两把驳壳枪同时指向龟尾的脑门！

龟尾和几个鬼子一愣神间，白光的枪就打响了，龟尾的脑门上顿时多了一个血洞，他两眼直勾勾地瞪着白光，不甘心地倒了下去。与此同时，那十几个"俘虏"也迅速松了绑，亮出了家伙，瞬间把几个鬼子打成了马蜂窝。

紧接着，炮楼上也响起了几声枪响。一个伪军在上面喊："单队长，这两个小鬼子也报销了，两挺机枪全端了。"

牛车上的"尸体"也全部复活了，他们从牛车上下来，有的揉着腰，有的捶着腿。这些都是县大队派来的援兵，他们虽然没放一枪一炮，但扮演了这一路尸体，连颠带压的，都遭了不少罪。

单仁德冲白光竖起了大拇指："白队长，这一计使得好呀，结局和您预想的基本差不多。"

白光拍了拍他的肩膀说："那也得多亏你的捆绑技术好呀，轻轻一拉就全解开了，这门手艺也不得了呀！"

白光说完，即刻安排两个战士跟单仁德回家，把他的妻子和儿子先接到秘密基地，日后再找一个安全的地方安置。

这一役缴获甚丰，共得步枪八十多支，短枪八支，战刀一把，掷弹筒一门，轻机枪两挺，手榴弹十多箱，各种子弹上千发，炸药五箱，战马一匹，粮食六十担……

耿黄抱着一箱罐头，笑呵呵地对白光说："队长，这一下咱们都成了地主老财。"

白光微笑道："你先好好抱一会儿过过瘾吧，等会儿全部上缴县里。"

耿黄脸上顿时现出失落的表情，手一松，一箱罐头溜到了地上。

白光动员伪军们弃暗投明，参加抗日队伍。结果有五十多人愿意跟着走，有二十多人想回家。白光安排给回家的每人一担粮食，留下来的，全部交给县大队。

白光带领战士们把缴获的物资全部装上牛车。粮食太多，三辆车拉不了，就拿出一部分送给了附近村里的百姓。撤离前，他们用一箱炸药掀翻了炮楼。

这次短暂的战斗，一共用了不到十分钟。加上装运物资，共用了一个多小时。等伦镇和齐河县城的鬼子闻讯扑过来时，整个刘桥据点里，只剩下了几具鬼子的尸体和一片废墟。

30. 深入敌营

日寇的侵略，阻挡不了日月轮回和季节更替。夏天很快过去了，凉爽的秋风掠过长空，鲁西北的田野上，到处都是一片片密不透风的玉米和高粱，空气里弥漫着即将成熟的庄稼那特有的甜香。

白光头戴一顶破旧的草帽，敞着衣襟，挽着裤脚管，肩上背着一个布袋褡子，快步如风地行进在通往焦庙街的大道上，一路踢得尘土飞扬。俗话说"走路的赶不上推车的，推车的赶不上挑担的"。王老黑、马五子七八个武工队队员各自化装成推车卖粮的、挑担卖菜的，紧跟白光身后，他只有脚下加紧，才能和他们保持一定的距离。

一九四二年，鲁西北的抗日斗争进入了最艰苦的阶段。危机四伏的生存环境，艰苦的生活条件，考验着每一个人的意志。在这个节骨眼上，齐禹县大队三连连长孟超叛变了。他受不了部队艰苦的生活条件，在叛徒张钧山的拉拢和利诱下，拉拢几个战士携枪支跑到齐河县城，投降了鬼子。松井为了收买人心，达到让更多人投靠他的目的，任命孟超为齐河县侦缉队长。侦缉队是日军驻齐河最高指挥官松井直接领导的特务机构，主要任务就是对付抗日分子。孟超熟悉抗日政府和部队的很多情况，经常用各种手段破坏地方政府和中共地下工作者的关系。他还经常带着侦缉队窜到乡下，偷袭基层抗日政府，暗杀抗日干部和家属，对抗日武装造成了极大的伤害……

这一天，白光他们化装成赶集的百姓，就是去焦庙执行铲除孟超的任务，为齐禹县的抗日军民拔掉这颗毒瘤。这次任务，是敌工部李祥部长亲自安排的。他专门让通讯员把白光从三区接到自己的办公室。

那是白光和李祥第一次见面。他一进门，李祥像老朋友一样上来握住他的手，幽默地说："我们的大英雄来了，有一项重要的任务非你莫属呀。"

李祥三十多岁的年纪，戴着一副高度的近视眼镜，有一股教书先生的气质。

"什么任务？请领导吩咐。"白光"啪"地打了个标准的敬礼。

"这个任务非常凶险，类似于虎口拔牙，可以说是九死一生——"

"请部长放心，再危险的任务我也保证完成。"白光不等李部长说完，就着急地打断了他。随即，他觉得有些太鲁莽了，忙"啪"地打了个立正。

"去焦庙拘捕叛徒孟超，还要把他活着带回来。"李部长意味深长地看着他说。

"干吗要活的呢？直接把他除了不好吗？"

"我们要对孟超进行公开审判，公开枪决，这比把他秘密处决意义要大得多。我们要给被其杀害的抗日军民一个交代，让汉奸走狗见识一下咱们的实力，打击一下日伪的嚣张气焰。"

"请首长放心，我三天内一定完成任务。"白光正了正军帽，又打了个标准的敬礼。

"好！那我就等着给你开庆功会了。"李祥满意地看着白光，满眼都是欣赏的目光。

白光虽然没上过学，但他从小喜欢听书，经常听到那句"知己知彼，百战不殆"的名言。他用一天的时间，对孟超的情况进行了详细调查走访。

西到代夫营，南到齐河城，都是孟超的地盘。孟超的狡猾，非一般汉奸能比。这个家伙狡兔三窟，行踪不定。而且，他经常过夜的几个落脚点，都是据点密集的地方，离得最近的只有二里来地。一旦有情况，周围的队伍马上就会赶过去支援。这是鬼子为分割蚕食抗日力量所布下的网，也为伪军特务们搞破坏活动提供了保障和支持。但孟超有一个习惯，逢焦庙集必赶。因为焦庙是附近最大的集市，油水较大，他不肯放过任何一次在集上搜刮民财的机会。而且每次来，他都会住一晚再走。同时，白光还打听到，这小子有抽大烟的嗜好。

当天晚上，白光独自来到焦庙，与李忠福接上了头。李忠福的公开身份是焦庙的伪乡长，其实是武工队的一个内线，暗地里一直在为抗日政府工作。

听说要除掉孟超，李忠福很兴奋："太好了！这个家伙最近特别嚣张，焦庙的老百姓都恨死他了。"

白光说："这小子已经成为抗日政府的首要清除对象，他的嚣张已经到头了。"

李忠福说："你来得也正好，明天就是焦庙大集，孟超刚刚派人送来通知，他明天要来焦庙赶集。"

白光一拍桌子说："这就是冥冥之中的天意呀！明天我沏壶好茶，候着他……"

一行人来到焦庙大集上。白光走进十字路口的一家茶馆，要了一壶茉莉花茶，悠闲地喝起来。王老黑、马五子等七八个武工队队员在茶馆附近摆上了卖粮的、卖菜的摊子。

日头缓缓南移，天气逐渐热了起来。白光几杯热茶下肚，汗水顺着脸颊直往下淌。赶集的人潮到了最高峰，狭窄的街道上人满为患，赶驴车的，推小车的，挑担的，还有一些沿街叫卖的小贩在人群里挤来挤去，整个集市上一派热闹景象。虽然日子清苦，但老百姓还是要到集市上讨生活，拿一些用不着的东西来卖。还有一些既不卖东西也没钱买东西的，来集上就是凑个热闹。

天近晌时，一群身穿黑裤黑褂、斜挎盒子枪的特务，骑着自行车，横冲直撞地在街上闯过来，吓得赶集的群众纷纷躲避，集市上一阵骚乱。在特务们中间，有一个瘦长脸的细高个子，他左腰挎着指挥刀，右腰别着盒子炮，左手掌车把，右手提着马鞭。白光一眼认出，这个人正是他们今天要"拜访"的孟超。白光担心他看见自己，打草惊蛇，就往里偏了偏脸，用眼睛的余光观察。只见孟超心神不定，眼神飘忽。来到十字路口，他双眼不断地左顾右盼，一副提心吊胆的样子。也许，孟超潜意识里感觉到了危险，他没有像平日里那样在集市上横征暴敛，而是穿过十字路口，直接进入离焦庙据点最近的悦来旅店。接着，旅馆的闲杂人员全部被赶了出来，门口站上了四个哨兵。

悦来旅店离焦庙据点不到二十米，要进这个旅店，还必须经过这个据点，事情有点儿麻烦。

白光没料到孟超像条狡猾的泥鳅，钻进泥潭不露面了。他观察了一下旅店周围的地形、环境：街对面即是炮楼，如果现在抓捕，一有动静，就会招来大批的鬼子和伪军……正在这时，他远远地看到李忠福朝旅店走过来，手里还提着两瓶酒、两只烧鸡。

白光从茶馆里走出来，迎上前招呼："李乡长，这是去哪里喝酒呀？"

李忠福知道情况可能有变，便晃了晃手里的东西说："上头来人了，得赶快去伺候着……"

两人凑近了，白光低声说："拖住他，到晚上再动手。"李忠福点点头，大声说："今天我先去陪孟队长，改天咱们再聚，一醉方休……"

白光抱了抱拳："那您慢走，改天恭候。"李忠福不紧不慢地朝悦来旅店走去。

李忠福提着酒和烧鸡进入旅店，孟超的勤务兵马上迎上来，把东西接过去，笑嘻嘻地说："李乡长来了？孟队长正念叨您呢。"引着李忠福进了孟超的雅间。

一进门，李忠福冲孟超拱了拱手："孟队长大驾光临，今天兄弟一定要尽地主之谊，咱不醉不归。"

孟超斜歪在椅子上，正吸着烟，他面对李忠福这个焦庙乡最大的官，连眼皮也没抬。直到勤务兵把酒和烧鸡放到他眼前的桌子上，他脸上才有了一丝笑模样，示意李忠福在他对面的椅子上坐下。李忠福对勤务兵说："你去告诉掌柜的，把这里拿手的菜都上来，全算在乡公所的账上。"

孟超一听，马上来了精神，对勤务兵说："赶紧去，今天老子要和李乡长一醉方休。"

李忠福接着说："在大厅也摆两桌，全算我账上，我要犒劳一下侦缉队的弟兄们。"

孟超冲李忠福伸出了大拇指："李乡长，好样的！够哥们儿！"

这场酒从中午开始喝，一直喝到金乌西坠，玉兔东升，两人喝了三瓶酒。孟超体格好，酒量也大，虽然喝了这么多酒，但头脑还残留着几分清醒，他醉眼蒙眬地让勤务兵去下命令："今天就在这里过夜了，明天一早回、回、回城……"话未说完，就连连打了几个哈欠，眼泪鼻涕淌了一脸。

李忠福知道这是犯了大烟瘾的征兆，借机说："孟队长，我在乡公所为您备了一份上好的福寿膏，刚才忘了拿过来。"

"哦哦……李乡长，你有心了，真让兄弟太不好意思了，你能现在去拿吗？兄弟实在是忍不住了……啊——嚏——"孟超又打了个喷嚏，两行浊泪像两条虫子般顺着他的黑脸淌了下来。

"您稍等，我马上回去给您取。"李忠福觉得这真是天赐良机。

此时天已大黑，大街上行人稀少。李忠福急匆匆地回乡公所拿了大烟膏子，到茶馆和白光接上头，两人一前一后，直奔悦来旅店。王老黑、马五子等几个人与他俩保持一定的距离，悄悄跟在后面。白光和李忠福悄没声息地绕过据点，来到了悦来旅店门口。

白光轻轻叩门，里面传出了一个尖细的嗓音："谁啊？"

"我是李忠福啊，给孟队长送烟膏来了。"李忠福压低嗓子说。

门"吱呀"一声开了，孟超的勤务兵刚从里面探出头，白光的枪口就抵在了他的脑门上，压低声音说："不许动，我们是八路军武工队的。"

勤务兵马上就顺着门板溜到了地上，浑身哆嗦着说："我、我、我不动，爷爷饶命……"

白光将勤务兵一把从地上薅起来，用枪管磕了磕他的脑门说："带我去找孟超。"

勤务兵颤声说："好好好，孟队、队长在、在套间里呢……"

"其他人呢？"

"……都、都住、住、住在南面那一排里呢……"白光不等他说完，对王老黑说："你带几个人负责收拾南屋的敌人。"

王老黑立马带人冲向南屋。白光对马五子说："你随我来！"

在勤务兵的带领下，白光来到套间门口，侧耳听了听，里面没有动静，就一脚将门踹开，一个箭步跃进屋内。孟超正躺在炕上养神，见状急忙伸手去枕头底下摸枪，白光用左手按住他的手，右手里黑洞洞的枪口顶在他的脑门上，低声喝道："不要动，孟超，你看看我是谁？"说着话，从枕头底下抽出他的王八盒子。

孟超借着昏暗的灯光仔细一看，酒当即吓醒了一半。他缓缓坐起来，故作镇静地冲白光笑了一下："白队长，你好大的胆子，竟然敢跑到皇军的炮楼下面撒野。"

白光冷笑一声说："孟超，你真是属鸭子的——嘴硬，你的死期到了。"

孟超也冷笑了一声："即使你杀了我，能全身而退吗？我的弟兄们可都是个顶个的好手。"

白光说："那你喊人吧，看看有没有人救你。"孟超当即就喊了一声："来人！"

等了片刻，无人应答，他又喊了声："快来人！"南屋里传出了两声枪响。孟超马上恢复了嚣张的模样："你听，我的弟兄们马上就过来了。"这时，走廊里传来一阵脚步声，王老黑跑进来，冲白光打了个敬礼说："报告队长，南屋的敌人已全部缴械，有两个家伙想摸枪，被我打发回姥姥家了。"

孟超一听，这才感觉到事情不妙，他"咕噜"一下滚落到地上，双膝跪地，头磕得"咚咚"直响，边磕边说："白、白、白队长、白大哥，您饶我一命吧，兄弟给鬼子当差，只是想混碗饭吃呀。"

白光冷笑道："你有什么资格和老子称兄道弟，快跟我走一趟吧！"

南屋的两声枪响，惊动了炮楼上的伪军。一个伪军从楼上的窗子里探出头问："刚才是谁开枪？"

孟超忽然像抓住了救命的稻草，当即就站了起来，冲炮楼上大喊："弟兄们救命呀，我是孟超——"话未说完，就被王老黑勒住了脖子，当即噎得满面通红。

白光亮开嗓门，朗声答道："炮楼上的人都给老子听着，我是武工队的白光，今天是冲侦缉队的孟超来的，你们要敢多管闲事，咱就来个一锅端！"

炮楼上的窗户"啪嗒"一声就关上了，再也没了动静。

孟超这一下彻底绝望了，他拼命摆脱开王老黑的束缚，"嗖"的一下蹿到窗前，撞开窗户跳到院子里，带着哭腔向炮楼上哀号道："弟兄们，救命啊！你们不能见死不救啊！"边喊边蹿上墙头。

白光一个箭步跑上去，抓住他的脚腕子用力一拽，孟超结结实实地摔在了地上。他刚刚爬起来，白光的枪口已抵在他的脑门上，冷冷地问："你就这么急着去见阎王爷吗？"

孟超赶紧举起双手，前言不搭后语地说："不不不，千万别开枪，兄弟我、我、我这就跟你走，跟你走……"

白光一行人押着俘虏，走出悦来旅店，融入漆黑的夜色中。

这场战斗，前后仅用了十几分钟。除了两名拼死反抗的特务被击毙外，另外十八名特务全部被擒。当晚，白光就将孟超等人交给了齐禹县抗日民主政府。为了有力地震慑汉奸叛徒，三天后，齐禹县政府召开了公判大会，将孟超公开处决。

31. "康团"末日

燕寨子，是一个远近闻名的村庄，历来村风彪悍。相传，北宋时期梁山好汉燕青曾在此驻兵，村子因此得名。康兴南就出生在这个村庄，因为他天生脖子细、脑袋大，当地老百姓背后都称呼他"康大头"。康大头小时候家境殷实，父母是老来得子，对他十分娇惯纵容。十岁那年，为了让他长点护家的本事，给他找了个武术师父，让他习武。几年下来，功夫没学到多少，那个武师却带着他养成了吃喝嫖赌的恶习。父母归西后，他无人约束，更加挥霍无度，很快便将偌大的家底折腾得一干二净。

日军占领禹城后，康大头伙同几个师兄弟和村里的地痞混子，抢得一些钱财后，在程子坡一带拉起了一支土匪武装，自称"康团"。几年时间，他的队伍就发展到了五六十人。他凭着手里的枪杆子，在附近几个村庄自立名目，强征各种税费，老百姓稍有不从便会遭到他的迫害。齐禹抗日政府一直想找机会除掉他，他知道消息后，为了保命，就投靠了李连祥，在温学兴营任二连连长。投靠日伪后，他的武器装备"鸟枪换炮"，更加肆无忌惮地在他的地盘上敲诈勒索。

李连祥之所以提携康大头，配给他先进的武器装备，是因为他是李的救命恩人。在去年的伦镇窑战斗中，李连祥陷入八路军冀鲁豫四分区二团的包围圈，身受重伤，他身边的人也全都跑光了，眼看着突围无望，就要成为八路的俘虏。康大头突然冒死冲进来，将李连祥背出包围圈。事后，李连祥想想就有些不寒而栗，就凭他对抗日军民所做的那些事，如果落到八路手里，被公开枪决那还是幸运的，弄不好就会被老百姓活活打死，零拉碎剐的可能性也不是没有。为了报答康大头的救命之恩，也是为了收买人心，李连祥破例拨给了他一批先进武器。而且，还给了康大头一个特权——虽然隶属温学兴营，但却有独断权，不受温学兴的约束。

康大头在李连祥这里尝到了甜头。为了立功，获得进一步的提拔，他经常带人偷袭抗日军民，先后抓捕了齐禹县抗日政府的多名干部和家属，并用砍头、活埋等残忍的手段将他们杀害。为了鼓励康大头继续为自己卖命，到松井那里邀功请赏，李连祥到处吹捧康大头是"反游击专家"。

白光一直想除掉康大头，但因他经常昼伏夜出，行踪不定，没找到下手的机会。

七月的一天早上，白光带着三区队正在袁营一带驻防。侦察员杨继北过来报告：康大头带着十几个人，正在邵庄一带以收取保护费为名抢掠村民的财产。白光当即决定利用这个机会，为抗日军民消除这个危险的隐患。

白光当即集合区队二十余人，抄田间的近道，向位于伦镇南部的邵庄一带进发。行至邵庄，在村外就听到了一片哭叫声。他们脚下加紧，快步跑到村内，发现街头一片狼藉，满地的鸡毛、血迹和被打伤的村民。有的房屋被点燃了，呛人的烟雾在女人和孩子的哭声中弥漫。经过了解，得知康大头抢劫完毕后，奔西边去了。白光留下几个人安抚群众，帮着收拾残局，自己带人继续追击康团。

白光等人鱼一般在密密的青纱帐中穿行，追踪至温屯村边时，他们看到了康团队伍的尾巴。他们不远不近地跟在后面，看着他们进了温屯。随即，便听到村内人喊狗叫，并伴有零星的枪声。不一会儿工夫，有三三两两的村民从村子里跑出来，钻进青纱帐。白光拦住一个村民询问，得知康团一伙进村就开始抢劫财物，稍有不从就往死里打。战士们一听，个个怒目圆睁，恨不得现在就冲进村里教训康大头。

白光知道这里离温学兴营驻地不远，村内地形复杂，如果这时候打起来，区队不占任何优势，弄不好会有较大伤亡，还会连累村里的百姓。更麻烦的是，如果在短时间内不能结束战斗，引来温学兴营的增援，不仅达不到歼敌的目的，还会让区队陷入重围。他当即命令战士们先埋伏下来，晚上再采取行动。

康大头在温屯折腾到天黑，把有点油水的人家都搜刮了一遍，就进了炮楼，并宣布今晚就在这里住宿。他早就和温六子的小老婆梅香有过云雨之欢，今晚住这里，主要是想和这女人重温旧梦。温六子是温屯的保长，康大头一直罩着他，对他出手大方，他也就默许了这对狗男女的暗度陈仓。每次康大头来，温六子都安排得妥妥帖帖。夜幕降临后，康大头把梅香接进炮楼，便命令士兵把大门关了。白光带着战士们悄悄摸进村里，无声无息地把炮楼围了起来。

伪军们在炮楼里又吃又喝又唱的，一直闹腾到半夜三更才睡下。

白光和队员们埋伏在墙外，听着炮楼上吆五喝六的叫喊声和鬼哭狼嚎般的歌声，耐心地等待着时机。战士们身上的衣服都被露水打湿了，夜风吹过，冷得牙齿直打架。但他们全都一动不动地钉在墙根下。白光早就给他们说过，只要能避免伤亡，吃再多的苦，受再多的罪，也值得。

鸡叫三遍时，炮楼院墙的大门打开了，一个男人揉着眼睛，牵着牛慢慢腾腾地走出来，到了门外的水井旁，打水饮牛。白光猜测他是给保长种地的长工，早早准备下地干活。白光慢慢走过去，小声招呼："老哥，起得好早啊。"

长工不在意地"嗯"了一声。一回头，看见了白光手里的驳壳枪，顿时吓得一激灵。

白光把食指竖在嘴前，"嘘"了一下，安慰他说："老哥，不用害怕，我是八路军武工队的，来抓康大头的。"

男人这才放松下来，兴奋地说："这些畜类玩意儿，早就该抓了。"

白光拍了拍男子的肩膀说："谢谢老哥了，你快去忙吧，离得远一点儿。"

炮楼子的门虚掩着，白光轻轻推开，见地下躺着十几个熟睡的伪军，墙角杂乱地堆着十几杆步枪。他示意战士们手脚放轻，先把枪拿走。然后，他一个人轻手轻脚地来到楼上。

康大头想必是昨夜折腾累了，此刻睡得正香。那个叫梅香的女人正在对镜梳妆，忽然从镜子里看到有人进屋，刚转过身来，白光的枪口已顶着她的腰窝，低声喝道："别吱声，我是武工队的。"

"娘欸……"那女人惊叫了一声就晕倒在地上。

康大头猛地惊醒了，他翻了个身，不耐烦地骂道："这才几点，老子还没睡够呢。"

白光趴在他的耳朵边上，猛地大喝一声："康大头，老子给你送钱来了！"

这句话真灵，康大头"噢"了一声就坐起来，他揉了揉眼睛，这才看清白光站在床前，笑眯眯地看着他，黑洞洞的枪口正对着他的胸膛。

康大头吓得一下清醒过来，忽然用手将白光手里的枪推开，一个"鹞子翻身"下了床，随手抄起一把椅子冲白光扔了过来。白光没想到他敢反抗，枪并没有打开保险，让他钻了空子。白光一闪身，椅子砸在身后的墙上。这时，康大头又扔来一个暖瓶，白光飞起一脚，暖瓶在空中爆炸，热水飞溅，室内一时雾气缭绕。这工夫，康大头已从床头抽出了枪，正想打开保险，白光已到了他的面前，抓住他持枪的右手腕子，往外一拧，枪脱手掉到了地上。白光用枪口在他脑门上重重磕了一下说："康大头，还真有两下子呀。"

康大头大口喘着粗气，手指头哆嗦着指着白光："你，你，你是，是——"

白光一笑："在下白光。"

康大头腿一软跪在地上："小弟有眼不识泰山，请白队长饶命！小弟今后一定痛改前非，唯白队长马首是瞻——"

白光忍不住笑出声来，没想到这个凶残的家伙胆子这么小。白光不耐烦地打断他说："别啰嗦了，快穿上衣服跟老子走吧。"

康大头呆头呆脑地问："去哪里？"

白光说："能去哪里？带你去吃席，去喝酒。"康大头明白自己是凶多吉少了，他磨磨蹭蹭地穿好衣服，借蹲下提鞋的当口，突然纵身一跃跳上窗台，想跳窗逃跑。白光早预料到他会来这一手，一把抓住他的后衣领子，往后一拽，将他仰面朝天摔在地上。他刚想爬起来，白光的一只脚已踩上他的胸口。

此时，楼下的战士已将伪军全部绑了起来。当天，白光就把康大头交给了抗日政府，和崔安邦关押在了一起。

康大头失踪，李连祥派人多方查找，也没得到半点消息。直到后来，齐禹抗日政府公开处决崔安邦、康兴南的布告贴出来，他才知道他的"反游击专家"栽在了白光的手里。

32. 智降"铁杆"

一九四二年秋，鬼子加强了对鲁西北地区抗日武装的"围剿"。他们强征民工，在村庄之间的田野里，开挖了纵横交错的封锁沟，沿主要交通公路的村镇都设立了据点，企图将抗日力量分割包围，各个击破。为粉碎鬼子的阴谋，齐禹县敌工部与武工队对伪军展开了政治攻势，引导他们弃暗投明，为自己留条后路。绝大多数良心未泯的伪军，都站在了抗日政府的一边，暗中为抗日武装的军事行动让路，提供情报、弹药、医疗药品等，有效地孤立了鬼子。同时，白光带领武工队先后清除多名冥顽不化的铁杆汉奸。政治攻势和军事行动的相互配合，收到了很大的战果，彻底瓦解了日军"以华制华"的阴谋。

但事情总有例外，齐河县十里堡据点的伪军队长梁立武，倚仗自己的地盘离县城近，在日军火力保护圈内，八路军不敢来找他的麻烦，极其狂妄。白光曾用收服其他汉奸的方法，写信劝他保留一个中国人的良知，为自己留条后路。他竟然当着送信人的面，把信撕了个粉碎。

白光明白，这是个不见棺材不掉泪的货色，决定亲自会会他。

一个伸手不见五指的深夜，白光带着王老黑，敲开了齐河十里堡伪乡长杨登俊的大门。

杨登俊打开门一看，惊喜交集。他左右瞄了瞄，确定无人跟踪后，把他们接进客厅，关上门，压低声音说："白队长，你吃了熊心豹子胆呀，这可是铁杆汉奸梁立武的地盘，落到他手里就麻烦了。"

白光微微一笑："这梁铁杆再硬，到了咱手里，准让他变成梁麻秆。"

杨登俊公开身份是十里堡的伪乡长，暗里却是县大队安插在敌人内部的眼线。

杨登俊从白光的话语中猜出白光的来意，就让勤杂人员退下，并吩咐手下人在院子周围布置了暗哨。

三个人泡上茶，边喝边聊。经杨登俊介绍，白光对梁立武的情况有了详细的了解。

梁立武平日里行踪不定，居无定所，且警惕性极高。凭白光的身手，要想除掉他不难，但要想把他活着从这里带走，难度极大。他性格非常强硬，不会轻易就范。而且只要他一出声，就会惊动炮楼上的鬼子和伪军。不过，他虽然狡猾，却也并非无懈可击。最近，他迷恋十里堡街上的一个艺妓，这个女人名叫顾二妹，姿色出众，才艺不凡，能唱全套的《玉堂春》。梁立武经常在她家里喝酒唱曲，在那里一泡就是大半天，几乎每次来都在那里过夜……他还有一个习惯——爱跑到炮楼东面的胡记茶馆喝茶，这个茶馆离炮楼只有五十米左右，他认为比较安全……

白光一拍桌子："就在茶馆下手！"

杨登俊问："能行吗？离炮楼这么近，一旦暴露目标，不但人抓不走，你们也很难脱身。"

白光说："明天是十里堡大集，集上人多，脱身应该不难。"

杨登俊说："这小子可硬气着呢，只怕到时候宁死也不跟你走。"

白光微微一笑："乡长大人不用担心，这种纸老虎咱老白见多了。"

两人辞别了杨登俊，融入到黑夜中。

翌日，又是一个秋高气爽的好天气。白光与王老黑化装成赶集的农民，混在赶集的人群中，在胡记茶馆附近徘徊。到了中午，赶集的人开始陆续往外走，集市越来越冷清，仍不见目标出现。在这种情况下，如果继续在茶馆附近转悠，就会引起特务的怀疑。白光在一个包子铺前，买了四个茄子馅的大包子，揣在了怀里。他冲王老黑使了个眼色，两人一起走进了胡记茶馆。茶馆里人不多，白光两人在靠窗户的位子上坐下，要了一壶廉价的茉莉花茶。两人都渴坏了，等不得茶凉，都端着烫手的茶碗，边吹着碗里的茶末边一点点喝，烫得"咝溜溜"直吸气。

两碗茶下肚后，王老黑有些丧气地说："这小子八成是闻到啥味了吧。"

白光慢悠悠地说："俗话说，好事多磨，咱们搞了这么多次锄奸行动，哪一次顺当过？办事最要紧的是有耐心。"他从怀里掏出包子，递给王老黑两个："遛了大半天，吃个包子犒劳一下肚子吧。"

王老黑这才觉得真饿了，他接过包子，狼吞虎咽地大嚼起来。

其实，白光也是心急火燎的，只是强忍着罢了。他一边吃着包子，一边暗自思索：梁立武的警惕性一直非常高，难道他发现了我们？或者是杨登俊手下有人走漏了消息？

下午，茶馆里只剩下白光两人了，再待下去就很容易招人怀疑了。两人出了茶馆，趁没人注意，钻进了旁边的高粱地里。等待的时间真是漫长难熬呀，王老黑盘腿坐在田埂上，困得前仰后合，有好几次都发出了鼾声。白光也困得不行，但他忍着，透过高粱的缝隙密切关注着对面的茶馆。两人又熬了一个下午，口渴了，就折一根高粱，扒了皮，嚼着高粱秆子里的水分止渴。一直熬到日头偏西，夜幕降临。

晚饭过后，下起了细密的小雨。两人的衣服很快就湿透了，小风一刮，浑身冰凉。

白光小声说："看来今天是没戏了，咱先撤吧。"

王老黑说："出来两个人，是不是他？"

借着茶馆门口的灯光，白光仔细一瞅，前面那个迈着四方步边走边哼着小曲的瘦高个，正是他们盼了一天的梁立武。后面跟着的，应该是他的勤务兵。

"咱们要开市了，只要他进了茶馆，就得听咱吩咐了。"白光有些兴奋地说。

王老黑拔出枪来，拉开了保险。他们透过朦胧的雨雾，紧紧盯着梁立武。

梁立武背着手，悠闲地走过来，到了茶馆门口，却没有进去，而是直奔茶馆旁边的一条胡同，勤务兵在后面紧紧跟随着。

　　待两人走进黑乎乎的胡同，白光和王老黑急忙从庄稼地里闪出，尾随着进入黑暗中。

　　梁立武的勤务兵在前面打开了手电筒，白光两人不远不近地跟着那柱光亮，眼看着他们进了一扇大门，并把门关上了。

　　白光观察了一下地形，发现这是一个独立的小院，围墙很高，但墙角外有一棵大腿粗的杨树。白光低声和王老黑商议了一下，让他在门口放哨，自己进去会会"梁铁杆"。

　　白光提起一口气，纵身一跃，飞身上了树。他两只手搂着树干，两只脚心夹住树身，三蹿两纵，就上到了树冠。围墙离树只有一米多远，他扳着一根胳膊粗的树枝，身子一荡，就跃到了围墙顶上。此时，北屋里正传来阵阵琵琶声。白光轻轻跳下围墙，见刚才那个勤务兵正坐在门口的台阶上打盹。

　　白光轻手轻脚地走到门前，把枪口顶在勤务兵的脑门上，那人睁眼一看，正想出声，白光一把捂住了他的嘴，用枪管敲了敲他的脑门说："别吱声，敢出声就请你吃颗不要钱的铁花生。"

　　勤务兵鸡啄米般连连点头，吓得眼泪都下来了。白光解下他的鞋带，把他反绑起来。又脱下他的袜子，塞进嘴里。

　　白光打开大门，把王老黑放进来，让他在门洞里放哨。白光独自一个人朝亮着灯的北屋奔去。

　　白光用舌头将窗户纸舔了一个小洞，往里看了看。只见梁立武斜歪在炕上的被垛子上，面前的炕桌上摆满了菜肴。炕桌的对面，盘腿坐着一个妖艳的年轻女人，她一只手抱着琵琶，另一只手端着一杯酒正和梁立武碰杯。梁立武满面春风，双眼潮红，显然已经酒至半酣。

白光一脚踹开门，大步闯了进去。那女人尖叫一声，一头扎到炕角的被子里。

梁立武虽然喝了酒，但手脚却非常利索，他飞身下炕，抄起炕桌上的水果刀，冲白光甩了过来。白光头一歪，刀子带着风声从耳边擦过，插在了背后的门板上，刀把兀自颤抖不已。趁白光躲避飞刀的工夫，梁立武已从腰间取出手枪，打开保险，正要冲白光开枪，白光纵身而起，一个旋风脚将枪踢飞。梁立武又去抄桌上的酒瓶子，但白光已欺身靠近，闪电般按住了他的右臂，双手一错，将他的右手反剪在背后，只听"嚓喳"一声脆响，胳膊就脱了臼，痛得他"啊"地惨叫了一声，这才出声求饶："好汉饶命！有事尽管吩咐……"

白光用枪顶住他的脑袋说："梁立武，睁开你的狗眼仔细看看，不认识老子了？老子劝你弃暗投明的信，是被你当场撕碎的吧？"

梁立武这才回过神来，见眼前竟是令鬼子汉奸闻之色变的白光，顿时魂飞魄散，他当即跪在了炕上，痛哭流涕地说："白队长！兄弟该死，是兄弟我有眼不识泰山，不识好歹，辜负了您的一片好意……"

白光早已见惯了这一套，耐心地看着他表演完毕，才笑眯眯地对他说："现在知道后悔了？这世上可没有卖后悔药的！"

梁立武听着语气不对，以为白光要就地处决他，惊恐之下，狠狠地抽打着自个儿的脸，边打边说："请白队长大人不计小人过，给兄弟一个自新的机会，我一定痛改前非重新做人……"

白光担心夜长梦多，就找了根腰带把他双手捆住，顺手把桌上的抹布塞进他嘴里，拍拍他的脑袋说："你要不想死呢，就老老实实跟老子走，要是敢耍花样，我保证你看不见明天早上的太阳。"

梁立武说不出话来，只得连连点头。当夜，白光二人便把梁立武和他的勤务员一起押到二区公所。梁立武领教了白光"掏窝子"的手段，知道他再不配合只有死路一条了。又经过敌工部的一番教育，他老老实实地投降了。从此，十里堡这个据点便彻底掌握在了齐禹抗日政府的手里。后来，杨登俊在一次秘密会议时见到白光，跷了跷大拇指说："真如白队长所料，梁铁杆真成了梁麻秆。"

武工队的锄奸行动收到了明显的效果，他们先后惩治了孟超、康大头、梁立武等十几个汉奸后，齐禹一带的汉奸都不敢死心塌地给鬼子卖命了，好多人私下里主动给抗日政府提供情报信息。

不久，白光被冀鲁豫四军分区授予"战斗英雄"光荣称号。"白光"这个名字，在鲁西北一带，已经逐渐成为笼罩在鬼子汉奸头顶的阴影。这个名字，也越来越频繁地出现在松井的耳边。很多他不愿听到的消息，都伴随着这个名字出现。松井决定不惜一切代价抓到他。把白光抓住，对抗日武装是一个沉重打击，对瓦解老百姓的斗志也有不可低估的作用。如果能劝降他，为自己所用，那作用就更大了。他知道白光是当地人，熟悉地形，还有相当广的人脉，要想抓捕他，还得依靠当地的特务汉奸。他专门召见了当地势力最大的伪军团长李连祥，把抓捕白光的任务交给他办理。为了尽快抓住白光，他双管齐下，公然悬赏捉拿白光，一夜之间，齐河、禹城南部到处都贴满了悬赏捉拿白光的公告，赏金一开始是两千大洋，后来见没有效果，又涨到了三千，最后涨到五千。

33. 夜袭伦镇

　　一九四二年初冬，伦镇又发生了一桩惨案。那天伦镇大集，伦镇据点的鬼子忽然出动，在集上抓捕了五名壮年男子，以"通共"的罪名将他们杀害在伦镇南门外。后来白光通过侦察才知道，鬼子抓这几个人，主要是给本土刚刚派来的新兵练胆。这五个无辜的百姓死得非常惨，被几个小鬼子当活靶子练习刺杀，凄厉的惨叫声持续了一个多小时……

　　事后，白光接到上级命令，要坚决消灭驻扎在伦镇的鬼子，为乡亲们报仇，也为抗日军民提神打气。

　　伦镇由于交通便利，四通八达，镇上十分繁华，茶馆、饭店、杂货店等商铺林立。自一九三八年被鬼子占领后，伦镇一直驻扎着十几个鬼子，近百名伪军，并修建了据点，是方圆百里内驻军最多的镇子。当下，伦镇驻军的鬼子小队长名叫巡勇，是个十分残暴的家伙。他经常纵容手下抢劫民财，祸害百姓，公然调戏良家妇女，伦镇百姓对他们恨之入骨。伪军队长叫王学思，他对鬼子的行为无能为力，但经常约束手下的伪军，不让他们助纣为虐。

　　白光对伦镇的基本情况早就熟悉。他还通过进一步侦察了解到，巡勇不太相信伪军，每天晚上十点以后，都要亲自带队出来查哨，在镇上巡视一圈后，便找地方喝酒取乐。看到老百姓养的鸡羊猪狗，他们能偷则偷，偷不成就抢，百姓要敢阻拦，轻则一顿重打，重则会丧命。这群来自异域岛国的强盗，抢了东西后，在大街上随便找个地方，便杀鸡宰羊，点火烧烤，彻夜狂欢。酒后，更是狂妄无形，这种时候，如果有人不幸和他们遭遇，无论男女，都会受到他们的恣意侮辱和殴打。白光经过分析，感觉晚上十点以后这个时间段，恰是动手的好机会。为做到万无一失，白光事先化装成农民，在伦镇街转了一下，摸清了伦镇当下的地形和驻军情况。伦镇一共分东西南北四个门，东门墙最矮，有人搭把手拽着就能上去。从这里出入比较容易一些。镇里建有大围子、小围子和炮楼。大围子里住的是鬼子和汉奸组织的联帮会，由一些地痞混混组成。小围子住的是伪军，炮楼里驻扎着鬼子。每到晚上，联帮会就强迫老百姓出来轮流巡逻，让几个人拿着梆子围着城墙转悠，边敲边吆喝："平安无事了……"只要在短时间内把查哨的鬼子解决掉，伪军和联帮会就不敢出来和八路军对抗，脱身不成问题。

一个阴云密布的傍晚，天早早地拉下了漆黑的大幕。晚饭后，白光带领三区队的战士们，借着夜幕的掩护，悄悄来到伦镇附近的邵庄，在那里等待时机。到了晚上，天上下起了细密的小雪，且有越下越大的趋势。白光心里一喜，这种天气，鬼子一定会放松警惕，这真是老天帮忙。

十点一到，白光命令马五子带领一个排原地待命，负责接应。自己和王老黑带领一个排进入伦镇。此时，马五子已经当了三区队一排排长，王老黑是武工队的副队长兼三区队二排排长，儿时的两个伙伴，都成了他的左膀右臂，是能以命托付的战友。

白光等人全副武装，腰里掖着绳子，来到伦镇东门下。此时，伦镇东门紧紧关闭，周围一点儿灯光也没有。白光让王老黑过去叫门。

王老黑过去冲门上重重地拍了一掌，扯开大嗓门就喊："开门！快开门！"

岗楼里探出一个伪军的脑袋，没好气地问："干啥的？深更半夜的！"

白光说："老总，行行好吧，俺是邵庄的，有急病号去药房抓药。"

伪军又问："那你们村长叫啥名字？"

白光说："叫邵占青。"

站岗的一听对上了号，就说："城门晚上不能开，这是皇军规定的，让人用绳子把你拉上来吧。"

不一会儿，城墙上垂下一根绳子，白光拽着绳子，蹬着城墙，三两下就攀了上去。上了城墙，见拽绳的竟是两个衣衫褴褛的老人，他们都戴着草帽，一个拿着铜锣，一个擎着梆子。

白光见伪军缩在岗楼里没有出来，就把两个老人拽到一边，低声说："我们是八路，今晚来打鬼子的。"

两个老人互相对视了一眼，显得又惊又喜。白光见旁边有一间放杂物的小屋，就用手指了指说："一会儿你们都躲到这个屋里，千万别出来。"

一个老人说："这些天杀的畜类玩意儿，你们早该收了他们。"随后，他们主动帮忙，用绳子把战士们都拽了上来。

白光带着战士们一路潜行，来到镇中的月牙桥。这是一座拱形桥，是鬼子查哨的必经之地，地形十分适合打伏击。他安排一班埋伏在桥的左边，二班埋伏在桥的右边，自己带着三班隐藏在桥头，三个班形成一个口袋阵形，就等鬼子往里钻了。起风了，细密的雪花随风飘荡着，扑打在战士们的脸上，冰凉彻骨。战士们都像钉在自己的位置上，一动也不动。等了有一个钟头的时间，一阵沉重的脚步声传来，夜色朦胧中，十几个鬼子扛着枪过来了，刺刀的寒光在夜色中一闪一闪。

白光低声说："鬼子来了，准备战斗。"

一阵拉动枪栓的声音，大家都把右手食指放在了扳机上。鬼子毫无察觉，大摇大摆地走上了桥头，进入到"口袋"中。这时，一个闪电打过，照得大地亮如白昼。白光一眼认出，走在最前面的正是鬼子驻伦镇小分队的队长巡勇。时机已到，他忽然大喊一声："打！"同时扣动扳机，率先把巡勇撂倒在地上。

枪声、手榴弹爆炸声响起，鬼子们措手不及，当即就被打得晕头转向。这是一场近距离的射杀，鬼子都处于拱桥中间的最高位置，没有任何掩体，全部暴露在枪口之下，在武工队的三面射击下，还没来得及还击，就横七竖八地倒在了桥面上。

战斗很快就结束了，白光命令战士们抓紧时间打扫战场，带着缴获的武器弹药迅速撤离。

伪军队长王学思闻讯带人赶过来时，白光等人已经从东门撤出了镇子。王学思追上城墙，却不敢出城，只得盲目地乱打了一通枪。

白光站在射程之外，放开嗓子大喊："小子们，老子就是鬼子悬赏捉拿的白光，你们都是中国人，做事要对得起自己的祖宗，要给自个留条后路，不要再给鬼子卖命了……"

王学思和伪军们站在城头上，没有一个人敢出声，眼睁睁地看着白光等人消失在夜色中。

白光到邵庄和马五子会合后，为安全起见，决定先带战士们转移到小周庄休息，天亮后再回县政府。

34. 意外收获

雪停了，白光带着队伍，借着一地白茫茫的雪光向小周庄行进。离目的地还有七八里路时，打前哨的战士过来汇报，前方发现敌情：有五辆满载货物的大车在缓慢行驶，前后有押车的伪军三十多名。奇怪的是，这支车队既没有一点儿灯光，也没有马铃声，完全借助天光在黑暗中悄悄地行进。

白光敏锐地意识到，车上运送的肯定是重要物资。是什么呢？他忽然想起了县委领导曾叮嘱他的话："冬天马上就要来临了，许多战士还没有过冬的棉衣棉被，要伺机截获敌人的过冬物资……"这个时候运送物资，十有八九是过冬的衣被。他命令马五子带一个排包抄到车队后面，先绝了敌人的退路。他亲自带领二排埋伏在路两侧的水沟坡上。

这时，天已经放晴了，满天的星光洒下来，近处的庄稼和树木已能看到大体轮廓。随着一阵杂乱的马蹄声，几辆满载货物的马车影影绰绰地出现在路上。当车队进入伏击圈时，白光突然跳出来大喊一声："站住！你们是哪一部分的？"

随着喊声，战士们纷纷跃出水沟，持枪将车队围了起来。

押车的伪军头目名叫刘连元，是阎马庙据点的伪军队长。他奉命给伦镇的日伪军运送棉衣、棉被、军毯，因担心白天被游击队拦截，所以想趁晚上夜深人静，神不知鬼不觉地把这批物资运送到伦镇据点。起初，刘连元还以为是伦镇派出的游动哨，连忙下车说："兄弟是阎马庙据点的刘连元，护送军服物资到伦镇据点的。你们可是伦镇派来接应的？"

"你们辛苦了，把马车留下，你们可以回去了。"白光一听这批物资正是自己想要的，高兴得提高了嗓门。

"请问您是哪一部分的，怎么称呼？"刘连元已有些起疑。

白光"哗"地拉开枪栓，把枪顶在他的胸膛上："你认识武工队的白光吗？"

刘连元傻乎乎地摇了摇头说："听说过，没见过。"

白光说："趁你还活着，仔细看看吧，老子就是鬼子悬赏捉拿的武工队白光。"

刘连元一听，腿一软，原地打了个趔趄，他不断地打躬作揖："是白队长呀，久闻大名，兄弟十分佩服，车马物资都送给您了……"

一下子缴获了这么一大批物资，白光的心情像秋日的天空一样晴朗，他"哈哈"一笑："刘队长，老子是不是还要给你打个收条？"

"白队长说笑了……以后有用得着兄弟的地方，但凭驱使……"刘连元知道白光杀汉奸从不眨眼，一直提溜着一颗心，见白光和他开起玩笑，才稍微放松下来。

白光一想，阎马庙据点目前还没有武工队的联络员，正好把他用上，便大度地说："你这几车物资，就当将功赎罪了，今天先放你走，以后我会派人去找你。"

"太好了！谢谢白队长不杀之恩。"刘连元如逢大赦，当即带着他的人马向阎马庙据点方向逃去。

不多时，天亮了，红彤彤的朝霞放射出万道光芒，照在白光和战士们疲倦的脸上。他们赶着五辆大车，向县委驻地而去。

这真是不平凡的一夜。

伦镇伏击，歼灭鬼子十二人，缴获了十支步枪、一挺轻机枪、一把手枪，还有部分子弹、手雷。驻伦镇的鬼子小分队共有十五人，经此一役，只有当晚留在炮楼值夜的三个鬼子逃过了一劫。这一战打击了鬼子的嚣张气焰，对伪军也起到了很大的震慑作用。伪军队长王学思看到了武工队的厉害，思想发生了很大的转变。几天后，他委托自己村里的保长辗转找到白光，与抗日政府建立了关系，后多次向武工队提供鬼子的活动情况和行动计划，逐渐成为抗日战线的地下工作者。他们截获的那批物资，对齐禹县政府来说，无疑是雪中送炭，解决了大多数战士的过冬问题。

35. 独闯县城

白光头戴一顶麦秆编织的宽檐草帽，身穿粗布白上衣、黑裤子，脚蹬一双破旧的圆口布鞋，肩背一条破褡子，徒步走在去齐河县城的路上。正值九月，天高云淡，鲁西北平原上，到处是一眼望不到边的玉米和高粱。这些秋庄稼都举着紫红色、粉红色、橘黄色的缨子，在风中轻轻摆动，空气里飘荡着庄稼特有的甘甜气息。

白光将帽檐压得很低，贴着路边大步疾行，裤脚带起的风翻动着路边的落叶"哗啦啦"直响。他看着遍地郁郁葱葱的玉米，心情逐渐晴朗起来。用不了多久，这些玉米就能成熟了，乡亲们都能吃上新鲜的玉米窝头了。只是到了丰收季节，就怕鬼子再出什么幺蛾子，把乡亲们到口的粮食抢走。县城越来越近了，此次的任务非常艰巨，使他感觉到了从未有过的压力……

这是一九四三年的初秋。在此前一年多的时间里，白光带领武工队的战士们展开了频繁的活动，对齐禹境内的伪军进行教训和惩戒，还铲除了几个铁杆汉奸，收到了明显的效果。尤其是夜袭伦镇一战，伦镇据点的鬼子小分队几乎全军覆灭，为乡亲们报了仇，还大大增长了齐禹抗日队伍的士气，也给了鬼子沉痛的一击。这一战还有一个意外的收获，就是伪军队伍有了较大的骚乱，伦镇据点一夜之间就有十几个伪军携带枪支不知去向。各个据点的伪军，大多数收敛起以往的嚣张，不再真心为鬼子卖力，睁一只眼闭一只眼地在鬼子那里混日子。还有相当一部分伪军被抗日政府争取过来，为抗日武装行方便。因为没有了汉奸的支持，鬼子就成了瞎子和聋子，像被困在笼子里的野兽，干着急却无法行动。为摆脱这种困境，松井向驻济日军五十九师团细川忠康求援。为了稳定鲁西北的形势，巩固他们"长治久安"的梦想，细川忠康很快就向齐禹一带增兵，派雄永和大岛两个中队来到齐河城。这两个鬼子中队长是日军中著名的"以华制华"专家，他们来到后，首先要在齐禹一带进行联防和清乡。齐禹抗日政府得知这一消息后，为掌握鬼子详细的增兵意图和具体行动计划、武器装备等情况，决定派白光进城侦察，获取情报。此时，原敌工部部长李祥已出任齐禹县委书记，孙致远因工作需要调往外地，由县委委员杨诚接任县长。李祥担任敌工部部长期间，多次安排白光执行任务，他完成得都非常出色，因此对他充满了信心，只要有"难剃的头"，首先会想到他。

　　为了完成这项任务，白光提前做了很多准备。他先后三次化装成农民来到齐河县城的周边，缜密侦察，多方打探。齐河县城的防守非常严密，县城四个角都有敌人把守。敌人在各个城门都设了三道岗哨，对进城的人员进行严格盘查。本来，他在县城里有个单线联系的内应，名叫马传章，在东北街开锅饼铺。马传章的弟弟在齐禹抗日三区队一排当班长，马传章多次去看望弟弟，和白光熟识后，被白光发展为地下工作者。但最近由于生存环境的恶化，三区队经常换地方，他们已经失去联系好几个月了。这期间，马传章很可能来找过他们，但肯定是找不到。当前，白光想联系他，却进不了城。怎么办呢？感到走投无路的白光，忽然想起一个人——崔万代，他不是给松井当翻译去了吗，让他帮忙进城还不是小菜一碟？由崔万代，他想到了军统的陈江南，他们一定有联系方式。

陈江南的云雾茶馆被鬼子抄了之后，又在袁营街上开了一家日升杂货店。上次崔立轩给儿子崔定国烧"五七"的信息，王老黑就是在这个杂货店和他取得联系的。后来他得知，陈江南因为血洗了崔家大院，不但有了政治资本，还有了上下活动的本钱，竟通过关系挂上了戴笠，得到了上峰的重用，联络站又开张了。他当即安排王老黑去联系陈江南，让他帮忙联系崔万代。王老黑不到半天就回来了，带回消息：陈江南已经潜入齐河县城，另设了一个联络点。但留守杂货店的特务答应把白光的要求转达给他们陈站长，让白光等待消息。

接下来就是难熬的等待，一直等了七八天，把白光的心都快熬焦了，终于等来了消息：鬼子明天要在齐河县城西北角召开一个万人大会，目的是强化他们的治安，为反对共产党、八路军做宣传……这是一个进城的好机会。

这一次，白光决定单独行动。在当前这种风声鹤唳的严峻形势下，两个以上成年男子一起出现在一个陌生的环境中，很容易引起敌特的怀疑。

天近午时，白光来到县城北门。远远地，他就看到几个鬼子和伪军在门口盘查进城的行人。他们查得非常严，随身带的包袱、箱子、筐篓都要翻个底朝天。白光腰里别着两把"二十响"，即使人能混进去，枪也没法带。

　　白光围着城外转了一圈，发现每个门都有两个鬼子、四个伪军把守，戒备森严。他又转回到北门时，天已过晌，肚子饿得"咕咕"叫了。

　　北门外有三家饭店，离门最近的一家叫迎宾饭店，白光走进去，在一个靠窗的位子坐下。

　　伙计过来擦了擦本已非常干净的桌子，殷勤地问："这位小哥，来点儿什么？"

　　白光点了一个红烧茄子、一壶老酒，一边品着酒，一边透过窗子观察着城门口的情况。

　　下午两点多的光景，两个伪军出现在北门外，其中一个敲着一面铜锣，边敲边扯着公鸭嗓子吆喝："乡亲们，请大家都进城开会，到西北角集合，皇军要训话！"

　　随着伪军的吆喝，城外的老百姓从各个饭店、茶馆、小吃摊、树荫下慢慢拥出来，汇成一股人流，拥向县城门口。

　　白光结了账，不急不缓地从饭店溜达出来，混入人流中。到了城门口的岗哨前，所有的老百姓都给值勤的两个鬼子敬礼，鬼子点点头，就放行了。当挨到白光时，他也毕恭毕敬地给鬼子敬了个礼，一个鬼子居然冲他龇了龇黄牙，就把他放了进去。白光随着人流，顺着城墙往西北走。三三两两的人从城内的各个小巷中拥出来，不断汇入到人流中，人越来越多。

　　西北角的会场上，早就搭起了一个半米多高的台子，有戏台大小。台子上方横挂着一个红布条幅，上面用黑字写着"齐河县万人治安联防大会"。台下人声鼎沸，非常拥挤。上百荷枪实弹的日伪军在人群的外围警戒，几条军犬在铁链的束缚下，不断向人群狂吠，现场气氛非常恐怖。

一个身材矮小、穿着米黄色军装的日本军官，双手按着指挥刀站在台子正中。白光看到他那张死尸般惨白的瘦脸和那双猫头鹰般阴森的黄眼珠子，顿时血脉偾张，多年前他屠杀伦镇乡亲的情景从脑海里风一般掠过……还有大秋中枪的那个瞬间，他颤抖的双手不由自主地摸向腰间……

忽然，一个伪军过来推了他一把，呵斥道："别杵在这里像根竹竿子，往前站往前站……"

白光如梦初醒，赶紧垂下双手，不动声色地走到前面。

那军官正是鬼子驻齐河县城的最高指挥官，日军中队长、陆军大尉松井。他双手按着指挥刀，"叽里呱啦"地吼了一通后，身后闪出一个戴金丝眼镜、穿西服的中国人，他翻译道："松井太君讲了，近来八路活动得厉害，对皇军圣战大大地不利，为维护治安，皇军要成立联庄会，几个村一起联防，保甲连坐，哪个村一有情况要马上报告，知情不报的和窝藏八路游击队的，统统都要枪毙……"这个翻译，正是白光要找的崔万代。他一边大声吆喝着，一边用眼睛在人群中来回逡摸，无意中看到了白光，吓了一跳，不由自主地闭上了嘴。白光暗暗冲他一笑，示意他继续。

这时，松井冲台子后面招了招手，几个日本宪兵押上来三个衣衫破旧的男人，他们被硬摁着，跪在台上。白光仔细看了看，其中一个他认识，是刘桥炮楼的一个伪军头目，名叫沈二虎，去年刚被白光争取过来的。松井指着那三人"叽里呱啦"地叫了一阵，然后一挥手，台上的日本宪兵都举起枪，准备射击。就在这个节骨眼上，沈二虎忽然看到了站在前排的白光，忽然站起来大喊："我要立功！武工队的白光在这里，就在前面……"

松井一听，又惊又喜，赶紧过来问沈二虎："快说，是哪一个？说出来重重有赏！"

但沈二虎被反剪着双手，无法指认，只能朝白光的方向努了努嘴。

白光后退几步，隐身到人群中，掏出驳壳枪，冲天上连开三枪，大声喊："八路军进城了！乡亲们赶快跑！"

枪声一响，人群立时大乱，数千人四处乱逃，鬼子根本控制不住。白光被裹挟在人群中，从容地离开了会场。

白光混在惊慌失措的人流中，贴着城墙根往北急走，他想找一个僻静的地方隐身，一会儿搞清楚崔万代去哪里，再找机会和他见面。他还没找到藏身的地方，迎面过来一个人，他冷眼一瞅，暗暗吃了一惊。此人竟是以前被捕叛变的通讯员张钧山。此时，两人已相距不到两米，想躲是来不及了，他赶紧把草帽往下拉了拉，盖住了半张脸。两人擦肩而过时，张钧山警觉地瞟了他一眼，忽然停下了脚步。

白光明白，他认出自己了。毕竟，两个人太熟了。白光干脆把草帽一摘，转过身来，大大方方地冲张钧山一笑："好久不见，老兄活得挺滋润呀。"

张钧山吓得双腿发抖，但他强撑着，脸上硬挤出几分苦笑，小声问："你怎么进来的？果然是神通广大呀。"

白光用草帽扇着风，微微一笑说："老子在乡下混不下去了，来寻你讨碗饭吃。"

张钧山这时也稳下心来，忽然想到在这里白光奈何不了他，胆子立时壮了不少，他两只眼珠子飞快地转了几圈，打着哈哈说："好呀，咱们毕竟兄弟一场，这个忙我肯定帮，跟我走吧。"

白光说："我还有点儿别的事，一会儿去找你。"

虽然大批的鬼子和伪军近在咫尺，但张钧山不敢喊人，更不敢强迫白光跟他走。张钧山太了解白光了，知道他出枪快，枪头子也准，担心一旦惹毛了他，他会不计后果地突然出手发难。那时，身边纵有千军万马，也救不了自己的命。张钧山一见脱身有望，当即顺水推舟："那你忙完了，去北城门找我吧，我请你喝酒。"

两人拱了拱手，一起转身，反向而行。

张钧山害怕白光会冲他背后开枪，转过身后就一溜小跑直奔城门。

白光断定张钧山肯定会立即向鬼子报告，他也脚下加紧，盘算着先找个地方隐藏起来，再寻找机会出城。果然，他刚到东门附近，就听见岗楼里电话铃响，一个伪军进去接电话，不消一刻便出来，紧张地吹响了哨子，然后大声喊："紧急通知，八路进城了！白光进城了！关紧城门，全城戒严……"

在两个伪军的推动下，城门"吱呀呀"发出一阵难听的摩擦声，就"咣当"一声关上了。白光明白，这时候，其他城门肯定也会陆续关闭，暂时是出不去了。他拐进一条小巷，沿着路边急急地奔向马传章的锅饼铺子。眨眼的工夫，街上就乱了套，马队、摩托车、自行车发疯似的来回穿梭，吆喝声、哨声响成一片……

36. 险象环生

远远地，白光看见一个人弓着腰，在马家锅饼铺门前张望。不用细看，那人肯定是马传章了。他因为常年劳累，早早成了罗锅腰。马传章看到白光，紧跑几步迎上来，把他拽到院子里。关上大门后，马传章才问："白队长，你是怎么进来的？街上这么乱，是要抓你吗？"

白光"哈哈"一笑说："刚混进来就遇上了老朋友，没想到鬼子这么热情，弄出这么大的阵势来欢迎咱。"

见他说得这么轻松，刚刚还十分紧张的马传章顿时放松下来。

两人都坐下后，白光问："听说鬼子现在增兵了，你知道具体情况吗？"

马传章说："增兵的事还没听说，以前一直有百十个鬼子驻扎，还有一个三十多匹马的骑兵大队。"

这已是过时的情报了，鬼子一定对兵力调动情况严加保密。白光想：这事儿离了崔万代还真不好办……但当务之急是先过鬼子搜捕这一关，就对马传章说："我得先找个地方藏起来，鬼子早晚会搜到这里。"

马传章东张西望了一下，指了指屋里的那张大床说："那就委屈你，先到床底下躲躲吧。"

白光摇了摇头说："不行，床底下是鬼子必定要搜查的地方。"

马传章急忙把他领到后院里，指着一排盛水的大缸说："要不你蹲在缸里吧，我给你盖上盖子。"

白光看了看，又摇摇头说："这儿太显眼，鬼子一定会搜。"

这时候，鬼子和伪军在旁边院子里搜查的摔打声、呵斥声已经传了过来，马传章急得在原地打转，额头上冒出了密密麻麻的汗珠子。

白光跑到后院，发现门前立着一领炕席，立即拿着席进了后屋。

就在这时，大门"咣当"一声被撞开了，两个鬼子带领着一群伪军蝗虫般蜂拥而入。果然不出白光所料，他们先搜查了床底，把床板都掀了起来。院里的每口大缸都被揭开盖子看了。前面的门市和后院都翻箱倒柜地搜了一遍后，又来到了后院的堂屋里，找了一遍无果后，连锅也从锅台上端下来，朝灶肚里瞅瞅，一个鬼子还拿刺刀捅了几下。马传章提着一颗"突突"乱跳的心，看着鬼子折腾了半天，把屋里屋外破坏得一片狼藉，也没找到白光的影子，心下稍安。

鬼子和伪军一无所获，就吵吵嚷嚷着奔向下一家了。

听到鬼子走远后，马传章在屋里院里转悠了好几圈，也没见到白光的影子，不由嘟囔道："人呢？难道上天入地了……"

忽听到白光的声音："鬼子走远了吗？"

马传章四下里看看，没有人影，声音是从哪里传来的呢？

"我在这里呢。"

马传章这才注意到，锅台上竟然竖着一领席，声音是从席里传出来的。他松了口气说："好险啊，白队长，你这一招真是出其不意。"

原来，白光把那领席子卷成席筒，用草绳捆了，拿到后屋从上到下套在身上，跳上锅台，靠墙角站在了那里。敌人在锅台前转来转去，把锅都端了下来，可是谁也没有注意到这领席内藏着人。当时，白光透过席子的小孔看到鬼子就近在眼前，他屏住呼吸，一直紧握双枪注视着敌人。

白光从锅台上跳下，钻出席子，风趣地说："鬼子没发现我，算是捡了便宜，真要发现了，我在席里也能撂倒他几个，肯定不会亏本。"

马传章擦了擦额头上的冷汗说："白队长，你真不愧是大名鼎鼎的神八路，我算彻底服你了。"

当下，马传章把后屋的门关了，两人躲在里面喝茶。下半晌的时候，马传章让伙计弄来一碟水煮花生米、一碟猪头肉，还有两个青菜，两人喝着马传章自酿的"地瓜烧"打发时间。

天慢慢黑下来了，外面也渐渐没了动静，估计是鬼子和伪军折腾一天没有收获，就偃旗息鼓了。白光知道今天晚上鬼子肯定会严密防守，这个时候去找崔万代，风险太大了，当晚就歇在了这里。

第二天一早，白光安排马传章去日军司令部找崔万代，并嘱咐他提前买一些嫩棒子带上，就说是他家里人让捎来的。为了规避锅饼铺暴露的危险，他把接头地点定在了巷口的碧螺春茶馆里。

马传章去了两个多小时才回来，他告诉白光，崔万代现在很忙，他在司令部门口等了好长时间崔万代才出来，已定好中午十二点在碧螺春茶馆见面。为了防止有变，白光告别马掌柜，早早地来到碧螺春茶馆，在二楼一个靠窗的位子上坐下。这个位置，可以透过窗户俯瞰整条小巷。他要了一壶上好的碧螺春，边品茶，边耐心地等待着崔万代。

白光从来没喝过这么好的茶，一杯下肚，香气从胃肠翻了个滚儿，感觉肚子热乎乎的，非常舒适。白光平时花钱非常节俭，但今天注定是崔万代付账，他挣的是鬼子的薪水，就点了一壶最贵的。茶上来不久，伙计又端上来一碟南瓜子、一碟煮花生，说是随茶赠送的。

还不到十二点，崔万代就连跑带颠地拐进了小巷。白光居高临下，仔细观察了一下，他的背后没有"尾巴"。直到他进了茶馆，传来上楼的声音后，白光又扫了一下整条巷子，并没有可疑的人，这才关了关窗户，仅留了一条缝隙。

崔万代满头大汗地站在白光面前，狗歇凉般大口喘着粗气。白光示意他坐下，他端起茶壶，给白光满了一杯茶，才慢慢在白光对面的椅子上坐了半个屁股。白光端起茶壶，给他倒了一杯茶。崔万代火烧屁股般赶紧站了起来，双手捧起了茶杯，嘴里连说："不敢当不敢当。"

为了让对方放松下来，白光笑哈哈地说："老弟别客气呀，喝的是你的茶，我早就是个身无分文的穷光蛋了。"

果然，崔万代紧绷的神经马上放松下来，他连连点头说："应该的应该的，大哥来到城里，一切用度都由小弟承担。"

白光示意他喝茶。崔万代象征性地抿了一口，压低声音说："大哥这次进城，把整个齐河城都闹翻天了，从昨天我就提溜着一颗心。"

白光冷笑道："昨天在联防会上，你挺威风呀。"

崔万代吓得一激灵，马上又站了起来，脸都白了："大哥，那也是没办法的事——"

"好了，我明白你有难处，不说这事了。"白光打断他，"我来是为了弄清鬼子的增兵情况。"

崔万代告诉白光，最近，驻济日军五十九师团细川忠康派进齐河城两个中队，中队长分别是雄永和大岛，都是田坂旅团的部下，番号是"三角部队"。目前，城内已集结了三个中队的鬼子，有近六百人。当前，还在调集长清、禹城、高唐、茌平的日军，准备采用铁壁合围战术，对齐禹根据地进行一次拉网大"扫荡"……

"你提供的情报太重要了。"听完崔万代的介绍，白光站起来，向他抱了抱拳，"我回去后一定给上级汇报，给你记上一功。"白光觉得，得鼓励一下崔万代，像陈江南那样用恐吓手段逼他就范，他不会真心效力，弄不好还会发生意外。

崔万代听了白光的表扬，兴奋得眼珠子都烁烁放光，他赶紧站起来说："白大哥，只要你相信我，兄弟绝对会不遗余力地效劳。"

白光又问了问陈江南的情况，得知他一直在这一带频繁活动，拉拢各种武装，壮大自己的势力。白光嘱咐崔万代，以后他的一切行动，都要对陈江南保密。

崔万代说："我明白，他和你不是一路人。"

两人分手前，崔万代问："你什么时候出城？我送你。"

白光摇了摇头说："只要我自个儿能办的事，就不用你出面，这是对你的保护，你也要保护好自己，尽量少和陈江南见面。你只有安全地留在这个位置上，才能为抗战多出力。"

白光一席话，让崔万代感受到亲人般的温暖，这在陈江南那里从未有过。他连连点头："白大哥，我会小心的，放心，我永远都是你们的人。"

后来的事实证明，这个胆小如鼠的家伙，眼光还是不错的，他选择站在白光这边，为自己和家人铺了一条平安大道。鬼子投降后，当地政府清算汉奸时，白光出面保全了他，并在政府给他谋了一个文史委员的职位。禹城解放后，在白光和上级组织的保护下，崔万代一家都平安度过了"土改"等运动。而同样身为地主的崔立轩，因选择了当汉奸这条路，和鬼子、李连祥等反动势力为伍，最后落得家破人亡。

白光回到马家锅饼铺，在后屋里一觉睡到天黑。

马传章准备好了饭菜，才将他叫醒。正要给他斟酒时，白光摆了摆手说："不喝酒了，我今晚必须出城。"

马传章说："外面查得这么紧，走得了吗？"

白光说："你给我找一扇门板，其他的事就不用管了。"

晚上十点后，白光一只手扶着肩上的门板，另一只手拿着一把三齿，借着夜色的掩护，悄悄穿过小巷，来到城墙下。他把门板斜靠在城墙上，后退十几步，忽然发力往前猛跑，纵身跃上门板，然后用力往上一纵身，用手里的三齿钩住城墙，身子往上一蹿，就上了城墙。他将三齿扔回城内，然后跳进了城外的护城河里。

虽是初秋，夜晚的河水已冰凉彻骨。白光打了个冷战，想打喷嚏，赶紧将脸沉入水中，在水中打了个痛快的喷嚏，差点儿呛了水。此前他在侦察敌情时，知道鬼子在河里放置了很多树枝和挂雷，稍不注意就会引爆。他顺着护城河，一边慢慢向北游动着，一边小心地清理着隐藏在树枝里的挂雷。城墙上不时有巡逻的鬼子和伪军经过，还有人拿手电筒往河里探照。逢这时，白光即深吸一口气，沉入水中，待人都走了后再浮上来。他游了一个多小时，到了齐河城的北关，已经出了巡逻的范围。他停下来听了听，四周静悄悄的，就悄悄地爬上了岸。没想到，他在岸上刚直起腰来，就听到有人喊："干什么的？"

三个人影从河边的树林里走了出来。

白光一惊，迅即从腰里拔出双枪，同时打开了保险，反问道："你们是干什么的？"

对面有一个尖细的声音答道："我们是北关警察所的……"

"老子是武工队的白光，半夜三更的你们咋呼个屁？活腻歪了？"

对方马上就哑了口，三个人慢慢向树林里退去。

白光喝道："你们都是中国人，不要死心塌地为鬼子卖命了，他们是秋后的蚂蚱蹦跶不了几天了，还是给自个留条后路吧。"

这时，那个细嗓门压低声音说："白队长，怪小人有眼不识泰山，您老自便吧，我们啥都没看见。"三个人隐入树林不见了。

白光选择这个地方上岸，是有原因的。北关警察所北边，有一所华泰药房，是武工队的地下联络点。为了避免华泰药房暴露，白光待那三个伪警察的脚步声远去后，摸黑转到后门，按照以前约定的惯例，按一缓两急的节奏敲了六下门。不一会儿，里面传来一个声音："是白队长吗？"

白光轻轻"嗯"了一声。

里面的人接着说："我刚才听到你说话了，真解气呀，那些二鬼子平时耀武扬威的，见了你马上就成了孙子。"说着话，门开了，白光一看，正是地下联络点的负责人——药房经理李登峰。

李登峰找了一身干爽的衣服，白光换上后，连夜赶回齐禹县委驻地，向县委书记李祥做了汇报。李祥当即命令警卫员把杨诚等在驻地居住的委员们从睡梦中叫醒，大家紧急协商后，以最快速度汇报冀鲁豫四地委。第二天，地委根据这一情报，迅速做出了反"扫荡"的应变部署。

37. 敌营擒叛

白光愁眉苦脸地坐在桌子前，看着面前的一杯浓茶发呆。李祥交给他一个任务，让他写一份进城侦察的书面报告，要向军区给他请功。他不精此道，觉得这比上战场杀鬼子要难上百倍。明明事情都在心里装着，但就是落不下笔。他一会儿坐在桌前苦思冥想，一会儿在屋里驴推磨般打转转，苦熬了大半天，才写下几行歪歪扭扭的文字。回想整个进城侦察的过程，他觉得后背一阵阵发凉：这次进城，若不是有马传章的锅饼铺，再加上自己的随机应变，弄不好就成鬼子的阶下囚了。虽然最终有惊无险，但不能不说有很大的侥幸成分。他在屋里憋了整整一天，报告没写成，却有一个强烈的念头涌上心头——必须尽快解决张钧山！这个叛徒对武工队的威胁太大了。

白光通过华泰药房的李登峰了解到，张钧山在齐河城和他不期而遇后，虽然受了点儿惊吓，却也来了官运。松井为表彰他举报白光的功劳，提拔他当了齐河县北关警察所所长。他新官上任，为了博取鬼子的赏识，进一步升官发财，加强了辖区的治安，在每个村都安插了眼线，还经常深夜带人闯进民宅进行突击搜查，发现稍有可疑的人，就带回去关押审讯，乘机敲诈勒索，搜刮民财，搞得北关附近鸡犬不宁，百姓怨声载道。

九月的天气，天高云淡，风清气爽。一大早，齐河县城的北门来了七八个农民，他们聚在城门口，吵成一片。

一个胖胖的伪军走过来，横眉怒目冲他们举枪瞄准，想把他们吓走。但这几个农民却不听邪，口口声声说是城北迟庄的人偷了孙庄的庄稼，还打死了人，他们要进城打官司。

一听说要打官司，胖子认为发财的机会来了，对他们说："打官司不用进城，我们这里就专管这事。"他手脚麻利地把城门打开，将他们"请"进城内。进了警察所，胖子命令这些农民一字排开，靠墙根蹲着，板着脸说："我们张所长正在用早餐，等一下就来审理你们的案子。"农民们很配合，都规规矩矩地蹲在墙根下，一动也不动。

大约有一袋烟的工夫，张钧山头戴大檐帽，身穿黑制服，腰挎武装带，迈着四方步跨进办公室。那个胖子还及时地喊了一声："所长到——"

　　张钧山满意地笑了笑，仰坐在皮转椅上。他脸朝着屋顶，看都没看蹲在墙根下的几个人，慢腾腾地问道："你们大早晨的就打官司，还让不让人活了？"

　　胖子也在一旁搭腔："打官司是要交钱的，你们谁是原告？先把诉讼钱交上吧。"

　　这时，一个健壮的男子从墙根下站起来，笑吟吟地对张钧山说："张所长，老子就是原告，你想要几颗枪子？"

　　张钧山一听声音，"噌"的一下坐直了，汗水马上就从额头上渗了出来——他没听错，这个熟悉的声音正是他最不想见到的那个人。他张了张嘴，下意识地喊了一声："来人——"北关警察所里共有七名警察，他们听到所长召唤，以为和平时一样，要对这伙泥腿子动刑，都恶狗抢食般蹿了进来，把白光围在了中间。

　　白光用手一指张钧山说："老总们，你们看清楚了，今天我要告的就是他。"说着话，双手往后腰里一伸，变戏法般掏出了两把匣子枪。警察们还没醒过神来，后面的那些"农民"忽然都拔出手枪，将他们围了起来。

　　胖子刚想掏枪，一个黑洞洞的枪口就插在了他的太阳穴上。"不许动，谁动谁先死。"

　　变故来得太快，也太出人意料，张钧山和警察们只能束手就擒了。

　　白光冷冷地说："张钧山，上次你说请老子喝酒，不想花钱就算了，回头却报告给了鬼子，全城搜捕我，良心大大坏了呀。"

张钧山抹了一把头上的汗水说:"白队长,你误会了,上次绝对不是兄弟的事,请无论如何再给我一次机会……"

白光知道他诡计多端,想拖延时间,就收起枪,拔出腰里的匕首,刀锋横在他的咽喉上说:"今天老子来,一是祝贺你荣升所长;二来是请你出城办案,为民做主。"

"白队长,城门口那么多兵,就是兄弟想跟你走,也出不去呀。"张钧山脸色变得惨白如纸。

"你少给老子来这一套,今天要是真出不去,你就算活到头了。"白光把雪亮的匕首在他的眼前晃了晃。

"别,别……别这样,我配合,配合……全听你的……"张钧山吓得话都说不囫囵了。

白光知道他并不死心,盯着他的眼睛说:"张钧山,一会儿出城的时候,你要是敢给老子耍花招,明年的今天就是你的忌日了。"

张钧山说:"兄弟不敢,只求你看在咱们以前的情分上,饶兄弟一条命。"

白光说:"那要看你的表现了。"

白光命令战士们把几个伪警察的枪栓都卸下来,把枪还给他们,子弹袋也让他们背在身上。王老黑把电话机也给拽了下来,裹在褡子里,背在肩上。

白光押着张钧山走在最前面,后面的人都排成一队,鱼贯而出。每一个全副武装的伪警察后面都跟着一个武工队战士,他们的枪都敞开了机头,在口袋里对着前面的伪警察。白光一边走一边小声警示着:"老子的枪口可对着你呢,你要小心着自己的狗命……"张钧山连连说:"知道知道,您可别走了火……"

城门口的警卫们见张所长带着这么多人出城,以为和平常一样,带队下乡抓人呢，都没起半点疑心，还冲他打了个敬礼。

白光将张钧山等八个伪警察押到了县委驻地，关进了临时监狱，让他们和崔安邦、康大头去做伴了。

38. 杨桥激战

为了避开松井"清乡行动"的锋芒，白光把骑兵都带到小周庄一带隐蔽休整。经过两年多的发展，骑兵班先是扩充为骑兵排，现在已经成为骑兵连了。他的发小、生死兄弟王老黑担任了副连长。在休整的间隙里，他召集了一个秘密会议，参会的都是分布在三区的地下工作人员。会议内容主要是针对鬼子的清乡计划，让大家最近都进入"休眠"状态，在接到上级命令之前，不要有任何行动，以安全"度"过鬼子的这次大"扫荡"……凤娥还是负责给大家烧水、倒茶，像一只快乐的小燕子般在院子和屋子之间穿梭。白光已经好几个月没来这里了，她内心的喜悦无法言说，只有忙活起来才能表达和释放。

在这非常时期，为了避开鬼子的眼线，这次会议的报到时间是晚上十点。大家平日里见不到白光，要说的话很多。会开到黎明时分，大家意犹未尽。这时，在外面放哨的韩明理带着一个满头大汗的男子闯进来。白光一看，来的是县委的通讯员小于，心里"咯噔"了一下，一种不祥的预感突袭而至。

果然，小于一见他就急火火地说："白队长，鬼子把县委包围了，你赶紧去救人……"

原来，今天凌晨，鬼子突然包围了县委驻地杨桥。幸亏，哨兵及时发现，鸣枪示警，在睡梦中惊醒的警卫连战士们及时投入了战斗，在驻地周围形成了保卫圈，才没让鬼子冲进去。目前鬼子已经把县委机关人员全部围在杨桥，警卫连正拼命支撑着，危在旦夕……县长杨诚知道事情不妙，在鬼子形成合围之前，就派小于和小马各骑一匹战马冲出来求援，小马刚冲出包围圈就中弹摔下了马背……

白光马上让王老黑集合队伍，火速驰援杨桥。

临出门时，凤娥忽然抓住白光的衣襟说："哥，我等你回来。"

纵使当下是十万火急的时刻，白光还是感觉心里热了一下，他郑重地看了凤娥一眼说："好，我一定回来。"随后飞身上马，大喊一声："出发！目标杨桥！"

骑兵连风驰电掣般向杨桥飞奔，掠过一片片葱郁的庄稼地、一个个土黄色的村庄，急促的马蹄声踏醒了鲁西北平原的黎明。村庄的狗受到惊扰，接二连三吠叫起来，霎时间连成一片。

队伍刚来到杨桥附近的担仗河边，就被鬼子的外围发现，双方立即交上了火。指挥这次偷袭行动的是刚刚从济南调到齐河的鬼子中队长大岛。他是有备而来，纠集了日伪军三百多人，还携带了大量的重火力武器和充足的弹药。

炮弹接二连三地在白光身边爆炸，有几匹战马被炸伤，发出凄厉的惨叫。密集的子弹在身边"嗖嗖"飞过，把河边的草丛和灌木都削平了。骑兵连只有三挺轻机枪，三个掷弹筒，十几支冲锋枪，其余的都是"汉阳造"步枪，武器人数都不占优势。白光明白，他必须展开猛烈攻击，鬼子才会把大量的兵力投入过来，县委的机关人员才有机会突围。他命令部队散开，让一排和二排分别从担仗河的上游和下游过河，迂回包抄，自己带领三排正面攻击，给鬼子造成一种和警卫连里应外合，对其进行反包围的假象，吸引鬼子的兵力，减轻警卫连的压力。由于鬼子的注意力都集中到了警卫连和白光这边，一排二排很快过了河，攻击鬼子的两翼。白光带领三排从正面突击，密集的子弹呼啸着射入敌群。警卫连看到援军，顿时也有了底气，加强火力往外反攻，使鬼子的主力陷入了四面挨打的状态。大岛见势不妙，不得不回撤包围在县委驻地周围的兵力，来给主力解围。警卫连瞅准这个机会，保护县委机关人员从驻地东边撕开了一个口子，冲出了包围圈。

白光知道，现在还不能撤，要尽可能地拖住鬼子，以保障县委机关人员撤离到安全地带。

大岛以为遭遇了八路军的主力，整合武器兵力，全力向骑兵连攻击。战斗从旭日东升打到日上三竿，骑兵连的伤亡人数已经过半。白光带领骑兵连且战且退，鬼子已经攻过担仗河，以人数的绝对优势渐渐压上来，即将形成三面合围之势，形势十分危急。就在这时，县委通讯员小于骑马赶过来，来到白光面前，他飞身下马，打了个标准的敬礼："报告白队长，县委机关已转移到安全地带，你们可以撤了。"话刚说完，一颗子弹就击中了他的头部，他一声都没吭，一头栽倒在尘土中。白光来不及悲伤，多年的战斗生涯，他见惯了生死，已记不清有多少兄弟战友在自己身边倒下去了。这时，双方已经形成胶着状态，鬼子死死咬住不放，想撤也不是那么容易的。

白光命令王老黑："你带领一排二排和所有的伤员先撤，我留下三排来做掩护。"

王老黑急道："你先撤吧，队伍离了你哪行！"

"不要啰嗦了，再不撤就都走不了了。"见王老黑还在犹豫，白光加重语气说，"这是命令！"

王老黑知道拧不过他，只好命令把所有的伤员都扶上马，带领两个排向后方撤去。临走，他嘱咐三排长马五子："一定要把振江保护好。"

三排只有十几个战士了，除了特意留下的三挺轻机枪，其余的都是步枪。他们退到一片小树林里，在白光的指挥下，奋力阻击十倍于己的日伪军。敌人的炮弹和子弹狂风暴雨般向他们倾泻过来，周围的小树和杂草都燃烧了起来。战场上火光四起，硝烟弥漫。接连有几个战士中枪，从马背上摔了下来，无主的战马嘶鸣着在烟雾中奔跑。

白光估计王老黑他们已经走远，正想命令撤退，忽然感觉右臂被重重地推了一把，当即从马背上摔了下来。他挣扎着想爬起来，忽然发觉右手不听使唤了。他的右臂中弹了，血很快浸透了衣袖。

马五子过来想把他扶起来，白光摇了摇头，语气凝重地说："马五子，你听好了，马上带人撤退，再不撤就来不及了。"

马五子的泪一下就涌了出来："我们死也不会扔下你的。"

白光焦急地说："你们不走也救不了我，只能陪着一块儿死，咱什么时候做过这种赔本的买卖？"

马五子也是久经沙场的战士了，他明白白光说得有道理，他也相信以白光的能力，应该可以自保。他含着热泪，对三排仅存的七八个战士下达了撤退的命令。

白光四下里扫视了一下，发现不远处有一口井，就忍着剧痛爬过去，往下一看，井里乱草丛生，看不到水光，应该是口枯井。他脱下军装，把双枪包在衣服里，扔到了井里。然后他咬紧牙关，拼命向战场的外围爬行。枪声已经停了，鬼子的脚步声越来越近，他失血过多，意识越来越模糊，但他仍然坚持往外爬，离那口井越远越好……不知什么时候失去了知觉……

39. 监狱脱险

时间在白光的意识里丧失了。不知过了多久，他从混混沌沌中醒来时，首先闻到了一股刺鼻的酸臭味儿，他觉得浑身像散了架一般软弱无力。他想睁开眼睛，眼皮却像被什么粘住一样，怎么也睁不开。他侧耳倾听，周围有杂乱而沉重的鼾声和呼吸声。他慢慢明白了：这一定是在监狱里。他活动了一下手脚，右臂一阵彻骨的疼痛，让他一下清醒了许多。他用左手揉了揉眼，扒开眼皮，慢慢看清了眼前的情况。这是两间平房，只有一个人头大小的窗口透进微弱的光亮。他忍着痛，用左手支撑着爬起来，倚在一面墙上，借着朦胧的光线，依稀看到屋里有十几个人，有的倚坐在墙边打盹，有的躺在地上鼾睡，还有的蹲在墙角低头抽泣……

白光清楚了目前的处境，一边闭目养神，一边想着脱身的办法。屋里的人多数应该是老百姓，鬼子把他和这么多人关在一起，自己的身份应该没有暴露。

一个人轻轻碰了他一下，他扭过头，竟在昏暗中看到一张熟悉的面孔——是他从小就认识的金货郎。

金货郎小声说："你可算醒了，都睡了两天两夜了。"

白光心下暗暗吃了一惊，自己竟然被抓这么长时间了。

金货郎又说："我比你来得早多了，都在这个屋里待了十多天了。"

"这是什么地方？"

"齐河监狱呀。"

"他们为什么抓你？"

"开始我也纳闷呀，后来二鬼子审我的时候说了，看我整天走街串巷的，像八路军的探子。"

"他们没凭没据的，不能把你怎样。"

"前些天我就给家里捎了信，他们来交了保费就能把我赎出去。"

"这些二鬼子，主要是借机敲诈钱财。"

两人沉默了一会儿，金货郎趴在白光耳边问："你要不要给家里捎信？"

白光想了想说："你出去后，想办法找到日军翻译官崔万代，告诉他我在这里。"

金货郎点了点头："放心，我会找到他。"

黑暗中，白光审视金货郎那张淡定的脸，忽然感觉他非常陌生。一个走街串巷的小生意人，沦落到这个地步，竟然处变不惊，他该有多么强大的内心呀。他慢慢靠近那张脸，低声问："你到底是干什么的？"

金货郎坦然一笑："我是个货郎呀，我们都认识十几年了，你不晓得呀。"他最后一句是用温州话说的，既幽默又滑稽。

白光很快就打消了对他的疑虑，因为金货郎被赎出去的当天，崔万代就找到了他。他先是被两个狱警从监室里提出来，单独关到一个小屋里，一袋烟的工夫，崔万代就走了进来。

崔万代把狱警支出去后，紧紧抓住白光的手说："大哥，您受苦了，要早知道——"

白光用手势制止了他，小声问："我们的县委机关没事吧？"

崔万代说："你放心吧，他们突围后，鬼子在方圆几十里搜索了一遍，连个人影也没找到。"

白光刚松了一口气，就听崔万代说："大哥，你知道鬼子怎么找到你们驻地的吗？"

白光一惊，这正是他心中难解的谜团。

崔万代说："陈江南叛变了，是他把你们驻地的位置出卖给鬼子的。"

"什么？"白光一阵恍惚，感觉像在做梦一般。崔万代到门外看了看，又关紧了门，对白光讲述了事情的经过。

不久前，军统齐河联络站的一个特务在盗取情报时失手落网，并很快叛变，供出了陈江南。陈江南被捕后，经受住了各种酷刑的摧残，被折磨得奄奄一息，也没有屈服。后来，那个叛徒带人到他老家抓来了他的老婆和两个女儿……陈江南见到家人的一瞬间，就沮丧地低下了脑袋。他和松井谈了条件，可以合作对付共产党，但他不背叛国民党，不投靠日军。松井思虑再三，答应了他的条件。出卖中共齐禹县委驻地，就是陈江南为表示诚意送给松井的一份大礼……

白光痛恨陈江南之余，忽地想起了孙致远之前对他的嘱咐，让他小心这个人，孙县长真是眼光犀利呀……这个陈江南，不但城府极深，还阴险狠毒，为了保全自己，竟然引导鬼子向自己的同胞痛下杀手。更可恨的是，他靠出卖同胞重新获得了自由，公开身份仍然是国民党军统局的特工，在国共合作期间，还不好直接找他报仇……白光越想越恨，竟然把嘴唇都咬破了。

第二天，在崔万代的斡旋下，白光被认定为在战场上受害的老百姓，由杨桥地下党员杨心清等人作保赎了出来。

白光出了监狱大门，被早就候在这里的杨心清等人搀扶到马车上。马车载着白光，平稳地行驶在县城的大街上。这天阳光正好，白光大口地呼吸着清新空气，心情像刚飞出牢笼的鸟儿般愉悦。他失去自由仅仅五六天的时间，却恍如隔世。他没让崔万代露面，以免被陈江南发现，节外生枝。马车出了县城西门，被早化装守候的王老黑等人接应过来，把他护送到了小周庄。

白光刚被抬到凤娥家堂屋的大炕上，那姑娘就听到信儿从庄稼地里赶了回来。她一见到满身是血、疲惫不堪的白光，惊讶得差点儿喊出声来，她赶紧捂住嘴，眼泪在眼眶里打了几个转，终没能忍住，像断了线的珠子般滚落下来。

白光笑道："没事，比上次轻多了。"上次在这里养伤，白光是在晕倒后被抬到凤娥家里的，其间的过程他都不知道，昏睡了七天才醒。

面对这么多的战士，凤娥自知失态，赶紧跑到自己的闺房里。她用被子蒙着头，但压抑的哭泣声还是传到了白光的耳朵里。她任由眼泪汪汪恣意地流淌着，把褥子都湿透了。

白光伤口已经发炎，一直发着高烧。王老黑找来了骑兵连的军医老徐。老徐检查了一下白光右臂上的伤，又量了量体温，已经四十度了。他示意王老黑出来，在门口对他说："必须尽快手术，取出子弹，再拖下去就有截肢的危险。"

王老黑说："那还磨叽啥，赶紧做吧。"

老徐摇了摇头说："子弹嵌在了骨头里，没有麻药根本不能做。"

王老黑问："哪里有麻药？我去弄。"

老徐苦笑着说："当下鬼子对军需药品控制得很严，市面上的药店里都没有麻药。"

王老黑急了："你就没有别的办法吗？"

白光听到了两人的对话，在屋里接过话茬说："谁说没有麻药就不能做？"

两人回到屋里，老徐说："没麻药会很疼，一般人受不了。"

白光轻轻一笑："想当年关二爷刮骨疗毒时也没打麻药，人家还能下棋呢。"

左右也没别的办法，再说他的伤确实也不能再拖，老徐只得听从白光的命令，做术前准备。

王老黑找来一块门板，让白光躺在上面，用绳子把他的四肢固定在门板上，嘴里塞上毛巾。这时，凤娥恰好走出来，看到这情况，吓了一跳："你们这是要干吗？"

王老黑说："给我们队长做手术，你先到里屋躲躲，一会儿就好。"

凤娥摇了摇头说："俺不害怕，俺就要看着。"

韩明理从橱子里找出了半斤烈性白酒，抽出白光嘴里的毛巾，给他灌了下去。白光的脸一会儿就成了酱紫色的。老徐用热毛巾擦了擦白光肿胀的伤口，又用仅剩的一点儿酒精给伤口消了消毒，用手术刀划开了伤口。鲜血和脓水顿时顺着胳膊淌了下来，白光疼得哆嗦了一下。凤娥把毛巾又往白光的嘴里塞了塞，紧紧抓住了他被绑的左手。老徐顺着伤口又往深里割了一刀，白光的额头上、脸上瞬间渗出了密密麻麻的汗珠子。老徐割下第三刀后说："看见子弹了，队长你可忍住别动，我马上把它挖出来。"他先把子弹周围的腐肉清了清，然后把刀尖插到子弹的下端，猛然往上一挑，沾满鲜血的子弹带着一小块血肉滚落到炕席上。白光浑身颤抖着，脸上大汗淋漓，全身的衣服都湿透了，但他自始至终没吭一声。子弹取出来的一刹那，他心下一放松，又昏了过去。凤娥再也忍耐不住，"呜呜"地哭了起来。老徐和王老黑也忍不住掉下了眼泪，旁边看着的几个战士，已哭得泪流满面。

伤愈后，白光的右手落下了终身残疾，再也无法开枪。从此白光只能用左手开枪。当地又多了一个顺口溜："白光白光，左手打枪"。

40. 杀出重围

冬去春又来。戎马倥偬的白光，感觉日子过得太快了，恍惚间就到了一九四五年春天。几年来，他的主要活动区域从禹城三区，发展到五区、六区和城关区，队伍不断壮大，他的名头也越来越响亮。松井一直没有放松对他的追杀和通缉，隔一段时间，齐禹一带就会贴满悬赏捉拿他的告示。而白光，也一直在寻找机会，除掉这个凶残的东瀛强盗，实现誓言。

就在这一年的春夏之交，白光接到了上级的一纸调令，让他尽快将手头的工作交给时任齐禹县县长的杨诚，赴冀鲁豫军区独立营担任营长。接到这个命令，白光内心五味杂陈。当前，齐禹一带的斗争形势越来越好，他在这里积累了丰富的战斗经验和人脉，还有一批熟悉的兄弟和战友，还有隐藏在敌人心脏的内线……更重要的是，他还没有消灭松井，没有实践自己当初在伦镇立下的誓言……可是，军令如山……况且，这也是上级对他的提拔和重用，他只能无条件服从。

由于近几年斗争形势一直比较残酷，敌后任务也比较繁多，白光虽然离家很近，甚至经常路过秦庄，却很少回家。接到调令后，他忽然想到很久没有探望父母了，就向杨县长请了假，回家探亲。王老黑陪他一同回去，担任警卫。

清澈的苇河水在月光下泛着细碎的波浪，轻轻拍打着两岸，昼夜不息地流向徒骇河。白光和王老黑从安仁出发，沿着苇河岸边的小路悄悄向袁营方向进发。这是一条比较安全的路，但有些绕远。近路是一条官道，要经过李连祥手下温学兴管辖的地盘。他们在大路上设置了多处明岗暗哨，稍有不慎就会暴露行踪，带来不必要的麻烦。两人摸着黑，深一脚浅一脚地在坎坷不平的小路上走了半夜，才进了秦庄。

秦庄虽靠近伦镇和袁营两个据点，但因有崔立轩这个内线，平时很少有日伪来村里骚扰。白光一家知道他在外干的"大事"后，都全力支持他。母亲仲桂珍担任了村里的妇救会主任，她有一手的好针线活，经常带领村里的媳妇、姑娘为八路军做军装、军鞋。妹妹小静自然也加入了这一行列。每做完一批军装、军鞋，父亲孙德安便想方设法联系到白光，让他派人悄悄来取……

进村后，白光和王老黑分开，各自回家。

白光快到家门口时，蹲在一棵大树的暗影里，屏住呼吸，侧耳倾听了一会儿。四周静悄悄的，只有不肯休息的虫子们发出低低的鸣唱。他轻手轻脚地绕到院子后边，用脚重重地踹了三下北屋的后墙。这是他和父亲早就约好的暗号。片刻之后，屋子里的灯亮了，灯光透过窗户映出一片昏黄，给清冷的暗夜一缕暖色。白光绕到大门口时，大门已轻轻打开了，父亲的轮廓在夜色中的大门框子里，像一座熟悉的雕塑。

进屋后，父亲才问："这是从哪里来？"

白光说："五区。"

母亲问："怎么回来这么晚？"

白光说："出任务了，路过这里。"他调动的事情属于军事秘密，现在还不能告诉任何人。

父亲问："晚饭吃了吗？饿不饿？"

白光说："走了半宿，又渴又饿。"

母亲说："我去借一壶水，后街的根生明天娶媳妇，盘了大锅头。"

母亲提了暖壶出去后，父亲拿出两个窝头，又从咸菜缸里捞了一个白萝卜，切成丝，倒了点酱油醋。白光窝头就咸菜，越嚼越香，片刻就把两个窝头消灭了。这时母亲已提了一壶热水回来，进门就凑到白光面前，小声说："刚才根生问咋会半夜借水，我一没留神说你回来了，不妨事吧？"

白光心里"咯噔"了一下，随即安慰母亲说："根生又不傻，知道利害。"

这天夜里，白光睡觉时，把两支匣子枪都压在了枕头下。但他实在是太累了，头刚挨上枕头，就进入了梦乡。

第二天日上三竿时，白光才从睡梦中醒来。刚出屋门，吓了一跳，院子里竟站着十几个男女。心里顿时明白，肯定是根生的嘴没把牢，把自己回家的消息说出去了。来的全是和白光家关系较好的亲戚和邻居，他们见白光出来了，都围上来，上上下下地打量着他，都想看看这个从小在他们眼皮子底下长大的孩子，到底有什么过人之处，竟然成了远近闻名的武工队长、抗日英雄。院子里的人越来越多，人们围着他问长问短，气氛比过年还热闹。

这时，根生拨开众人，抓住白光的手说："振江哥，你既然回来了，中午要去喝俺的喜酒。"

根生和他是一起长大的发小，当着这么多乡亲的面，白光不好驳他的面子，只得答应下来。根生高兴得手舞足蹈地走了。

当地风俗，成亲的当天，喜酒要从中午一直喝到晚上。白光先是陪"上席"（新娘家的长辈和兄弟），把娘家客人都送走后，又陪着庄乡爷们儿和叔伯兄弟们喝。大家平日里轻易见不到白光，今天见了格外亲热，都轮着给他敬酒。起初，白光是来者不拒，杯杯见底。喝到晚上，他开始头晕目眩，谁再敬他，也只能沾一沾了。他开始大量地喝凉开水，想尽快把酒劲冲下去。这样坚持到半夜，快要散场的时候，他反而清醒了许多。

忽然，大门口一阵喧哗，一个人拄着文明棍，迈着四方步走到了白光桌前，弓下腰笑道："振江贤侄回来了，哦——现在应该叫您白队长了，老朽不才，过来敬您杯酒。"

竟是地主崔立轩，后面跟着瞎碰、大白脸等几个护院。

白光冷笑道："是崔老爷呀，怎么惊动了您的大驾？"

崔立轩发出鸭叫般的一声干笑："白队长衣锦还乡，全村都沸腾了，老朽若不过来，就太失礼了。"

白光不卑不亢地说："崔老爷客气了。"他始终没有站起来，任崔立轩站在他面前说话。

这大出崔立轩预料，他有些尴尬地端起一碗酒说："白队长，老朽就先干为敬了。"一仰脖子就将一碗酒灌了下去。

白光端起茶碗说："崔老爷，我实在是喝不下了，就表示个意思吧。"轻轻呷了一小口放下了。崔立轩又端起第二杯酒说："这一杯，老朽还是先干为敬，白队长随意。"

白光拦住他说："崔老爷，我一会儿还要回部队，不能再喝了，您也免了吧。"

崔立轩一怔："白队长今晚还要回去？回到家了，何不再住一晚？"

白光摇了摇头说："不行呀，军令如山，儿戏不得呀。"

崔立轩说："那这杯酒就祝白队长一路顺风。"仰脖干了。

临走，崔立轩又说："以后还请白队长多多关照。"

崔立轩走后，白光看了看怀表，已经凌晨了，就对众人说："散了吧，我还得回去。"

白光感觉事情不妙。崔立轩的大儿子崔安邦在抗日政府的手里，他心里肯定恨透了自己。当下，他知道自己在家里过夜，可能会给日伪通风报信。他先回到家，在家里待了半个小时，然后走出大门，沿着村子的围子墙转了一圈，没有发现异常，才又悄悄潜回家中，在西屋睡了。

白光喝得实在太多了，明知今晚有一定的危险，但还是头一挨枕头就进入了梦乡。但他的耳朵非常灵敏，即使在睡梦中，也能捕捉到异常的声音。这是多年战斗生涯中血与火的淬炼。凌晨四点左右，他忽然听到房顶有轻微的响动，像是瓦片松动的声音，就一骨碌爬了起来，从枕头底下摸出了双枪。白光虽然右手因残打不了枪了，但他还是习惯携带双枪，这样在紧急关头可以两把枪轮换着用，省去了换弹匣的时间。

这时，他听到父亲孙德安的声音大喊："干什么的？"

房顶上有人回道："齐河抗日政府的。"

父亲怒叱道："深更半夜的上我们家房干什么？"

白光来到窗前，透过窗缝往外看，朦胧的夜色中，院子里、房顶上都影影绰绰地站满了人。

一个声音喊："白光在西屋，他从小就住西屋。"好像是大白脸的声音。

随即，枪声大作，子弹在暗夜里化作一条条火蛇，把窗子都打碎了，打得屋里的脸盆、水桶乱蹦乱响。

白光躲在窗子一侧，身子紧紧贴在土墙上。不一会儿，枪声停下来，一个沙哑的嗓子叫道："白光，我们是李团麾下的温学兴营，你已经被包围了，只要投降，我们李团绝不亏待你，保你升官又发财……"

白光听声辨位，顺着声音就是一枪，那个沙哑的嗓音发出一声厉叫，就沉默了。

外面的枪声又响了起来。白光躲在窗子边上，瞅机会就放上几枪，一会儿撂倒了五六个。对方调来了重机枪，对着窗口疯狂扫射，密集的子弹雨点般打进屋里，白光根本没有还击的机会。白光明白，对方人多，又有重武器，这么纠缠下去，肯定会吃大亏，必须想办法突围……忽然，他想起后墙有个用坯砌起来的暗窗，在外边看不出来，应该不会引起敌人注意。他乘机枪换子弹的当口，飞快地跳上炕，用力一脚端向暗窗，暗窗的土坯马上就松动了，他加紧又端了几脚，把暗窗上的土坯全端了出去，露出了一个簸箕大的窗口。他飞身跳出暗窗，紧接着纵身跃上了西面邻居家的墙，又从墙上跃上了房顶。这一下他居高临下，左手的"二十响"对着自家房顶上的人影一阵扫射。顷刻间，五六个人影惨叫着滚落到院子里。待对方调动火力向他扫射时，他已跳到邻居的围墙上，在敌人的视野里消失了。他一路翻墙越屋，在高处飞奔，敌人摸不清他的位置，只能盲目地开枪射击，子弹打得房顶、墙头上一片片火星飞溅。再往前已经出了孙家的地盘，白光轻轻跳下墙头，进入一条小巷。这时，前面拐角处忽然冒出两个人影，他赶紧躲到一棵榆树的阴影下面。

那两人渐渐走近了，竟是地主崔立轩的护院瞎碰和大白脸。

那两人边走边说着话，大白脸说："咱们老爷真够小心的，既然给'李团'报了信，让他们把白光抓了就完了，非得让我们也参与围剿，这子弹可不长眼睛呀。"

瞎碰说："'李团'来的人虽然多，可他们不熟悉地形，真见过白光的人也没几个，这黑灯瞎火的，他们人再多也是一群瞎子。"

大白脸说："咱俩真要抓住白光，可发了财了，听说日本人的赏钱就有五千大洋呢。"

白光忽然从树下走了出来，那两人一眼就认出了白光，吓得后退了几步，张口大喊："白光——"

两声枪响，终止了两人的喊声。与此同时，前面忽然传来"啊"的一声惊叫，一个黑影一闪，就消失在拐角处。白光快步追上去，拐过墙角，正看到那人脚下一绊，趴在了地上。白光上前，在那人屁股上踹了一脚："起来！"

那人捂着后腰，艰难地爬起来，不住声地呻吟着。白光借着夜光一看，果然不出所料，正是地主崔立轩。崔立轩佯装镇定地对白光拱了拱手说："是振江贤侄呀，你不是走了吗？"

白光把滚烫的枪管顶在他的额头上："别装蒜了，是不是你派人给李连祥报的信？"

崔立轩刚才亲眼见到白光毙了他的两个喽啰，知道抵赖不了，索性脖子一梗："是又怎样？现在村子被围了好几层，你就是肋生双翅，也在劫难逃了。"

白光冷笑一声："那我也得先把你送走，过几天再把你那汉奸儿子处决，让你断子绝孙！"

崔立轩一听，忽然软了下来，他身子一歪跪在地上，连连磕头：

"振江贤侄呀，你可不能这么干，你可是我看着长大的，你不能断了我们崔家的香火呀……"

忽然，一个人影从墙上飘然而下，白光用枪指着问："谁？"

对方答："是我。"那人说着话走过来，踹了崔立轩一脚，对白光说："这种人死一百次都不嫌多，你给他啰嗦什么！"说完冲崔立轩的脑袋就开了一枪，崔立轩吭都没吭，缓缓歪倒在地上。

来人正是王老黑，他是听到枪声后过来支援的。他告诉白光，村外村内到处都有敌人，已把村子层层包围了。白光说："没事，他们地形不熟，抓不到咱们。"见王老黑腰里别着一排手榴弹，就向他要了两颗，并小声对他嘱咐了几句。温学兴找不到白光，就带人冲进屋里，威胁孙德安劝白光投降，否则就把他的房子烧掉。孙德安大声怒叱道："你们有本事去杀日本人！祸害老百姓算啥能耐……"

这时，白光已跑到大门口，听到喊声，知道温学兴在屋里，就拿出一颗手榴弹，拉开弦子扔到院子里。随着一声巨响，传出了一片惨叫声。

白光借机冲天上开了两枪，大声喊："一排从南边上！"

王老黑答："是！"

白光又喊："二排跟我来，三排断后。"

王老黑又换了个位置接连答应："是！是！"院子里的伪军听了，以为是白光的大部队来了，顿时乱作一团。有几人想从大门口往外跑，被白光和王老黑几枪撂倒了。其他人赶紧退了回去。乘着这片刻的宁静，白光大声喊道："温学兴你听着，白光就在这里，有本事出来较量，欺负手无寸铁的老人算什么本事？"

温学兴已经从屋内出来，带领他的喽啰们一窝蜂般冲了出来。白光避其锋芒，迅速撤到胡同口，躲在一座门楼下面。等敌人离他只有七八米远时，将第二颗手榴弹扔了出去，随着剧烈的爆炸声，几个冲在前面的敌人尸横当场。白光借着硝烟的掩护退出了胡同。温学兴等人刚冲到胡同口，被躲在暗处的白光和王老黑一阵点射放倒了五六个，其余的都趴在地上，一动也不敢动了。

这时，驻防在徐集一带的齐禹县大队闻声赶来，和白光二人会合。此时，天已经快亮了，众人这才看到白光还赤着上身，身上布满了血迹。

王老黑惊道："你受伤了？"

白光一笑："都是敌人的血。"

一个战士赶紧把上衣脱下来，给白光穿上。白光的精神头当即就上来了，他把枪一挥："杀！不要放走一个汉奸！"

在一片喊杀声中，伪军们都已无心恋战，温学兴怎么号令也没用了，他们各寻门路，四散而逃。温学兴带着身边的二三十个人且战且退，撤出村后，向西北魏寨子方向逃去。白光带人追出五六里路，又打死打伤了三四个伪军，这才拦住战士们说："穷寇莫追，咱们回去打扫战场吧。"

这是温学兴发动的一场夜袭战，出动了三百多人，在村里村外设置了三道埋伏，不仅没有抓到白光，还损失了一百多人。李连祥得知后，把温学兴大骂了一顿。

41. 绝处逢生

傍晚，齐禹县委驻地。白光背着手，在简陋的办公室里不断兜着圈子。

乌云笼罩着大地，细密的雨水丝丝缕缕地随风飘落，滋润着土壤、庄稼、树木和花草，却无法浇灭白光心头的焦躁。他已将手头的工作和杨诚县长做好交接，接管了独立营。就在这个时候，却得到了一个令他心如刀绞的坏消息：他的父母被李连祥抓走了，目前已送到齐河县城，落到了松井的手里……

前些日，温学兴带人夜袭秦庄，让白光在数百人的围困中突围。李连祥既丢了面子，又损失了一百多人，一直怀恨在心。几天前，他命令温学兴带领一个连的兵力，再次夜袭秦庄。这些匪徒进村后就把孙氏家族这一片宅院围了起来，把男女老少都赶到胡同口，让他们说出白光的下落。但孙氏家族的百十口人集体失语，用沉默来对抗荷枪实弹的伪军。温学兴发了疯，命令手下人把孙姓十一家的吃饭大锅都砸成了铁片。临走，他们抓走了白光的父母，还烧了他家的房子。从那天起，孙家的父老乡亲们有家不敢回，他们白天在地里干活，晚上都睡在潮湿的玉米地和树林中。父母被抓到李连祥部后，先是被威胁利诱，让夫妻俩劝白光投降，并许以高官厚禄。遭到拒绝后，又对二老进行了吊打、灌辣椒水等非人折磨。二老几次被折磨得昏死过去，也没妥协。李连祥见榨不出什么油水，就把二老交给了鬼子松井，用来邀功请赏。

松井对二老如获至宝，重赏了李连祥后，他马上安排军医给二老治伤，同时命人在齐河县城和附近的乡镇集市贴满了告示，引诱白光主动来投诚，承诺在县城给他置办一处大宅院，让他一家人团聚，委任他为保安团长……

齐禹县委对此事极为重视，想尽快组织营救。但齐河城驻有日军的重兵，靠武力直接劫狱肯定行不通，只能暗中营救，但一时也想不出良策。

就在白光一筹莫展、茫然无措的时候，娄凤山回来了。

娄凤山加入抗日队伍后，一直作为三区的一个分队在娄家垚一带活动，接受白光的直接领导。后来因武工队担任的锄奸惩叛任务繁重，力量明显不足，就把娄凤山调到了武工队，担任了副队长。他有武功傍身，又有战斗经验，很快成为白光得力的左膀右臂。

娄凤山此次奉白光的命令去齐河城侦察敌情，有了一个意外的收获。昨天傍晚，他们在齐河县城以东的黄河大堤上休息时，看到从洛口渡口方向过来一顶轿子，两侧各有两个着便装的男子护卫着。从他们走路的姿势上看出，腰里都有武器。娄凤山出来三天了，一直没有搜集到有价值的情报，不管这路人是哪方神圣，先劫下再说吧。他看看左右无人，向队员们使了个眼色。他们一行四人，化装为挑夫，每人手里都有一根榆木扁担，此刻正好派上了用场。几个人从背后偷袭，顷刻间就把那四人敲趴下了。两个轿夫扔下轿子跑下了河堤，一会儿就不见人影了。娄凤山上前挑开轿帘一看，吃了一惊：里面竟是一个面容姣好的少妇和一个七八岁的女孩，看样子是一对母女。那少妇惊恐万分，不断朝他们摆着手，嘴里"咿里哇啦"地说着他们听不懂的话。难道是日本人？娄凤山找了个背静地方，用水泼醒了那四名护卫，经过审讯，才知道这四人是黄河南岸蜈蚣岭的土匪，为首的一个头目叫"徐大舌头"。听徐大舌头讲，他们最近日子不好过，想到渡口来踩踩点，弄点钱花花。在黄河渡口，他们看到有人从对岸接了这顶豪华的轿子，认定这肯定是块肥肉，就悄悄跟着过了河，上了河堤。到了无人的地方，他们从背后下手，把来接轿的几个人捅死，逼着轿夫帮他们把这对"肉票"抬回徐集。他们不敢再走渡口，想到上游去找条船回南岸。至于轿中的母女身份，他们也搞不清楚……

娄凤山猜测这对母女极有可能是日本人，就让四个土匪轮流抬着轿子，把她们带了回来。白光忽然想起，卫生队的邢队长曾跟日本人学过医，懂一些日语，就差人把她找来，让她去和那对母女接洽。不一会儿，邢队长回来了，她告诉白光一个意外的消息：这对母女是日军驻齐河最高长官松井的妻子和女儿。

白光大喜，这真是"柳暗花明又一村"。他马上让队长负责安排她们的生活起居，不要让她们受到伤害。随即马上把这一情况向李祥和杨诚做了汇报。两人经过协商研究，决定派人和松井谈判，用他的妻女换回白光的父母。

白光知道松井不是一般的狡猾，要防备他借机使诈，必须精心谋划。

首先，要派一个信使，去给松井送信。白光想来想去，觉得还是自己去比较合适。虽然自古就有"两国交兵，不斩来使"的战争规则，但小鬼子反复无常，很多时候不讲规则，这次又劫持了他的妻女，难保他会做出什么出格的事。他向领导提出请求，遭到李祥和杨诚一致拒绝，他们坚决不允许他去冒险。白光想：父母身陷敌营，自己都不能去，让别人去就更不公平了。

第二天一早，天已放晴。被雨水浇灌了多日的花草树木在阳光下呈现一片新绿。白光心里的阴霾也烟消云散了。一夜的苦思冥想，他终于有了一个稳妥的办法。

42. 决战前夕

　　松井度过了有生以来最为难熬的一个不眠之夜。他离开日本已近十年了。临行时，妻子百合正怀着身孕。几年前，百合托同乡捎来了她和女儿的一张合影，看着身穿和服的女儿那娇小的面孔，他无时不在盼望着和妻女团聚的日子，但因条件所限，一直没能如愿。最近，当他得知有一个日军观察团要从日本来山东，而且团长是他的大学同窗好友时，就赶紧联系好友，经多方斡旋，终于让妻女坐上开往中国的轮渡。昨天，妻女随团来到了济南的日军大本营，又由大本营派兵把她们护送到了洛口渡口。洛口渡口距离齐河县城很近，而且这一片都是日军的控制区域。所以，松井派了四个人着便装前去迎接，自认为万无一失。没想到，这不到一个小时的路程，过了大半天还不见人回来。他赶紧派人沿途寻找，却只找到了那四个人的尸体。他这才感觉大事不好，那时天已擦黑，他派出了宪兵队、侦缉队、保安团等一切可以派出的力量，在县城周边一带进行拉网式搜索，折腾了一夜，也没见到那母女俩的人影。

　　松井悔恨万分，真不应该让妻女踏上这片战火纷飞的土地。她们肯定是凶多吉少了。无论是被抗日组织擒获，还是落到民间土匪的手里，后果都不堪设想，中国人对他们这些入侵者的仇恨已经到了不共戴天的地步。他脑海里默想着妻子女儿的面容，不知不觉间泪流满面。

　　正在这时，他的翻译官崔万代跑了进来，在他的桌案前打了个"报告"，然后激动地说："松井太君，您的夫人和千金找到了。"

　　松井大喜过望："啊？在哪里？"

"您先看看这封信。"崔万代将手里的一封信递给他。

松井顾不得擦拭脸上的泪痕，迫不及待地打开信，只见上面用工整的仿宋字体写着：

松井阁下：

　　你的妻子百合女士和令嫒昨日晚间在黄河大堤上遭土匪绑架，被我方战士所救，现母女安好。另，袁营乡秦庄村村民孙德安夫妇前几日被土匪绑架，现关押在你方监狱中。明日上午十时，我方将在白凤口老槐村下将妻女交与贵方，届时请将孙德安夫妻送还。我方带十名警卫人员前往，在老槐树西五十米处等候。请贵方将随行人员限制在十人以内，在老槐树东五十米处等候。如不遵守约定，后果自负。

齐禹县抗日民主政府

松井把这封信反复看了三遍，知道妻女目前生命无虞，才松了口气，抬起头来问："这封信，是哪里来的？"

崔万代说："是卫兵在大门口捡到的。"

这封信是一个小时前，白光亲手交给崔万代，由他悄悄扔到门口的。卫兵捡起来后，他"恰好"在门口经过。此前，白光已在崔万代这里得知，父母被送到日军手里后，并没有受到虐待，松井为了收买他们用于劝降白光，还安排了军医为他们治伤。这一下，白光心里更有底了。他之所以在信里以不容商量的口气单方面定下交换人质的时间和地点，是因为他揣摸透了松井的心理。他年轻的妻子和未成年的女儿在异国他乡落到敌人手里，他一定会度日如年，恨不得马上就把她们换回去，不会再讨价还价。但同时白光也想到，以松井的狡猾和凶残，肯定会利用这个机会，设法"围剿"抗日队伍。在写这封信的同时，一个成熟完整的计划也在他的脑海中成形了。

白光猜得不错，松井迫切想见到妻子女儿，他很想把时间再提前一些，最好是当天上午就能交换。但对方的信使没有露面，显然是不想给他这个机会。他在屋子里踱来踱去，绞尽脑汁地谋划着怎样利用这个机会抓住白光，消灭共产党在当地的抗日武装。前不久的清乡"扫荡"结束后，雄永和大岛两个中队已经撤走，他手里只有一个中队的日军士兵，除去分配在各个据点的，县城里还有近百人，加上一个团的伪军，总兵力足有一千二百多人，对付当地的八路军武装，肯定是稳操胜券。

他又研究了一下对方指定的交换地点白风口，不由暗暗佩服对方的指挥员。这个地方是远近闻名的盐碱滩，寸草不生，风一刮，漫天都是白色的碱土，"白风口"因此得名。这里方圆十多里内，只有一棵枯死的老槐树，成为附近的地标性景物。其余地方都是一马平川，根本藏不住人，双方都无法提前实行隐蔽包抄。他绞尽脑汁地琢磨了半天，唯一的办法，就是让机械化部队和骑兵提前在袁营待命，待交换完人质后，马上快速压上去，以人数和武器的绝对优势，"追剿"八路军。

在松井苦苦思索着怎么算计八路军的同时，白光也在忙着调兵遣将。在县委的授权下，他集结了齐禹县民主政府领导下的各种武装力量。齐禹县分为十二个区，每个区队的人员多少不等，少的只有三四十人，多的达六十多人，组织六百人应该不成问题。县大队在很长一段时间内只有一百多人，后不断发展壮大，当下正是兵强马壮的时候，拥有三个步兵连、一个骑兵连、一个侦察排。加上县委警卫连、武工队、游击队、通信班、卫生队、后勤处等，总人数足有九百人，战斗人员在八百人以上。独立营目前已属白光调遣，综合各方面的力量，总兵力可达两千人。他也想借这个机会，和松井来一场决战。

43. 交换人质

翌日上午，白光带领王老黑、马五子等十名战士，还有百合母女，从县委驻地赶赴白风口。那小女孩只有七八岁，白光特意让人套了辆马车，让母女俩坐在车上。

进入白风口地界，远远地就看到了那棵枯树，孤零零地伫立在空旷的原野之中。在树的东边，看到一小撮人，正往这边翘首观望。

距离老槐树约五十米时，白光让队伍停了下来。

白光拿起望远镜，透过前面几个鬼子的缝隙，看到了父母的影子。见他们都好好地站在那里，白光暗暗松了一口气。

王老黑快步走到大槐树下，冲着东边喊："你那边的，过来个活的。"

松井远远地看到了妻子和女儿的身影，按捺不住内心的激动，拍了崔万代一下说："崔桑，你的，辛苦一下。"

崔万代小跑着来到了枯槐树下。

王老黑问："白队长的爹娘，能不能走路？"

崔万代说："能走，伤都治好了。"接着，他压低声音说："告诉白队长，鬼子的大部队都在袁营藏着呢，有汽车、摩托车和骑兵。"

王老黑点点头，大声说："回去告诉松井，一会儿枪声为号，两边同时放人，在树下交换，都派两个人跟随。"

白光给百合打了个手势，让她给女儿捂上耳朵。一声枪响过后，王老黑和马五子一左一右带着百合母女往东走去。走出几米远后，百合忽然转过身来，冲着白光深深地鞠了一躬，然后才领着女儿的小手，缓缓向东走去。

枯槐东面，崔万代和一个鬼子搀扶着二老慢慢向西走过来。

松井往前走了几步，高声道："白队长，鄙人久闻足下大名，今天机会难得，不想聊聊吗？"

白光也往前走了几步，大声回应："松井，你一个强盗、杀人犯，不配和老子聊天，非要聊的话，老子只能用手里的家伙和你说话。"

松井说："白队长，鄙人求贤若渴，对足下的父母也以礼相待，你感觉不到鄙人的诚意吗？"

白光"哈哈"大笑说："松井，听说你是中国通，没听说过黄鼠狼给鸡拜年的歇后语吗？"

这时，双方已在枯槐树下交换了人质，各自返回。

松井说："感谢足下对鄙人家小的关照，我们做个朋友不好吗？"

白光说："你会和杀害你兄弟姐妹的凶手做朋友吗？"

两人你来我往地言语交锋了几个回合，松井最终被撑得无话可说，双方人质也各自回来了。一切都在白光的计划之中，他预料到松井不敢在交换人质时耍阴谋。白光和王老黑把孙德安夫妇搀上马车后，一挥手："撤，越快越好！"

马车夫一声响亮的鞭子，马车风一般奔跑起来，带起一路白色烟尘。白光等人紧跟马车，他们要在鬼子的追兵迫近之前，离开这片开阔地。松井见到百合和女儿后，即刻命人将她们送回县城，然后用无线通信发布命令，让埋伏在袁营的部队马上赶过来，"追剿"八路军。

44. 古村决战

鬼子的汽车、摩托车、骑兵呼啸着扑向白凤口，不到一刻钟就和松井会合。松井坐上了一辆三轮摩托车，带领部队向白凤口西面追去。

追了大约半个小时的时间，终于远远看到了白光等人的影子。松井有些兴奋，这一次终于可以抓到白光了。他命令驾车的鬼子："加快速度！追——"

前面是一个绿树掩映的村庄，松井眼睁睁地看着白光等人进了村。他担心前面有埋伏，就停下来，命令骑兵小队在前面向村子发起冲锋。

骑兵小队挥舞着战刀，吱哇乱叫着冲向村子，鬼子的叫声和马蹄声惊得树上的鸟儿都飞了起来，把天空遮出一片阴暗。

忽然，在村边的围墙后面，伸出了无数个枪口，霎时间枪声大作，密集的子弹从围墙后射出来，伴随着子弹"嗖嗖"的呼啸声，鬼子的骑兵纷纷坠马，有几匹马栽倒在地上，血流如注，还有几匹马惊叫着四散而逃……不消片刻，鬼子的骑兵小队就全部报销了。

这是白光早就为松井准备的"礼物"。和鬼子打了这么多年交道，白光非常明白，和鬼子正面硬拼会付出惨痛的代价。双方无论是武器装备还是单兵的作战能力，差距都是非常大的。像村子里的这种围墙，在鬼子的炮火下不堪一击，根本无险可守。所以，要想在现有条件下消灭鬼子，只能在战术上多动脑筋，扬长避短。这次他的计划就是先打个伏击，给鬼子一个措手不及，然后再放弃村子的外围，把鬼子引进村，引入纵横交错的小巷子里，进行巷战，让鬼子的重武器无法施展，以消减鬼子在武器上的优势。同时，为了分散鬼子的兵力，今天一早，他就安排三支队伍奔向了三个不同的目标。

松井命令部队暂停进攻，调来迫击炮、山炮，对着村子的围墙一阵铺天盖地的猛烈轰炸，村子很快就淹没在硝烟和尘土中。

其间，通信兵先后给松井送过来三份电报：一份是伦镇据点发来的，八路军占领了伦镇，贴出告示，要在今天中午十二时，在伦镇十字街头公开处决崔安邦、张钧山和康兴南；一份是县城发来的，称八路军的大部队正从西门、南门两边攻城，县城岌岌可危；还有一份是军火库发来的，八路已将军火库包围，随时有失守的危险。

松井一下明白了，八路军这是早有预谋的，让他分兵回救，以逃离他的"追剿"。但他不能对这三份电报置之不理。要被枪决的三个人都是他们"皇军"的铁杆，如果不去救，就会失去人心。县城他只留了一个小队的日军，还有保安团的一个连，如果日军抵挡不住，那一个连的中国人根本靠不住。如果县城失守，他就回不去了，妻子女儿的安全也难有保障。军火库更是不可丢失，若是被八路抢了军火库，那自己只能剖腹了……他经过快速的分析和判断，决定只留一个小队的日军和保安团的两个连，其余的部队按需求分成三路，驰援县城、军火库和伦镇。自然，他派去县城的兵力最多也最强，其次是军火库。至于伦镇，他只派了一个连的伪军，他并不真正关心结果，只是向为他们卖命的中国人表明一个态度。

松井推算，当下八路军也是分兵作战，留在白光身边的部队不会太多，而自己留下的一个日军小队六十多人，两个连的伪军二百六十多人，即使对方有一个营的兵力，自己也是稳操胜券。

但是松井想错了，八路军的那三支人马加起来也不足一千人。

抢占伦镇的，是县大队的一连和二连，只有这一仗是真打实战。占领伦镇后，他们还要守住镇子，以完成公开枪决那三名汉奸的任务，不能失信于百姓；佯攻军火库的是县大队三连，主要是袭扰，逼着守军向松井求援；佯攻县城的是独立营，也是以造势为主。而当下在村子里埋伏的，有一千多名战士。除了在各区队调上来的队员外，还有警卫连、武工队、游击队、侦察排的战士们，他们都擅长近战、巷战等小规模战斗，正好在这里发挥特长。

这个村子名叫迷魂寨，有着得天独厚的地理条件，是打巷战、打伏击的绝佳战场。这是个有着两千多年历史的古村落，拥有三千多名村民，在方圆百里赫赫有名。相传，朱元璋曾在此地摆过迷魂阵，遗留下了这特殊的地形。村内地势高低不平，从西邻的天井里能直接迈上东邻家的房顶，而去南邻家串门，却要爬两米高的梯子才能够到大门槛。村里的街道巷子也七扭八拐，没有一条正街，外乡人进来，三拐两拐就转迷糊了。早年间，曾有三个偷牛贼夜里闯进村子，结果在村里转悠到第二天早晨也没出村，只得束手就擒。从此，凡是盗贼都不敢进这个村。

白光的计划就是要把松井的队伍引诱到村子里，然后关门打狗，分而歼之。昨天，他就安排人动员村里的老人、孩子和妇女躲出去了，只留下青壮年男子，分配到各个战斗小组当向导。

松井当然不知道这些。炮火停下后，待硝烟散尽，他马上指挥部队向村内进攻。令松井感到不解的是，他们的进攻没有遭到任何抵抗。当他的士兵们小心翼翼地从炸开的缺口进到围子里，居然没看到一个人影。更加诡异的是，刚才用那么猛烈的炮火一阵轰击，围墙内连一具尸体也没留下。其实，在鬼子开炮之前，白光就命令战士们放弃了围墙，撤到村子里，各就各位，埋伏起来了。

松井嗅到了一股危险的气息，他心里忽然有些不踏实，就命令伪军们在前面开路，鬼子在后面督阵。

村子里静悄悄的。

伪军们弓着腰，端着枪，嘴里小声骂着鬼子的十八代祖宗，战战兢兢地一点点往村内挪移着步子，每一步都走得心惊肉跳。他们慢慢进入村庄深处后，仍然没有发现一个人，胆子慢慢大了起来，腰也挺起来了。整个队伍都进了村后，莫说是人，连只鸡猫猪狗都没有。

松井以为村里的八路和老百姓都藏起来了。队伍在村中的广场上集结后，他命令部队对村庄进行地毯式搜索，把抓到的人全部集中到这里。他们的大队人马很快分成以班为单位的小分队，沿着街巷深入到村庄的各个角落。这是鬼子惯用的伎俩，每"扫荡"一个村庄，他们都会挨家挨户地抓人，然后把人都驱赶到一个较为宽阔的地方控制起来。白光正是抓住了鬼子的这个特点，制订出了这个战略方案。日伪军刚分开时，每个小分队有二十人左右，但进入到巷子深处后，每走一段，前面就会出现岔路口，队伍就得一分为二。再往前走，还会出现岔路口，只得再次分兵，这样一组就成了四五个人。而且越往前走，离同伴越远……

一声沉闷的枪响过后，村子的四面八方同时响起一片枪声和喊杀声。子弹从房顶上、大树上、柴堆里、水井里、地窖里射出来，好多日伪军连人影都没看到，就饮弹而亡。随后，无数持枪的战士出现在巷子中，他们像是从天而降，又像是遁地而出，他们占据了有利地形，对惊慌失措的日伪军进行了围剿。日伪军每组只有四五个人，往往还没看清子弹是从哪里来的，就纷纷中枪倒地。侥幸还活着的，像没头的苍蝇一样在巷子中乱跑乱窜，成为八路军的活靶子。枪声、爆炸声、日伪军的哀嚎声此起彼伏，不绝于耳。

松井和十几个留守的鬼子正在路口休息，听到枪声大作，都惊得站了起来。但当下到处都是枪声和喊杀声，他们不知道该往哪边出击。连松井这久经沙场的老兵也有些茫然无措。

忽然，一声枪响，他身边的一个鬼子脑袋开了花，热乎乎的脑浆和鲜血喷了他一脸。他用袖子胡乱擦拭了一下，迅速藏身到一棵大榆树的后面。其他鬼子都慌乱地寻找掩体。可他们根本弄不清子弹是从哪个角度过来的，哪儿才是安全的。慌乱中，又是接连几声枪响，三四个鬼子栽倒在尘埃中。

松井一看情况不妙，这个地方太过空旷，如果不走，只能喂八路的子弹。他见左边有一条较窄的小巷，就带领幸存的几个鬼子跑了进去。小巷口的右边有一个敞开的大门，就让两个鬼子在前面开路，冲了进去。院子里没人，他赶紧命令士兵："关上大门。"一个士兵过去刚刚把大门插上，就从屋内传出一声枪响，士兵的后胸炸开了一朵血花，无声地栽倒在地上。

一直跟随在松井左右的崔万代，此刻惊恐万分，他知道子弹不长眼睛，更不会认识他这个暗暗投靠八路的卧底。他连滚带爬地跑到院墙边的一棵大树下，蹲在树后面，浑身瑟瑟发抖。这时，一条有力的胳膊从后面勒住了他的脖子，接着嘴也被捂紧了。他下意识地挣扎了两下，忽然两脚悬空，被人架了起来。他感觉天旋地转，整个人像飘在空中一样，房子、树木、街巷都在他眼前晃悠，吓得他赶紧闭上了眼睛。

几分钟后，有人在他耳边说了一句"到了"。他感觉双脚着了地，大着胆子睁开眼，就看到白光正冲他笑，心里顿时踏实了。

白光说："我怕别人误伤了你，先把你和鬼子分开。"

崔万代的眼泪"哗"地就流了下来："谢谢白大哥，可吓死我了。"

松井见屋里有人，赶紧带着他的残兵跑出院子，往小巷深处逃去。走不多远，前面竟是一条死胡同，只好折回来，拐进另一条小巷，走到头，仍然没有出路……他像一只落入陷阱的困兽般，在巷子里转来转去，但怎么也找不到出口。更令他心惊的是，跟在他身边的人越来越少，不知去了哪里。忽然，不知何时消失的翻译官崔万代出现在前面的巷子口，正殷勤地向他招手："太君，出口在这边。"

松井像在黑夜中看到了一束阳光，赶紧朝崔万代跑了过去。崔万代忽然身子一闪，不见了。松井跑近了才发现，这是个巷子的转弯处，转过去，竟是刚才他集结队伍的广场。崔万代已不见了踪影，他面前站着数十名持枪的男子。他们穿着各色服装，有的是洗得发白的旧军服，有的是带补丁的粗布裤褂，有的是破旧的长衫……他们把松井和仅存的几个鬼子团团包围起来。

"放下武器！缴枪不杀……"

几个鬼子张皇失措地看着松井。一个只有十七八岁的娃娃兵因为过度紧张，竟失手将步枪掉到了地上。

松井声音嘶哑地吼叫道："我们大日本皇军，只能玉碎，不能缴枪。"说着，对那个娃娃兵扣动了扳机，枪机发出了"啪哒"一声脆响，他不甘心地连续扣动了几下，都是空响，便愤怒地将枪扔在地上。随着人群的逼近，几个鬼子都把枪扔到地上，随即就被押走了。

已沦为孤家寡人的松井，望着渐渐围上来的人群，下意识地倒退了几步，后腰随即被几个枪口同时顶住了。他回头一看，后面全是黑洞洞的枪口和喷着怒火的眼睛。他凶残的目光渐渐变成困兽般的绝望，两只阴森森的黄眼珠子瞪得溜圆。他摘下军帽，露出了额前稀疏的黄头发，那些头发已经被汗水浸透，浑浊的汗水正顺着蜡黄的面皮往下流淌……

"松井，看看我是谁？"白光冲他大喝一声。松井浑身一颤，散乱的目光渐渐凝聚到白光的脸上。这是他第一次近距离地看到白光。"你就是大名鼎鼎的白光吧？"

"虽然你恶贯满盈，但我还是要谢谢你出那么大的价钱买我的脑袋。"

"白队长，鲁西北一带，都称你为孤胆英雄，传得神乎其神，今天一见，也不过一介凡夫。"

"老子本来就是一个种地的，是被你们这些侵略者逼得拿起了武器，成了战士。"

"都说你身手了得，我今天想和你切磋一下，不知白队长有没有这个胆量？"

白光还没答话，王老黑说："别上这鳖孙的当，他已成瓮中之鳖，咱犯不上冒这个险。"

"是呀，白队长，别上鬼子的当。"

"别给他这个机会，他已是阶下囚了……"人们七嘴八舌，都极力劝阻白光。

白光用手势打断了众人。他平静地笑了笑说："不能让这个鳖孙小瞧了咱们，更不能让他在临死之前还这么狂妄。"

松井缓缓抽出了军刀，冲白光狞笑道："白队长，来吧，用你们的话来说，咱'单挑'。"

白光转身对战士们说："无论是输是赢，谁都不能开枪，咱不能在小鬼子面前输了脸面。"

王老黑知道劝不住，一言不发地递给他一把大刀。

松井冲白光竖了竖大拇指："白队长果然是英雄气概，如果没有这场战争，在下很愿交你这个朋友。"

白光冷笑道："没有人愿意和强盗交朋友。"松井脸上掠过一丝奸笑，嘴里说着"在下可要出手了"，忽然纵身扑到白光面前，双手握刀朝白光的头顶劈了下来！

白光举刀往上一迎，只听"铛"的一声金戈交鸣之响，白光的大刀竟断为两截！

松井看着白光手里仅剩半尺的残刀，以为胜券在握，得意地"哈哈"大笑。

白光骤然出手，闪电般贴近松井，手中的残刀刺进了他的咽喉。

这一招就在电光石火之间，松井低下头，有些不相信地看了看刺进自己咽喉的残刀，还想举刀反抗，白光手腕一拧，残刀在松井的咽喉里打了个转，然后迅速抽回，一股猩红的血液从松井咽喉的血洞中喷射而出！白光一闪身，血喷在地上，溅起了一缕尘土。

松井双膝一软，缓缓地跪在地上，头慢慢地垂在了胸前。血一股股地从血洞中往外喷涌着，浸透了他的军装，又从衣服上滴落到地上，很快在尘土里形成一个黑褐色的血窝。

白光悄悄在心里说："大秋、小壮，我终于为你们报仇了，你们看到了吗？"

战士们陆续从村子的各个角落回来了，大都押着俘虏。半天的时间，进村的六十多个鬼子除几个被俘外，其余全被击毙。伪军伤亡一百多人，其余全部被俘。事后清点人数，八路军伤一百五十多人，阵亡五十多人。在双方武器悬殊的情况下，这无疑是一场小规模的大捷。

傍晚时分，派出去的三支部队都按时回到指定的集结地点。一连、二连完成了公开处决崔安邦、张钧山和康兴南的任务后，又和日伪的援军缠斗了三个多小时，成功摆脱了敌人。三连成功炸毁了弹药库，安全撤回。佯攻县城的独立营，待日伪的援军一到，就撤离了战场。日伪在后面紧咬着不放，天黑前终于将他们甩掉。

翌日，白光带着王老黑、马五子、娄凤山来到独立营的驻地，正式上任为独立营营长。在白光的建议下，王老黑任独立营副营长兼一连连长；马五子任营教导员；娄凤山和王老黑搭伙，给他当了副连长，并兼侦察排长。

几天后，白光指挥部队在迷魂寨全歼日军松井中队的消息传遍了鲁西北。老百姓口口相传，越传越玄，传到后来，成了"白光大摆迷魂阵"，困死了日本鬼子。

这天早晨，孙德安忽然来到营部，后面还跟着一个姑娘。白光一看，竟是凤娥。惊喜之下，不知道说什么好，脱口来了一句："你怎么来了？"

"俺就不能来了？俺想参军，不行吗？"凤娥感觉有些委屈，眼圈一红，泪差点儿掉下来。

凤娥一直想参军，白光不想让她身入险境，就以她年龄太小搪塞。后来由于斗争形势的转变，她家里那个联络点取消了，她再也见不着白光的面，也不知到哪里去找。白光在她家养伤时，她曾去过秦庄，就一个人找了过来。面对送上门来的一个大姑娘，孙德安夫妇又惊又喜，却不知如何安置她，只好把她送到独立营。

孙德安当天就回家了。临走，他告诉白光，齐禹县政府已经把他们家的房子修好了，并给孙家十一户各买了一口十印的大锅。并嘱咐白光不用记挂家里，一心一意在队伍上好好干，尽早把日本鬼子赶跑。

孙德安走后，白光又给凤娥做了半天工作，想安排人送她回去。

但这次凤娥铁了心，任白光磨破了嘴皮子，就是不松口。白光见她态度坚决，知其主意已定，就临时把她安排在了卫生队。从此，韩凤娥就留在了部队，留在了白光身边。

45. 尘埃落定

一九四五年秋天的一个下午，白光带着一个连的战士，隐身在禹城南官道边的一片玉米地里。

秋老虎还残存着最后的燥热，知了们好像预感到末日的来临，都绝望地鸣唱着，像秋风里最后一首挽歌。

一九四五年八月十五日，日本天皇宣布无条件投降了。

此前，因日军的频繁"扫荡"和"清剿"，国民党政府和军队已陆续撤出山东，成为"山东省流亡政府"。整个山东的抗战大任，一直由中共领导和节制。日本投降后，蒋介石急切调派心腹何思源来到山东，任省政府主席和保安司令，与中共抢夺"受降权"，以实现控制山东这块战略要地的目的。何思源在日军保护下来到山东后，不让日军向八路军投降，并与日军达成协议，在国民党正规军到达之前，山东各地的治安仍由日军负责。同时，把大量的伪军等汉奸队伍改编为国军，并四处拉拢收编民间的武装团体，壮大自己的势力。

已经投靠日军的陈江南也摇身一变，成为国民党特派员，负责联络禹城、齐河的日军和当地的民间武装。为了方便和日军联系沟通，他把隐藏到家中的崔万代"挖"了出来，让他做自己的随身翻译。松井在迷魂寨丧命后，崔万代没敢回县城，直接回家"隐居"

起来。他虽然不愿意跟陈江南共事，但也不敢得罪他，只能随遇而安。私下里，他把陈江南的一举一动，全部报告给了白光。

今天，白光一行就是根据崔万代的情报，来伏击陈江南的。陈江南代表何思源来禹城和鬼子大队长山谷会晤，今天下午要返回齐河县城。白光和战士们已经在玉米地里埋伏两个多小时了，他们忍受着闷热的天气和蚊子的叮咬，一动不动地盯着出城的大路。

下午四点多，陈江南的队伍终于出城了。陈江南的卫队有三十多人，他骑着一匹白马，走在队伍中间，身边是翻译崔万代。在前面开路的，是一个骑枣红马的男子和十几个步兵。待他们走近了，白光一眼认出，那骑枣红马的竟是李连祥手下的营长温学兴。看来，陈江南已经和李连祥勾结在一起了。

待敌人都进入伏击圈后，白光左手持枪，对着温学兴就扣动了扳机。子弹在温学兴的额头钻了一个麻雀蛋大小的血洞，从后脑飞出。他一声都没吭，两眼望天，缓缓栽下了马背。

伪军立时大乱。陈江南往天上开了一枪，大声叱喝："大家不要乱，冲过去！"

崔万代乘机从马上滚落下来，一头扎进玉米地。伪军们一见，也纷纷往玉米地里钻。这时，机枪声骤然响起，玉米地里射出密集的子弹，割麦子般将他们放倒一片。

官道两旁的玉米地里传出一片喊声："你们被包围了，赶快投降吧……"

伪军们两面受敌，且对方在暗处，不投降只能给人家当活靶子，便纷纷扔下了枪，跪在道上。

陈江南见势不妙，纵马扬鞭，沿着官道向南方疾驰而去。

白光从地上捡起一支步枪，推弹上膛，瞄准，清脆的枪声之后，陈江南"啊"的一声惨叫，从马上倒栽下来。白光不慌不忙地走到陈江南身边时，他刚刚挣扎着坐起来。看到白光，他努力让自己镇定下来，用手指头理了理额前的乱发，抱了抱拳："白兄，别来无恙呀！"

陈江南是坐在地上做拱手抱拳状，那姿势有些滑稽。

纵是满腔的仇恨与怒火，白光见了他这跳梁小丑般的姿势，也忍不住笑了一下，随即绷起脸来说："收起你那假斯文吧，你欠我们的血债，该清算了吧。"

陈江南一听白光的语气不对，慌忙坐直了身子说："白队长，现在可是国共合作时期，咱们是友军哪。"

白光怒道："你落到老子手里，只能按汉奸论处！"

这时，娄凤山跑了过来，别过头去，看也不看陈江南，枪口冲着陈江南，不停地扣动着扳机，"砰砰砰……"几声枪响之后，弹夹里的子弹全部打光了，他还在不停地搂着空枪。

陈江南全身多处中弹，在地上已经抽搐成一团，血从各个伤口涌出，很快将他的尸体围了起来。

白光惊诧地看着娄凤山："你这可是违反战场纪律呀。"

"刚才陈江南想摸枪，幸亏娄大哥及时开了枪。"崔万代不知什么时候站在了白光身边。

白光大脑一阵迷茫："他摸枪了吗？我咋没看见呢？"

崔万代说："姓陈的历来诡计多端，他一边说着话，一边摸枪……"

娄凤山如梦初醒般说："对，这家伙想摸枪来……"

白光看了看崔万代闪烁不定的眼神，又看了看低下头去的娄凤山，叹了口气说："好险，差点儿又被这个孙子算计了。"

沉默了片刻，三人忽然不约而同地爆发出一阵大笑。娄凤山越笑声音越大，泪水汹涌而出，爬满了他粗糙的大脸。

白光轻轻拍了拍他的后背说："娄大哥，家仇国恨，都有了个了结，应该放下了。"

娄凤山点了点头，他擦了擦脸上的泪痕，脸上渐渐绽开了笑容。

几个月后，拒不投降的日军山谷大队，在八路军的强势围攻下，于一九四五年十二月三十一日放下武器，举起了双手。至此，齐禹一带的日军才彻底瓦解。

一九四七年五月初，李连祥部五千余人被人民解放军全歼。白光率领的独立营也参加了这场战斗，但在俘虏中没有发现李连祥的影子。

五月十二日，白光奉命带领部队执行任务。路过齐河县晏城西时，一个放羊的少年拦住队伍说，他发现东辛村的破窑内有人活动，那人衣衫破旧，手里还拿着枪。白光当即把队伍交给王老黑，让他继续去执行任务，然后亲自带领一个班的战士直奔东辛村。

这是一座废弃多年的砖窑，多半地方已经坍塌，窑顶上长满了半人多高的杂草。砖窑正中，有两孔窑洞还勉强挺立着，也已摇摇欲倒。白光等人悄悄接近窑洞，将身子贴在洞口边的墙上。

白光侧耳听了听，里面没有任何动静，于是大喝一声："里面有人吗？"

没人吱声。

白光大声喊："手榴弹准备，我喊一二三一起往里扔！一、二——"

"有人有人啊……"白光还没喊完，一个灰头土脸的壮汉举着双手从里面走了出来。

白光仔细一看，此人正是几天前刚刚逃脱围剿的大汉奸李连祥。

两个战士冲上去，从他的腰里搜出两把短枪。后来，白光发现他的两把匣子枪里都压满了子弹，面对围剿，他竟一枪未发。由此可见，曾经手握生杀大权、不可一世的悍匪李连祥，早已丧失了斗志。

白光问："李连祥，可认得老子？"

李连祥吓得一哆嗦，他本想装傻卖呆蒙混过关，没想到有人会直接喊出他的名字。他抬头一看，双腿一软就跪在了地上："白队长……不不不，白营长，咱弟兄是不打不相识，看在当初我没杀你爹娘的分上，你放了我吧……"

白光冷笑一声说："李连祥，老子抓你不是为了报私仇，是为那些被你害死的冤魂讨回公道。"

李连祥仍不死心，身手敏捷地冲白光爬过来，抱住他的一条大腿说："只要你放了我，我把藏金条的地方告诉你，保你八辈子都花不完……"

白光不等他说完，一脚将他踢开，命令战士们："绑了！"

几个战士上前将他捆了个结实。李连祥一脸不解地看着白光："你这么为共产党卖命，一辈子能挣几个钱？"

白光冲他一笑："你老小子倒是有钱，你有命花吗？"

李连祥这才彻底绝望了，他像一摊烂泥般瘫软在地上，两个战士都架不起来。

五月二十日，李连祥在杨圈公判大会上被人民政府公开处决。

当李连祥的尸体被游行示众时，当地百姓叫喊着，手持剪刀、菜刀等利器蜂拥向前，将其碎尸零剐，以解心头之恨，以祭被害亲属的亡灵。

不久，白光调离禹城。

尾 声

韩凤娥一九四六年一月正式加入中国人民解放军。在解放战争中，她随白光带领的部队南征北战，成为一名真正的革命战士。作为一名部队卫生员，她经常冒着枪林弹雨上前线抢救伤员，给伤员打针包扎，把自己的生死置之度外……两人的感情在战火中经历了血与火的淬炼，经受住了生与死的考验。

一九四八年，白光和韩凤娥在部队结为战地伉俪，这对有情人终成眷属。

解放后，白光先后任阳谷、寿张县武装部长、兵役局长，聊城军分区、菏泽军分区、德州军分区副参谋长，一九七九年离职休养（副师级待遇）。

韩凤娥服从组织安排，也转业到地方工作。历任阳谷县供销社主任、聊城五交化公司主任、菏泽商业局人事科科长等职，一九七五年任德州农机研究所副所长（副县级），一九八三年因病离休。

韩凤娥患脑血栓不能自理后，白光拖着自己的病体，每天都精心照顾着妻子。韩凤娥病后已丧失了语言能力，但他们之间早已心有灵犀，白光从妻子的眼神中就知道她的需要。白光不分昼夜地照顾韩凤娥七年之久，最终累倒了，住进了医院。那段时间里，韩凤娥看不到白光，似乎预感到什么，常常彻夜不眠，泪流满面。

一九九〇年二月二日，白光于山东济南病逝，享年七十一岁。

几天后，韩凤娥也溘然长逝。一对在战火纷飞中走到一起的革命伴侣，虽然从来没有享受过浪漫的时光，也没有过海誓山盟，但他们真正做到了生死相依，白头偕老，恩爱一生。夫妻俩的骨灰现安放在济南英雄山烈士陵园。

后记

    2015 年 11 月 30 日，受中国建设银行德州分行信息技术中心主任张庆军邀请，我有幸参加了"齐禹抗战纪念馆"的开馆仪式。

    齐禹抗战纪念馆位于禹城市伦镇北街，是政府投资和社会集资共同修建的。庆军主任是修建这个纪念馆的主要发起人，并个人筹资 20 多万元。在馆内参观的时候，我偶然看到了白光前辈的英雄事迹：白光系禹城市伦镇秦庄人，是抗战时期活跃在齐禹一带的传奇抗日英雄，人称"神八路"。他曾参加和指挥大小战斗百余次，执行锄奸除叛特殊任务 30 余次……历任区小队副队长……武工队队长、县大队副大队长、独立营营长……团副参谋长等职务……看完介绍，我对白光前辈肃然起敬。说来也巧，当日，白光同志的儿子白建齐、女儿白建亭、女婿王凯等人也来参加了开馆仪式。经庆军介绍，我们很快就熟识了。白建亭大姐是白光前辈最小的女儿，她希望我以她父亲为原型创作一部作品，并给我提供了她撰写的《我的父亲白光》等文章。从那时起，"白光"这个人物就印在了我的脑子里。后来，白建亭大姐还带我去她的老家秦庄，参观了英雄出生和战斗过的地方。那天，秦庄村党支部书记李凤阳还召集几位知情老人与我进行了座谈，从而让我掌握了大量第一手材料。我决定把他的英雄事迹写出来，让更多的人读到他的传奇故事，让英雄的精神薪火相传，以文学的形式向英雄致敬。

2019年，材料陆续搜集得差不多了，我也写完了小说大纲。恰在这时，山东省作家协会公开征集2019年度文学精品工程打造项目，我就把小说大纲报了上去。不久，项目被采纳，并和省作协签了约。没想到，2020年春天，一场大病袭来，我动了个大手术，体重下降了60多斤，身体极度虚弱。本来一年就能完成的写作任务，一直拖到2024年6月才完成。

小说中，白光三进县城，铲除汉奸孟超、康大头、梁铁杆，杨桥激战、夜袭伦镇等故事的原型，大多取材自白建亭大姐提供的《我的父亲白光》。禹城文史办的李波主任为我提供了《禹城县志》《禹城抗战记忆》等珍贵的文史资料。我从中找出禹城市委党史研究室原副主任戴洪渐同志执笔整理的《白光熠熠敌胆寒》，与《我的父亲白光》相互印证，情节基本差不多，但在细节上略有差异。两篇文章，各有所长，为我的创作提供了详尽的素材。张庆军主任为我提供的《伦镇记忆》一书，成为我创作"伦镇惨案"这个章节的基础。

在本书出版之际，感谢德州市委宣传部、禹城市委宣传部对本书出版的大力扶持。同时对在本书创作中提供帮助的白建齐大哥、白建亭大姐、王凯主任、李波主任、张庆军主任、李凤阳书记以及从未谋面的戴洪渐主任表示衷心的感谢。

特别感谢著名军旅作家、德州市人大常委会原副主任陈璞平和德州市委党史研究院院长李超同志，两位领导都为本书的顺利出版提供了帮助。

感谢《中国作家》杂志社，在 2025 年第 3 期"中国人民抗日战争暨世界反法西斯战争胜利 80 周年"专栏隆重推出了这部作品。感谢《海外文摘》文学版，全文转载了这部小说。

2025 年 3 月 4 日于德州

图书在版编目（CIP）数据

白光 / 邢庆杰著 . -- 北京：作家出版社，2025.7.
ISBN 978 - 7 - 5212 - 3526 - 5

Ⅰ. I247.5

中国国家版本馆 CIP 数据核字第 2025WQ2004 号

白 光

作　　者：邢庆杰
责任编辑：田小爽
封面设计：付　莉
出版发行：作家出版社有限公司
社　　址：北京农展馆南里 10 号　　　邮　　编：100125
电话传真：86 - 10 - 65067186（发行中心）
　　　　　 86 - 10 - 65004079（总编室）
E – mail: zuojia@zuojia. net. cn
http: // www. zuojiachubanshe. com
印　　刷：河北京平诚乾印刷有限公司
成品尺寸：152 × 230
字　　数：165 千
印　　张：14.5
版　　次：2025 年 7 月第 1 版
印　　次：2025 年 7 月第 1 次印刷
ISBN 978 - 7 - 5212 - 3526 - 5
定　　价：58.00 元